갱년기 소녀

KONENKI SHOJO
by MARI Yukiko

이 도서의 국립중앙도서관 출판예정도서목록(CIP)은
서지정보유통지원시스템 홈페이지(http://seoji.nl.go.kr)와
국가자료공동목록시스템(http://www.nl.go.kr/kolisnet)에서 이용하실 수 있습니다.
(CIP제어번호: CIP2017021571)

갱년기 소녀

更年期少女

마리 유키코 장편소설

김은모 옮김

문학동네

차례

『푸른 눈동자의 잔』

1976년 2월부터 1977년 12월까지 『소녀 줄리엣』(스이요샤)에 연재된 아키즈키 미유리의 순정만화.

18세기 프랑스를 무대로 백작의 딸 잔의 파란만장한 반생을 그린 역사 대하드라마. 해적, 수녀, 유랑극단, 오페라 배우 등을 전전하며 우정과 사랑, 희망을 믿고 꿋꿋하게 살아가는 잔의 모습에 전국의 소녀들이 열광했다.

하지만 미완결로 연재가 중단되었으며, 원작자 아키즈키 미유리는 그 후 만화계에서 자취를 감춘다.

푸른 6인회

"우리 아들이 요즘 반항기야."

"어머, 정말? 우리 딸도 그래. 눈도 제대로 안 맞춘다니까."

"홍역 비슷한 거야. 좀 지나면 수그러져."

"그러면 좋을 텐데."

"요즘 애들은 부모한테 너무 의존해. 저 혼자서는 단 하루도 못 살 거면서 입만 살아가지고. 날 할망구라고 부르지를 않나."

"어머, 자기네도? 우리집도 그래. 여자애가 도대체 어디서 그런 험한 말을 배웠는지, 원."

아이 이야기가 이어졌다. 하지만 아이가 없는 에미코는 이야기에 낄 수 없다. 그보다.

아, 또 입김이 닿았다. ……이걸로 세번째.

에미코의 포크에서 소스가 뚝 떨어졌다.

"에밀리 씨."

자신의 닉네임을 듣고 에미코는 시선을 테이블로 되돌렸다.

"그 바닷가재 푸알레 맛있어 보이네. 나도 그걸로 할 걸 그랬나?"

"네?" 에미코는 대답했다. "네, 정말 맛있어요. ……좀 드셔 볼래요?"

"어, 그래? 고마워. ……그럼 조금만."

테이블 맞은편에서 뻗어온 포크가 에미코의 가슴 앞에서 한순간 멈췄다. 움찔해서 몸을 뒤로 물렸다.

하지만 포크는 에미코의 가슴을 스쳐 접시에서 바닷가재를 듬뿍 떠갔다. ……거의 남지 않았다. 아직 한 입밖에 안 먹었는데.

"내 것도 먹어봐. 이 오리고기 구이도 맛있어. 오렌지소스가 특히 괜찮네."

에미코의 눈앞에 접시가 내밀어졌다.

"감사합니다."

소스와 함께 오리고기 조각을 떴지만 입에 가져가기 전에 툭 떨어져서 하얀 테이블보가 더러워졌다. 오렌지색이 서서히 번졌다.

"어머." 누군가가 종을 울렸다. 그러자 웨이터가 소리 없이 다가와 아까운 오리고기 조각을 소스와 함께 훔쳐냈다.

모두의 시선이 일제히 이쪽을 향했다.

마그리트 님, 가브리엘 님, 지젤 님, 미레유 님, 그리고 에미코의 바닷가재를 입으로 가져가는 실비아 님.

"어머. 이 바닷가재 진짜 맛있다." 실비아가 입술을 날름 핥았다. 윤기 없는 긴 머리카락 한 올이 입술에 붙어 있었다. 실비아는 머리카락도 혀로 삭삭 훑어서 입안에 집어넣었다. "씹는 맛이 정말 끝내줘."

"어머나, 실비아 씨. 그렇게 칭찬하면 조금 더 드시겠느냐고 권할 수밖에 없잖아. 그렇지, 에밀리 씨?"

바로 왼쪽에 앉은 마그리트의 말에 에미코는 "아, 네. 좀더 드시겠어요?" 하고 서둘러 말했다. 당황하는 바람에 안경이 조금 흘러내렸다.

"어머, 아니야." 실비아가 구불구불 긴 머리를 대충 쓸어올렸다. "나 그렇게 식탐 많지 않아." 그러고는 풍만한 가슴을 여자 코미디언처럼 출렁출렁 흔들었다.

"실비아 씨도 참, 망측하게." 마그리트가 미간을 잔뜩 지푸렸다. 말라빠진 목에 힘줄이 딱할 만큼 선명하게 불거졌다. 백발 섞인 머리를 뒤로 바짝 묶은 헤어스타일 탓에 신경질적인 인상이 한층 강조되었다. 하지만 "실비아 씨는 정말 재미있다니까"

하고 웃는 것도 잊지 않았기 때문에 곧 테이블에는 다양한 웃음 소리가 꽃피었다. 에미코도 따라서 웃어보았다. 하지만 뺨이 약간 경직됐다.

"에밀리 씨, 오늘 기운이 없어 보이네요. 무슨 일 있으세요?"

오른쪽에 앉은 가브리엘의 말에 에미코는 황급히 입을 열었다.

"아니요, 무슨 일은요. 괜찮아요. 그냥 이 가게 분위기가 너무 근사해서 넋을 잃고 있었을 뿐이에요." 에미코는 고개를 숙이며 오른손 집게손가락과 가운뎃손가락으로 안경을 원래 위치로 밀어올렸다.

"그럼 다행이지만요."

아, 또 입김이. 이제 네번째.

"혹시 기분이 언짢으신 게 아닌가 걱정했어요."

가브리엘의 손가락이 문득 허벅다리에 닿았다. 에미코는 심장이 크게 뛰었다.

테이블 건너편에 있는 지젤이 힐끗 시선을 던졌다. 염색 샘플로 써도 될 만큼 선명한 갈색 머리를 우아하게 찰랑이며 빵을 마구 찢었다. 심술궂은 장난이라도 친 것처럼 빵 조각이 테이블에 흩어졌다.

"어머, 지저분해라." 지젤이 종을 울리자 좀 전의 웨이터가 다시 나타났다. 지젤이 턱짓했다. "빵 부스러기 좀 치워줄래요?"

그것이 신호라는 듯이 일제히 요청을 쏟아냈다.

"그리고 빵 좀 추가해줄래요?"

"아, 난 버터 좀 가져다줘요."

"난 얼음물."

"물수건은 있어요?"

"맞다, 디저트 바꿀 수 있나?"

"어머, 가능해요? 그럼 난 셰프 추천 쿠키와 아이스크림 세트로 할래요. 그리고 홍차 말고 로즈힙 허브티로 바꿔줘요. 로즈힙은 피부에 좋으니까."

"오, 피부에 좋아? 그럼 나도 그걸로."

"아, 그럼 나도."

젊은 웨이터는 이 소란을 어떤 심정으로 보고 있을까. 속마음을 엿보고 싶지만 유감스럽게도 웨이터의 포커페이스는 무너질 것 같지 않다. 교육을 잘 받았다. 역시 런치 메뉴가 5000엔이나 하는 레스토랑답다. 이다음에 갈 찻집은 제일 싼 홍차가 1500엔이다. 갑자기 주머니 사정이 걱정되었다.

그래도 에미코에게 이 시간은 소중하다. 겨우 찾아낸 평온한 시간, 위안을 주는 한때. 답답한 일상에서 해방되는 유일한 시간이다. 이 시간을 유지할 수 있다면 살림살이에 빨간불이 들어와도, 아니, 아예 파탄나더라도 상관없다. 그럼 남편은 어떻게 할까?

집안일 똑바로 챙겨. 남편의 말버릇이다. 예전에는 그런 소리를 하지 않았다. 하지만 에미코가 인생의 즐거움을 찾아낸 뒤로는 이런저런 공격을 해온다. 정말이지, 거들먹거릴 만큼 잘 벌어오지도 못하는 주제에. 아, 짜증나. 남편의 무뚝뚝한 얼굴이 날파리처럼 머릿속을 헤집고 돌아다닌다. 하지만 남편을 화나게 하면 골치 아프다. 바로 손부터 올라가는 사람이다. 그래서 지금은 참고 있다.

"에밀리 씨, 진짜 괜찮아요?"

가브리엘의 입김이 에미코의 뺨을 간질였다. ……이제 다섯 번째.

"네, 괜찮아요. 죄송해요. 정말 아무 일도 아니에요."

에미코는 그렇게 말했지만 뺨이 말도 안 되게 뜨거웠다.

"그래요? 그럼 다행이고."

가브리엘의 웃는 얼굴이 바로 코앞까지 다가왔다. 여느 때처럼 좋은 냄새가 풍겼다. 심장이 어떻게 할 수 없을 만큼 고동쳤다. 맞은편의 실비아가 불룩하게 살찐 손가락으로 머리카락을 만지작거리며 이쪽을 흘끔거렸다. 진정해야 해, 진정하자. 에미코는 입가를 닦는 척하며 냅킨으로 얼굴을 절반쯤 가렸다.

메인 요리가 치워지고 디저트 접시가 놓였다.

"그러고 보니 이런 일이 있었어."

실비아가 슬슬 자기 차례라는 듯이 입을 열었다.

실비아는 추문, 소문, 웃음거리에 이르기까지 풍부한 화제를 자랑한다. 하지만 교양이 없고 어딘가 저속하게 느껴지는 이야기들이라 디저트 시간까지 입을 다물고 있다.

참고로 애피타이저 때는 지젤의 가벼운 지식 자랑, 수프가 나올 때는 가브리엘의 연극과 음악 이야기, 메인 요리 때는 마그리트의 사회 정세에 대한 견해, 마지막으로 디저트가 나오면 실비아의 믿거나 말거나 식의 가십을 듣는다. 실비아가 익살스러운 말솜씨로 분위기를 한껏 띄운 후 미레유가 하잘것없는 잡담으로 마무리한다. 이 흐름은 절대적이다. 다들 자기 이야기를 하고 싶어 입이 근질거리고 혼자 주목받고 싶겠지만, 그런 욕심을 억누르고 모두 평등하게 나설 수 있도록 시간을 배분한 것이다.

그렇다면 에미코의 차례는 어디인가 하니, 아직 신참인지라 관객 역할이다. 사람들의 이야기를 들으며 이따금 박수를 치고, 고개를 끄덕이고, 웃음을 터뜨려서 연기자들의 기운을 북돋운다. 질문을 받으면 어느 쪽으로도 치우치지 않는 무난한 대답을 한다. 얼핏 보기에는 아무 재미도 없는 역할 같지만 에미코의 적성에는 무척 잘 맞았다.

실비아의 이야기가 하이라이트에 접어들었다.

에미코는 고개를 끄덕이며 테이블에 둘러앉은 사람들을 골고루 살폈다.

여제 마그리트. 여교황 지젤, 광대 미레유, 마술사 실비아, 그리고 연인 가브리엘.

에미코는 몰래 모두에게 별명을 붙였다. 물론 자신에게도. 바보 에밀리다.

별명의 유래는 타로카드다. 언젠가 직장 동료가 타로 점을 쳐줬을 때 나온 카드가 이 여섯 장이었다. 처음 뒤집은 것은 바보 카드. 그림 속 황야를 헤매는 애처로운 나그네에게 에미코는 제 모습을 겹쳤다. 그야말로 나 자신의 모습이다. 앞에 벼랑이 있는지도 모르고, 찢어진 바지에도 전혀 관심을 두지 않고, 바람 따라 구름 따라 방랑하는 바보. 이어서 카드를 한 장씩 뒤집을 때마다 여기 있는 이들의 얼굴이 겹쳐졌다. 그리고 마지막으로 뒤집은 것이 '연인'이라는 이름의 카드. 에미코는 가브리엘을 떠올리고 홀로 얼굴을 붉혔다.

오른쪽에 있는 가브리엘을 가만히 바라보았다.

옆얼굴이 정말 아름답다. 이마, 콧대, 턱선. 나무랄 데 없이 이상적인 곡선이다. 피부는 또 어찌나 좋은지.

가브리엘은 이 모임의 회원 중 가장 젊다. 그런데도 가장 이성적이고 이지적이다. 마치 중성적인 연극배우 같은 분위기고, 객

관적으로도 아름답다. 매끄러운 머리카락은 윤기가 흐르고, 살결도 소녀처럼 희고 곱다. 듣건대 할아버지가 러시아계 프랑스인이라고 한다. 미모를 인정받아 극단에도 들어갔지만 건강이 상하는 바람에 퇴단하고 지금은 시나리오 쓰는 일을 하고 있다고 한다. ……이것들 전부 다른 사람이 알려준 정보고 본인은 자기 이야기를 전혀 하지 않는데, 그런 점이 가브리엘을 더욱 신비로운 존재로 만드는 것 같았다. 러시아계 프랑스인의 피가 섞였다는 것도 멋지지만, 가브리엘에게는 더욱 고귀한 출신이 어울린다고 에미코는 생각했다. 마지막까지 잔에게 힘이 되어주고, 잔을 지키기 위해 비열한 자들에게 참살당한 긍지 높은 '붉은 장미의 그대'와도 같다. 에미코는 가브리엘에게 한번 그 이야기를 해본 적이 있었다. 가브리엘은 기름한 눈을 가느다랗게 뜨고 말했다. "고마워요. 그렇다면 당신은 순백의 장미가 어울리는 잔이겠군요." 무슨 그런 말씀을, 저 같은 게…… 당황하는 에미코의 안경을 살짝 벗기며 가브리엘은 말을 이었다. "에밀리 씨는 안경을 벗는 편이 더 예뻐요."

그때, 에미코의 마음속에 태어나서 두번째 폭풍이 몰아쳤다.

첫번째 폭풍은 어스름한 공부방에서였다.

초등학교 4학년 신학기. 반이 바뀐 다음날, 다들 친구를 사귀려고 기를 쓰는 와중에 어느 그룹에도 속하지 않았던 에미코는 아직 이름도 외우지 못한 반 친구의 집에 초대를 받았다. 현관에는 철 지난 크리스마스트리가 먼지를 뒤집어쓰고 있었고, 신문지가 금방이라도 무너질 것처럼 쌓여 있었다. 조심조심 운동화를 벗고 친구를 따라 방에 들어갔다. 습한 다다미 냄새가 났다. 딱 하나 있는 창문 틈새로 4월답지 않게 싸늘한 북풍이 들이쳤다. 어쩐지 불안해져서 돌아갈 핑계를 찾고 있는데, 책상 위에 있는 만화잡지가 눈에 들어왔다.

"너도 소녀 줄리엣 봐?"

친구의 질문에 에미코는 고개를 저었다. 에미코가 정기구독하는 건 학습지뿐이었다. 학습지에도 만화가 실려 있지만 어머니를 찾는 발레리나나 마법소녀 이야기가 대부분이라 슬슬 지루해진 참이었다. 좀더 다른 자극이 필요했지만 어머니는 만화잡지 구독을 허락해주지 않았다.

"넌 봐?" 에미코는 잡지를 살짝 집어들었다.

"응. 3학년 때부터 쭉 보고 있어."

"좀 봐도 돼?"

에미코는 화려한 표지 그림에 곧장 마음을 빼앗겼다.

금발과 푸른 눈동자, 배경을 수놓은 새빨간 장미. 이렇게 화려한 만화는 처음이었다.

"푸른 눈동자의 잔이야. 그거 재밌어. 18세기 유럽이 무대인데, 귀족 가문에 태어난 잔이 해적들한테 유괴당해서 해적 두목의 아이가 돼. 여자인데도 아들로 길러지지."

"우아, 재밌겠다……"

에미코의 심장은 운동장을 다섯 바퀴쯤 달린 것처럼 미친듯이 뛰었다.

그리고 책장을 넘긴 순간, 그전까지 겪어본 적 없는 열풍이 불었다. 차갑고 눅눅한 방이 순식간에 호화찬란한 궁전으로 변했다. 에미코는 넋을 잃고 책장을 넘겼다.

땡, 땡, 차라랑.

여제 마그리트가 턱을 쳐들고 종을 울렸다. 웨이터가 다가오자 양손 집게손가락으로 가위표를 만들었다.

아, 이제 끝났다. 에미코는 냅킨을 반듯하게 개어서 테이블에 가만히 내려놓았다.

맞은편에서 여교황 지젤이 전자계산기를 두드렸다. "런치 메뉴와 와인, 소비세를 더해서 한 사람당 6432엔이네요." 테이블에 자리잡은 자칭 귀부인들은 저마다 백에서 지갑을 꺼내 정확히 6432엔을 자기 앞에 내려놓았다. 웨이터가 계산서를 들고 돌아왔다. 계산서의 합계 금액은 지젤이 계산한 것과 일치했다. 1000엔과

5000엔 지폐 그리고 동전을 잔뜩 쥐여주자 드디어 웨이터의 포커페이스가 무너졌다.

"맛있게 잘 먹었어요."

마그리트를 선두로 여섯 명이 레스토랑 입구에 맡겨둔 캐리어를 차례차례 찾아가는 광경 앞에서 웨이터의 포커페이스는 원래 형태가 상상되지 않을 정도로 싹 바뀌었다. 이 젊은 남자는 몹시도 우스꽝스러운 꼴을 봤다는 듯이 다른 사람에게 이 광경을 전할 것이다.

"오늘 아줌마 패거리가 왔었어. 무슨 프랑스 귀부인이라도 되는 양 '어머, 지저분해라. 빵 부스러기 좀 치워줄래요?' 이러더라. 무슨 벌칙 게임이라도 하는 줄 알았네. 상판대기라도 볼만하면 그나마 나을 텐데, 마트에서 산 것 같은 옷은 수수한지 화려한지도 잘 모르겠고, 생긴 건 또 어찌나 촌스러운지. 구로키 히토미*를 닮은 사람도 하나 있었지만 그건 예외고, 대부분 뚱뚱하고 못생긴 아줌마들이었어. 노친네 냄새에 토하는 줄 알았다니까. 막판에 전부 캐리어를 하나씩 끌고 돌아갔어. 틀림없이 오타줌마야. 응? 오타줌마 몰라? 나잇살 먹고 오타쿠 짓을 하는 아줌마들 말이야. 이케부쿠로에서 일하면 가끔 그런 신기한 사람들

* 영화 〈도쿄 타워〉 등에 출연한 일본 배우.

을 볼 기회가 있어. 빵 터진다니까."

젊은 웨이터는 모멸감을 담은 웃음을 눌러 삼키며 문을 열었다. 그런 젊은이를 보면서도 신기하게 켕기거나 하지 않아 에미코는 기분좋은 우월감을 느꼈다. 비웃고 싶으면 비웃으라지. 얼간이 취급하고 싶으면 실컷 그러라고. 어차피 우리는 남의 눈은 신경 안 써. 우리는 우리만의 세계에서 우리 좋을 대로 살 거야. 참으로 멋진 결의다. 에미코는 안경을 쓱 밀어올린 후 새 신발을 신은 발을 내디뎠다.

메마른 초여름 바람이 치맛자락을 어루만졌다. 유행하는 플레어스커트를 입어봤는데 너무 화려한가?

뒤에서 자전거가 신경질적으로 경적을 울려댔다. 하지만 아무도 반응하지 않고 '인도에서 자전거를 타는 게 잘못'이라고 주장하듯이 제 걸음걸이를 유지했다. 에미코도 따라 했다. 자전거를 탄 사람은 결국 차도로 내려가 앞지르면서 "뒈져라, 할망구들" 하고 욕지거리를 내뱉었다. 교복을 입은 남자아이가 거친 욕설을 퍼붓는 모습에 남편이 생각났다. 뭔가에 찔린 것처럼 등이 뜨끔했지만 가브리엘의 손이 어깨에 닿자 아픔은 천천히 사그라졌다.

"저기, 아까 냅킨을 깔끔하게 개서 테이블에 내려놓으셨죠?" 가브리엘이 속삭였다. 에미코의 뺨이 다시 뜨거워졌다. "네" 하고 고개를 살짝 끄덕였다.

"그거, 식사 예절에 어긋나요. 요리가 맛없었다는 표시거든요. 냅킨은 그냥 테이블 위에 아무렇게나 놓아두면 돼요."

"아, 죄송해요. 저, 그런 예절에는 익숙지가 않아서." 에미코가 필요 이상으로 동요하는 바람에 가브리엘이 되레 당황했다. "아, 너무 맘에 담아두지 마세요. 다른 사람들도 다 개어놨던걸요, 뭐. 역시 좀더 편한 곳이 나았을 것 같네요. ……거긴 약간 비싸기도 하고."

그 레스토랑을 고른 사람은 가브리엘이었다. 단골이라고 했는데, 역시 일 때문에 드나드는 걸까. 그래, 분명 거기서 연예인이나 유명 프로듀서와 업무 미팅을 할 거야. ……대단해. 역시 업계인이야. 이 사람은 다른 사람들과 수준이 달라. 얼굴과 옷차림도 멋있고. 하지만 다른 사람들은……

다른 네 사람은 마치 초등학생처럼 왁자지껄 떠들고 있었다. 들떠서 캐리어까지 들썩들썩한다. 빈말로도 멋지다고 하기는 힘들다. ……그냥 중년 아줌마들이다. 물론 자신도 그중 하나다. 군살 때문에 치마가 꽉 끼는 허리는 아무리 해도 숨길 방도가 없다. 하지만 그게 뭐 어때서?

이케부쿠로 역 서쪽 출구, 릿쿄 대학교 거리. 신록의 내음이 밀려오는 6월. 수많은 사람이 지나가면서 호기심 어린 시선을 던진다. 그때와 똑같다.

"정말? 정말 오늘도 가도 돼?"

"응, 와. 우리집에 아무도 없어. 같이 잔 보자."

"이번주 잔은 어떻게 될까?"

"지난주는 알베르가 잔에게 사랑을 고백하는 장면에서 끝났잖아. 그러니까 분명 러브신부터 시작할 거야."

"러브신? ……키스 장면 같은 것도 나올까?"

"나오지, 당연히 나와야지!"

『소녀 줄리엣』 발매일이면 수업이 끝나자마자 만사 제쳐두고 책가방을 덜그럭덜그럭 흔들며 친구 집으로 달렸다. 그때도 이렇게 수많은 사람이 혀를 쯧쯧 찼다. 하지만 전혀 신경쓰지 않았다. 사람들이 어떤 눈으로 보든, 무슨 말을 하든, 잔을 본다는 흥분을 억누를 수는 없었다. 잔을 보기 위해, 오직 그 하나만을 위해 일주일을 살았으니까!

이케부쿠로 역으로 돌아왔을 때 캐리어를 끌고 가는 여자 두 명과 스쳤다. 분명 동류다. 젊어 보이지만 가방은 상당히 길이 잘 들었다. 어디서 이벤트라도 열렸나보다. 과연 이케부쿠로다. 에미코는 예전에 〈여자 오타쿠의 성지, 이케부쿠로〉라는 텔레비전 프로그램을 본 적이 있다. 설마 그 성지에 자신도 발을 들여놓을 줄이야.

"방금 봤어? 머리 긴 여자가 한 비즈 목걸이, 붉은 장미의 그대가 잔에게 준 것과 디자인이 비슷해." 실비아가 두 여자를 돌아보았다. "저거, 어디서 파는 건가?"

"직접 만든 거 아닐까? 비즈 잡지에 실려 있던 샘플과 똑같이 생겼으니 그거 아닐까 싶은데." 미레유도 두 여자를 노골적으로 뜯어보았다.

"나도 비즈 공예에 도전해볼까. 알베르가 했던 팔찌 만들어보고 싶어."

"꺅, 그거 근사하지. 나도 갖고 싶다!"

마술사 실비아와 광대 미레유가 허물없이 장난스럽게 팔짱을 꼈다. 이 두 사람은 척 보기에 인상이 비슷하다. 아무렇게나 기른 머리에 개성적인 복장, 통통한 몸매. 하지만 성격은 완전히 다르다. 실비아는 말이 많고 누구보다 눈에 띄고 싶어하지만, 미레유는 섬뜩할 만큼 자기중심적이라 늘 정신을 딴 데 판다. 하지만 흥미를 끄는 대상이 나타나면 끝도 없이 같은 이야기를 되풀이한다. 요컨대 극단적으로 분위기 파악을 못하는 사람이다. 분위기 파악을 못한다는 면은 실비아도 비슷하다. 화술은 좋지만 남의 이야기를 듣지 않는다. ……아무튼 에미코는 이 두 사람이 좀 거북했다. 왠지 종잡을 수 없는 사람들이다.

한편 앞장서서 가는 여제 마그리트와 여교황 지젤, 저 두 사람은 이 모임의 실질적인 리더다. 이야기를 정리하는 것도, 정리된 결과를 실행에 옮기는 것도 저 두 사람이다. 하지만 그 때문인지 가깝게 대하기가 좀 어렵다. 머리를 뒤로 바짝 묶은 마그리트는 융통성 없는 선생님 같고, 빈틈없는 화장과 패션으로 치장한 지젤은 은근무례한 스튜어디스 같다. 에미코는 지금도 이 두 사람 앞에서는 긴장한다.

그리고 비스듬히 앞쪽에서 걸어가는 연인 가브리엘. 젊고, 아름답고, 인간관계 좋고, 성격도 온후한 가브리엘은 이 모임의 아이돌이다. 회원들 모두 적당한 거리를 유지하며 항상 가브리엘의 동향에 관심을 기울인다. 에미코도 물론 예외는 아니다.

마그리트와 지젤이 걸음을 멈췄다. 목적지에 도착한 모양이다. 선샤인시티 빌딩 근처의 카페. 가격이 약간 높지만 개별 방을 예약할 수 있어서 마음껏 대화를 즐기기에 좋다.

자리에 앉아 음료를 주문하고 여섯 명은 저마다 캐리어를 열었다. 안에서 보물이 속속 나타났다. 에미코도 어제 막 완성한 원고를 꺼냈다.

"다들 준비됐나요?" 여제 마그리트가 말을 꺼냈다. "그럼 지금부터 팬클럽 '푸른 전설'의 원고 확인을 시작하겠습니다. 원고는 부디 소중하게 다뤄주세요. 나중에 입고해야 하는 중요한 원고니까."

마그리트의 인사말을 듣는 둥 마는 둥 원고 교환이 시작됐다. 지금부터는 자유시간이다. 점심식사 때와 같은 규칙은 없다. 누가 누구와 이야기를 나누든 누가 누구의 옆자리를 차지하든 기본적으로는 자유다.

에미코 옆에는 가브리엘이 앉았다. 에미코는 황공해 어쩔 줄 모르는 몸종처럼 눈을 내리깔고 자기 원고를 가브리엘에게 건넸다. 두 달 걸려서 그린 만화 열다섯 장이다. 이십 년 만에 펜을 쥔 탓에 처음에는 실패의 연속이었지만 어제 드디어 마지막 스크린톤을 붙였다.

"재미있어 보이네요. 코미디?"

가브리엘의 입김이 또 뺨에 닿았다. 에미코의 겨드랑이에 땀이 뱄다.

"네. 잔과 알베르가 현대사회의 회사에서 일한다면……이라는 설정으로 그렸어요."

"평행세계 설정이군요. 멋져요."

이번에는 가브리엘이 자기 원고를 에미코의 무릎에 놓았다.

"소설이에요. 어때요?"

에미코는 손수건으로 손가락을 닦고 무릎 위의 원고를 조심스레 한 장 집어들었다.

'잔은 아랫배에 가만히 손을 얹었다. 태동이 어렴풋이 느껴졌다. 신이시여! 잔의 뺨에 눈물이 흘러내렸다……'

한 문장을 읽었을 뿐인데도 하반신에서 힘이 빠져나가는 것 같았다.

아아, 역시. 가브리엘 님의 글은 대단해. 정말 대단해!

에미코의 볼은 건드리면 손이 델 만큼 달아올랐다. 심장은 점점 더 빨리 뛰었고, 숨을 쉬면 애절한 한숨만 나왔다. 잔을 만난지 삼십여 년, 차마 말로 표현할 수 없던, 아무리 애를 써도 가슴 속 깊은 곳에 응어리져 있던 안타까운 그 마음을 가브리엘 님은 어쩜 이렇게 적확하게 표현해낼까. 정말로 굉장해. 에미코는 떨리는 손으로 공손하게 원고를 넘겼다.

"가브리엘 씨는 이번에 소설을 썼나보네." 마그리트의 힘줄 선 목이 테이블 너머에서 닭처럼 뻗어왔다. 가브리엘이 미소지으면서 대답했다.

"네, 400자 원고지 삼십 장 정도의 짧은 글이지만요. 잔이 미국으로 건너갔다가 프랑스로 돌아올 때까지 오 년간의 공백을 소설로 써봤어요."

어머.

여기저기서 한숨이 새어나왔다.

"그 오 년은 잔의 가장 큰 수수께끼야. 원작자가 왜 그 부분을 그리지 않았는지 지금까지도 다양한 의견이 나오고 있지."

"생각건대 잔은 아이를 낳았을 거예요. 이리저리 상상해봤지만 그게 제일 가슴에 와 닿았어요."

"어머, 가브리엘 씨는 출산설을 지지하는구나. 그럼 아버지는."

"물론 알베르죠."

아아. 다시 각양각색의 한숨이 새어나왔다.

그때 미레유가 엉뚱한 소리를 질렀다.

"알베르! 오오, 알베르! 왜 당신은 내 마음을 이렇게 휘젓는 건가요? 이 애타는 감정은 뭐지? 이게 사랑? 그래, 이건 사랑이야! 보고 싶어, 보고 싶어, 지금 당장 보고 싶어! 아니면 난 사랑의 고통을 견디다 못해 죽고 말 거야!"

잔이 알베르를 향한 사랑에 눈뜨는 장면의 대사다. 수많은 명대사 중에서도 가장 인기 있는 것으로, 팬이라면 누구나 이 대사를 듣고 절로 심장박동이 빨라진다.

방안의 분위기가 대번에 고조됐다.

"잔의 소꿉친구이자 운명의 연인 알베르. 그래, 잔이 낳은 아이의 아버지는 알베르여야 해! 알베르만이 잔의 연인이야!" 선동가의 연설처럼 미레유가 언성을 높였다. 그것이 기폭제가 되어 모두 일제히 떠들기 시작했다.

"그런데 클로드인지 뭔지 하는 남자의 아이를 낳았다고 주장하는 사람도 있대."

"잔과 클로드라니 말도 안 되죠. 원작을 능욕하는 거나 마찬가지예요. 그런 망상을 하는 것도 모자라 소설이나 만화로 제작해서 팔다니, 그보다 큰 죄는 또 없을 거예요."

"그럼, 그럼. 망상이야 자기 자유지만 마치 그게 올바른 내용인 양 뻔뻔하게 책으로 만들어 팔다니, 부끄러운 줄도 모르나. 꼴불견 같으니라고. 너무해. 인간도 아니야."

"잔의 연인은 알베르야. 다른 커플은 인정 못해. ……설마 여기 다른 커플을 지지하는 사람은 없겠지?"

"설마. 당연히 없겠지. 그렇지, 에밀리 씨?"

"네?" 갑자기 질문이 날아드는 바람에 에미코는 순간 굳어버렸다. 열 개의 시선이 일제히 이쪽을 향했다. "네, 물론이죠. 잔의 짝은 알베르뿐이에요."

"아무렴! 그런데 에밀리 씨 원고는?"

"지금 보는 중이에요." 가브리엘이 에미코의 원고를 높이 쳐들었다. "역시 아주 멋지네요. 그림도 정말 예뻐요."

"보여줘, 보여줘."

지젤이 들고 있던 원고를 옆으로 내던졌다. 실비아가 가져온 일러스트였다. 실비아가 고르지 못한 눈썹을 휙 치켜세웠다. 하지만 지젤은 전혀 개의치 않고 에미코의 원고를 받아들었다.

“와, 정말 잘 그렸네. 대단해, 에밀리 씨. 어제 그림 게시판에 올린 일러스트도 근사했지만 이건 더 대단한걸! ……그러고 보니 에밀리 씨는 만화가를 꿈꾼 적이 있다면서?”

“네, 오래전 이야기지만요.”

“이런 재능은 꾸준히 발휘해야 해. 다음에는 장편을 그려봐.”

“감사합니다. 그렇지만 저, 그림은 그럭저럭 되는데 스토리가……”

“그럼 가브리엘 씨 소설에 삽화를 그려보면 어떨까? 어때, 가브리엘 씨?” 마그리트가 여느 때처럼 리더십을 발휘해 거침없이 이야기를 진행시켰다.

“그거 좋은 생각이네요. 꼭 그래주세요.”

가브리엘의 말을 듣자 에미코는 어깨가 덜덜 떨렸다. “그렇지만, 저 같은 게…… 괜찮으시겠어요?”

“무슨 말이에요. 저야말로 잘 부탁해요.”

“쇠뿔도 단김에 빼랬으니 이번 회보에 꼭 싣자고. 그럼 페이지 구성이 문제인데. 지젤 씨, 조정할 수 있을까?”

마그리트가 묻자 지젤은 페이지 배열표를 보면서 빠르게 설명했다.

"괜찮을 것 같아. 일러스트 페이지를 조금씩 줄이면. 여기 이거, 이번에는 빼자." 지젤이 배열표에 빨간 펜으로 두 줄을 그어 내용을 지웠다. "하지만 마감 날짜는 변경 못해. 조금이라도 늦으면 추가금이 붙거든. 가능하면 다음주에는 원고를 완성해줘."

"괜찮겠어요, 에밀리 씨?" 가브리엘의 달콤한 숨결이 뺨에 닿았다. 에미코는 첫날밤을 앞둔 신부처럼 "네" 하고 고개를 끄덕였다.

"가브리엘 씨 소설에 에밀리 씨 삽화라니. 이거 이번 회보는 엄청나겠는걸. 그럼 표지에도 신경 좀 써야지."

마그리트가 늘 들고 다니는 두꺼운 수첩에서 인쇄소 단가표를 꺼냈다.

"박을 찍는 데 얼마쯤 들지? 금박을 쓰면 좋겠는데." 지젤이 단가표를 들여다보면서 말했다. 갈색 곱슬머리가 경쾌하게 춤췄다. "속지도 평소처럼 인쇄소에만 맡겨놓지 말고 좀더 공을 들이고 싶어."

"그럼 속지에 그림을 넣어보는 건 어떨까요?"

"좋은 생각이네. 제작비가 좀 들겠지만. 다들 이의 없지?"

달군 돌을 수없이 던져넣은 것처럼 방안의 열기는 하늘 높은 줄 모르고 치솟았다. 에미코의 목과 겨드랑이에 작은 땀방울이 배어났다. 겉옷을 벗는데 가브리엘의 축축한 위팔과 맞닿을 뻔했다. 에미코는 망설이다가 자신의 위팔을 살짝 갖다댔다. 가브리엘이 희미한 반응을 보였다.

이 달콤하고 애달픈 감각은 도대체 뭘까. 성욕과는 다른 이 멋진 감각. 분명 같은 마음과 같은 영혼의 친구끼리만 맛볼 수 있는, 유일무이하고 고귀한 인연에서 비롯된 기쁨이다. 에미코는 옆에 앉은 '친구'의 옆얼굴을 훔쳐보았다. 정말로 아름다운 사람. 저 가죽 초커도, 하얀 셔츠도 하나같이 세련됐다. 에미코는 지금까지 속으로 수도 없이 중얼거린 말을 가브리엘의 귓가에 속삭여보고 싶었다.

'좋아해요, 내 운명의 친구.'

안 돼. 그런 말은 못해. 에미코는 양손으로 뺨을 감싸고 눈을 내리깔았다. 하지만, 하지만. 한 번쯤은 말해보고 싶어. 저 부드러워 보이는 귀에 입술을 갖다대고……

"그런데 실비아 씨도 만화가를 꿈꾸지 않았나?"

미레유가 불쑥 중얼거렸다. 모두의 시선이 실비아에게 집중됐다. 아까 치켜올라간 후 그대로 굳어져버린 듯한 실비아의 굵은 눈썹을 향해. 실비아는 손에 페이지 배열표를 들고 있었다. 지젤이 빨간색으로 그은 두 줄이 강조되어 보였다.

"아, 여기 삭제한 부분, 실비아 씨 일러스트네?" 미레유가 배열표를 들여다보면서 태평하게 말했다. "어쩔 수 없지. 나도 에밀리 씨 만화가 더 좋은걸."

미레유가 남은 홍차를 들이켰다. 그리고 가볍게 트림하더니 씩 웃었다.

"신경쓸 것 없어."

이케부쿠로 역. 개찰구까지 함께 온 마그리트가 말했다.

둘만 남자 마그리트의 분위기가 완전히 달라졌다. 모임에서는 신경질적인 리더다. 실제로 '대표'라는 직함을 달고 있다. 하지만 이렇듯 일상 공간에서 마주하면 참견하기 좋아하는 평범한 아줌마다. 입고 있는 튜닉원피스는 자칫 임부복으로 보일 지경이고, 귀걸이도 목걸이도 명백한 모조품이다. 십대나 이십대라면 몰라도 이 나이대에는 좀 궁색해 보인다.

"하지만…… 괜찮을까요? 실비아 씨 분량을 빼다니." 에미코는 가냘픈 목소리로 속내를 토해냈다.

"응, 실비아 씨한테는 내가 잘 말해둘게. ……그나저나 지젤 씨도 참 문제야. 조금만 더 신경쓸 것이지. 그렇게 노골적으로 굴면 보는 사람이 다 민망하잖아. 일처리는 능숙하지만 배려심이 좀 모자라."

"아……" 그렇군요, 라고 긍정해도 될지 몰라서 에미코는 애매모호하게 맞장구를 쳤다.

"미레유 씨도 시한폭탄이지. 그 사람은 늘 그런 식이거든. 멍하니 자기만의 세계에 빠져 있는가 싶으면 느닷없이 안 해도 될 말을 꺼내. 그래서 매번 분위기를 깬다니까. 주의를 주고 싶어도 아무튼 팬클럽에서 제일 오래된 사람이잖아? 그래서 아무도 뭐라고 못해."

"아……" 에미코는 이번에도 애매한 웃음을 지었다.

"문제아뿐이라서 정말 골치야. 위가 아프다고." 마그리트가 명치를 눌렀다. 위가 아프다는 것이 이 사람의 말버릇이다. "하지만 제일 문제아는 실비아 씨지. 그 사람은 간사가 된 지 그리 오래되지도 않았는데 마치 팬클럽 창단 멤버처럼 굴잖아?"

"아, 네. 저도 상당히 오래된 분인 줄 알았어요."

"그치? 뭐, 확실히 우리 팬클럽에서는 제일 연장자지만 가입한 지는 삼 년도 안 됐어. 정말 골치야, 그 사람은. ……하지만 제일 조심해야 하는 사람은 가브리엘 씨지."

"네?" 에미코의 심장이 쿵쿵 뛰었다. "조심해야 한다니요. ……무슨 말씀이세요?"

"아니, 가브리엘 씨 자체는 괜찮아. 좋은 사람이지. 다만 알다시피 그 사람 인기가 많잖아? 그러니까 그 사람을 둘러싸고 이래저래 좀."

"그러니까…… 도대체 무슨 말씀이신지?"

"가브리엘 씨하고는 어느 정도 거리를 두는 편이 좋다는 말이야. 이 팬클럽에서 오래 활동하고 싶다면. ……혹시 가브리엘 씨가 개인적으로 연락한 적 있어?"

마그리트의 눈이 순간 쓰레기봉투를 노리는 까마귀의 눈처럼 사납게 변했다. "응? 연락한 적 있느냐고?"

"아니요." 에미코는 절로 상반신을 뒤로 물렸다.

"그래. 그럼 됐어."

마그리트의 움푹 들어간 눈에 안도의 빛이 깃들었다. 에미코에게 팔짱을 끼고 속삭였다.

"나, 에밀리 씨가 참 좋아. 자기 그림도 참 좋고. 그러니까 계속 사이좋게 지내고 싶어. 언제까지나 친구로 지내고 싶다고. 잔과 친구들처럼 영원히. 잔이 무엇보다 친구를 소중히 여긴 것처럼 우리도 그랬으면 해. ……에밀리 씨는 어때? 어떻게 생각해?"

"네, 저도 여러분과 영원히……"

"어머."

마그리트가 걸음을 멈췄다. 개찰구 앞에 작은 서점이 있었다.

"뭐야, 이거." 마그리트가 집어든 것은 『앙그라캉그라』라는 정보지였다. 마니악한 문화 정보를 다루는 잡지인데, 창간된 지 꽤 오래된 터라 에미코도 학창 시절 자주 구입했다.

"이런 괘씸한." 마그리트의 목에 힘줄이 불거졌다. 하지만 손가락은 흥미롭다는 듯 망설임 없이 차례차례 책장을 넘겼다.

에미코도 잡지를 들고 살펴보았다. 표지에 '아키즈키 미유리의 수수께끼를 좇는다'라는 문구가 떡하니 박혀 있었다.

아키즈키 미유리의 수수께끼? 아키즈키 미유리라면…… 『푸른 눈동자의 잔』의 원작자.

"정말 어처구니가 없네."

그러나 에미코가 특집 페이지를 펼치기 전 마그리트가 잡지를 난폭하게 제자리에 내려놓았다. 에미코도 허둥지둥 잡지를 내려놓았다.

× × ×

S 보자, 아키즈키 미유리는 언제 데뷔했지?

W 자료에 따르면…… 1971년 「마리안의 빨간 구두」로 데뷔했어. 『소녀 줄리엣』이 주최한 신인상 가작에 당선됐지. 데뷔 당시 고등학생이었어.

S 고등학생? 당시에는 제법 화제였겠는데?

W 그렇지도 않았나봐. 순정만화 쪽에선 그리 드물지 않은 일이니까. 데뷔 후 몇 년은 히트작이 없어서 연재를 못하고 단편 전문이었어. 즉 이류 만화가였지.

S 그럼 『푸른 눈동자의 잔』이 출세작?

W 맞아. 처음에는 단편이었다가 반응이 좋아서 연재로 승격된 모양이야. 아키즈키 미유리의 첫 연재작이었지.

S 그 단편은 단행본에 실렸나?

W 아니, 안 실렸어. 하지만 그 작품이 실린 『소녀 줄리엣』은 존재하지. 수집가 아무개 씨한테 부탁해서 빌려왔어.

S (『소녀 줄리엣』을 뒤적이며) 어? 그림이 다르잖아? 비슷하기는 한데 연재 본편보다 훨씬 잘 그렸네. 아니, 그게 아니라 본편 후반부랑 그림체가 같잖아?

W 그래. 그게 수수께끼야. 그래서 아키즈키 미유리가 두 명이라는 가설이 나온 거지.

S 가령 두 명이었다면 둘 중 하나가 유령작가겠지. 그러면 진짜 아키즈키 미유리의 그림은 뭐야? 잘 그린 쪽? 못 그린 쪽? ……당연히 잘 그린 쪽인가.

W 꼭 그렇다고 할 수도 없어. 이 『소녀 줄리엣』을 봐. 『푸른 눈동자의 잔』 연재 전에 아키즈키 미유리가 그린 단편이 있어.

S 우아, 엉망이네. 어? 그렇다면……

W 그래. 못 그린 쪽이 진짜가 아닐까 해.

S 그럼 잘 그린 쪽은?

W 그게 수수께끼지.

S 당시 일을 잘 아는 사람 없나? 『소녀 줄리엣』 편집자라든가.

W 당시 편집자는 아키즈키 미유리 2인설을 딱 잘라 부정했대. 아키즈키 미유리는 틀림없이 한 명이라고 했다는군.

S 뭐, 아키즈키 미유리야 분명 한 명이겠지만, 유령작가의 존재에 대해서는?

W 어시스턴트가 있다는 건 인정했어.

S 어시스턴트가 유령작가라는 소리인가? 어시스턴트가 만화를 완성했다는 뜻이야?

W 어시스턴트가 만화를 완성하는 건 드문 일이 아니야. 작가는 콘티만 짜고 나머지는 어시스턴트가 담당하는 경우도 흔하지. 그걸 보고 유령작가라고 하지는 않는다고.

S 그야 그렇지. 어시스턴트를 유령작가로 보기 시작하면 대부분의 만화가에게 유령작가가 있는 셈이니까. 그렇다면 아키즈키 미유리에게 그림 실력이 별로인 어시스턴트와 그림 실력이 좋은 어시스턴트가 있었던 건 아닐까?

W 부정할 근거는 없는데. 다만 이런 소문도 있어. 아키즈키 미유리가 자매 혹은 친구와 함께 살았다는 소문. 하지만 두 사람이 함께 있는 모습을 본 사람은 없다는군.

S 뭐야, 그게?

W 아키즈키 미유리의 얼굴을 실제로 본 사람이 거의 없대. 팬클럽

모임에 딱 한 번 얼굴을 내민 게 끝이야. 원고를 주고받을 때는 어떤 여자를 대리로 내세웠고. 그 여자와 아키즈키 미유리가 무슨 관계인지는 분명치 않아.

S 어쩐지 미스터리 같아지는걸.

W 그리고 아키즈키 미유리는 필명인데, 아키즈키라는 이름의 여자가 또 있다고 해. 이건 아키즈키 미유리가 실종된 후에 밝혀진 사실인데, 아키즈키 미유리는 고등학교 졸업 후 동급생과 함께 규슈에서 상경했어. 1973년이었지. 그 동급생의 성이 아키즈키였다나봐. 덧붙여 아키즈키 미유리의 본명은 야마다 야스코야.

S 야마다 야스코? 놀랄 만큼 평범하군. 순정만화가로서는 치명적일 만큼 평범해. ……과연, 그래서 친구의 이름을 빌린 건가. '아키즈키'는 예쁜 이름이니까. ……그러면 함께 살았다는 친구가 그 동급생 아니야?

W 응. 그렇게 생각하면 앞뒤가 딱 들어맞지.

S 그럼 어쩌면 또 한 명의 아키즈키 미유리도……

W 자자, 서두르지 마. 결론을 내리기는 너무 일러. 아직 취재중이니까 조금만 더 기다려.

S 그럼 이어지는 이야기는 다음 호에서.

월간 『앙그라캉그라』(2007년 7월호)에서

에밀리와 실비아

—그러니까 계속 사이좋게 지내고 싶어. 언제까지나 친구로 지내고 싶다고. 잔과 친구들처럼 영원히. 잔이 무엇보다 친구를 소중히 여긴 것처럼 우리도 그랬으면 해. ……에밀리 씨는 어때? 어떻게 생각해?

오래도록 사이좋게 지내고 싶다. 그것은 틀림없이 진심이었다. 팬클럽 활동은 유일한 기분전환 시간. 나 자신으로 돌아올 수 있는 시간. 다소 귀찮은 규칙이 있지만 그 정도 단점 때문에 잃고 싶지는 않은 소중한 시간이다. 인간관계가 좀 번거롭긴 해도 남편과의 관계보다는 몇 배 낫다.

연립주택이 보였다. 에미코는 한숨을 내쉬었다. 여기서 산 지 벌써 십오 년째다. 입주했을 때는 신축이었지만 지금은 완전히 낡았다. 벽에는 군데군데 금이 갔고 곰팡이가 피었을뿐더러 계단도 녹 천지다. 거품경제 시절의 흔적인 으리으리한 돌출창이 애처로워 보인다. 2층 모퉁이 집 현관문을 열고 에미코는 더 크게 한숨을 내쉬었다. 마치 자신만을 거부하는 듯한 냉랭한 냄새. 남편의 냄새다.

남편과는 십오 년 전, 스물여섯 살 때 결혼했다. 결혼하기 오 년 전부터 사귀었으니 이럭저럭 이십 년 묵은 질긴 인연이다.

처음 만난 곳은 슬롯머신 게임장이었다. 에미코는 점원이고 남편은 단골손님이었다. 남편은 당시 언론 쪽 일을 한다고 했다. 실제로 언제나 옷을 쫙 빼입고 다녔고 시계도 고급 명품이라 잘나가는 직장인 냄새가 풀풀 풍겼다. 하지만 전부 거짓말이었다. 언론 쪽 일이라 함은 동네의 작은 광고대행사였다. 그것도 전화방 전단지를 여기저기 붙이고 다니는 아르바이트. 그나마 일이나 하면 다행이지만 결혼하자마자 남편은 일을 그만두었다. 그만큼 에미코가 더 일해야 했다. 사 년 전부터 게임장뿐 아니라 작은 건설회사에서 파트타임 직원으로 일하고 있다. 남편의 씀씀이가 더 헤퍼졌기 때문이다. 아침부터 밤까지 일하는데 남편은 집안일도 완벽하게 하라고 한다. 정말이지 뭐 이런 인간이 다 있을까.

그래도 작년까지는 그런 남자라도 남편으로서 필요했다. 아무 쓸모 없지만 있는 것만으로 안심된다. 난폭하지만 가끔가다 다정하게 대해주고, 의지가 되기도 한다. 무엇보다 자식도 없이 마흔이 넘은 지금 홀로된다는 건 도저히 생각할 수 없는 일이다. 그런 남자라도 없으면 쓸쓸하다. 게다가 원래 이 결혼에는 자신이 더 적극적이었다. 남편은 따로 좋아하는 사람이 있었지만 울며불며 난리를 쳐서 여자를 떼어내고 막무가내로 남편의 옆자리를 꿰찼다.

머리가 어떻게 됐던 거다. 보는 눈이 바닥이었다. 하긴 이십 년 전에는 남편도 다정하고 듬직했다. 그러나 지금은 그때 모습이 눈곱만큼도 남아 있지 않다. 어딘가에서 누군가와 뒤바뀐 것이 아닐까 싶을 만큼 딴사람이다.

할 수 있다면 이십 년 전으로 돌아가 인생을 다시 시작하고 싶다. 이십 년 전으로 돌아간다면 슬롯머신 게임장을 그만두고 본격적으로 만화 공부를 할 것이다. 그래, 난 만화가가 되고 싶어서 상경했지. 그런데 왜 그 꿈을 포기했을까. 공모전에 투고하면 번번이 낙선했고, 원고를 들고 편집부에 직접 찾아가자 "고향으로 돌아가는 편이 낫겠다"라는 말과 함께 쫓겨났다. 왜 고작 그 정도로 체념했을까. 어릴 때부터 꿈이었는데. 지금이라도 늦지 않았다고? 아니다, 무슨 일에든 때가 있다. 카레 하나를 만들 때도 타이밍을 무시하면 맛이 엉망진창이 된다. 양파를 넣는 걸 깜빡했다고 막판에 구색을 맞추듯이 넣어봐야 허사다. 허탕 정도가 아니라 넣지 말 걸 그랬다고 후회하게 된다.

요컨대 실패다. 남편과 만난 것은.

"에미코, 그 남자랑은 헤어지렴. 지금은 다정할지 몰라도 근본부터 막돼먹은 놈이야."

그렇게 말한 사람은 어머니였다. "술버릇도 안 좋지 않니?"

"술은 끊었어. 그리고 각성제 같은 데 빠지는 것보다야 훨씬 낫잖아."

당시는 그런 말로 반항하며 여봐란듯이 결혼했다. 이 똥고집은 도대체 누굴 닮은 걸까? 정말이지 스스로가 싫어졌다. 변하고 싶다…… 하지만 변할 수 없다.

"괜찮아요, 변하지 않아도. 당신은 지금 그대로 충분해요. 있는 그대로의 당신이 좋아요."

가브리엘의 말이 떠올랐다. 석 달 전 처음으로 가브리엘이 전화를 주었다. 그때 가브리엘은 에미코가 내뱉는 약한 소리를 전부 받아주었다. 너무도 다정한 태도에 에미코는 그동안 꾹 참아왔던 눈물을 단숨에 쏟아버렸다.

그후로 우는 버릇이 들고 말았다. 뺨을 만져보니 지금도 눈물로 젖어 있다.

가브리엘 님, 가브리엘 님, 저는 지금 이대로 충분한 거죠?

하지만. 지금 같은 생활에서는 나를 지킬 수 없다. 지금 같은 생활을 계속하면 점점 나 자신을 잃어갈 것이다.

아아, 이런 생활에서 벗어나고 싶어. 오늘도 남편은 술에 취해 돌아와 이러쿵저러쿵 잔소리를 늘어놓으며 진을 빼놓겠지. 특히나 오늘처럼 즐거운 시간을 보내고 온 날은 더 집요하게 물고 늘어진다.

에미코는 답답한 마음을 주체 못하고 컴퓨터 전원을 켰다. 이 방에서 유일하게 나의 정체성을 확인할 수 있는 곳.

컴퓨터가 켜지자 에미코는 곧장 팬 사이트 '푸른 전설'에 접속했다. 어제 그림 게시판에 올린 일러스트에 새로운 댓글이 달려 있었다.

'에밀리 씨 그림은 언제나 멋져요! 감동했어요.'

'에밀리 씨는 이미 원작을 넘어섰네요! 에밀리 씨가 꼭 잔의 다음 이야기를 그려주시면 좋겠어요.'

'정말로 아키즈키 선생님보다 잘 그리는 것 같아요. 저도 에밀리 씨가 그린 잔의 다음 이야기가 보고 싶어요!'

아이, 아키즈키 선생님보다 잘 그린다니. 다들 너무 띄워주네.

에미코는 양손으로 뺨을 감쌌다. 후끈거렸다. ……어쩌면 내가 정말로 아키즈키 미유리를 넘어선 건 아닐까?

전화벨이 울렸다. 에미코는 퍼뜩 정신이 들어 서둘러 전화기로 향했다.

실비아의 전화였다. 답답한 마음이 단번에 날아가고 대신 위가 찌르르 아파왔다. 어떡하지, 분명 그 용건이야. 나 때문에 실비아 씨 분량이 삭제됐잖아. 아아, 어쩌지.

"아…… 실비아 씨. 저…… 죄송해요, 그."

"어머나, 왜 사과를 하고 그래?"

"그게…… 그, 저 때문에……"

"에이, 회지 얘기야? 그런 거 하나도 신경 안 써."

마술사 실비아. 에미코가 몰래 그렇게 부르는 이 사람은 얼핏 듣기로 올해 쉰세 살이다. 에미코보다 열 살 넘게 많다. 『푸른 눈동자의 잔』이 연재될 당시 이미 스물두세 살이었다. 그 때문에 가장 연륜 있는 팬처럼 보이지만, 사실 간사 서열은 밑에서 세번째다. 물론 명확한 서열은 없지만 간사가 된 기간이 길수록 발언에 힘이 실린다는 것이 암묵적인 규칙이다. 가장 오래된 사람은 미레유고, 그다음이 마그리트, 지젤, 실비아, 가브리엘 그리고 에밀리 즉 에미코 순서다. 이 간사진은 회원 삼백 명을 거느린 팬클럽 '푸른 전설'의 중핵으로 공백이 생기면 일반회원 중 누군가가 채우는 방식으로 삼십 년간 운영되어왔다고 한다. 일반회원은 간사들을 '푸른 6인회'라고 부른다. 즉 간사로 발탁되는 것은 명예로운 일로 여겨지며, 순서를 기다리는 회원도 많았다. 그런데 에미코는 석 달 전 '푸른 전설'의 회원이 된 지 겨우 반년이 지났을 때 '푸른 6인회'의 일원으로 뽑혔다.

"어째서 저를?"

당황스럽기는 했지만 에미코는 흔쾌히 '푸른 6인회'의 초청을 받아들였다. 이건 분명 '전환기'인 거야. 이 기회를 놓치면 난 또 다시 음침한 상태로 돌아가고 말 거야.

에미코가 '푸른 전설'의 존재를 안 것은 그로부터 반년 전, 만성적인 우울증에 시달리고 있을 때였다. 갱년기 장애가 시작되었던 것인지도 모른다. 아니면 일에 권태감을 느꼈는지도. 어쨌거나 삶의 보람을 잃고 저도 모르게 한숨을 푹푹 쉬며 하루하루를 보냈다. 슬롯머신 게임장 점원과 건설회사 직원을 겸했는데, 특히 사무직은 컴퓨터를 보고 있어야 할 때가 많아서 어깨와 눈, 신경에 피로가 쌓여만 갔다.

"가끔은 한숨 돌려야지."

점 보기를 좋아하는 동료가 타로카드를 들추며 말했다. "난 가끔 게임을 해. 앞자리의 아르바이트생, 진지하게 키보드를 두드리고 있지? 저거 블로그에 글 올리는 거야. 모두 일하는 척하면서 대충 인터넷을 하며 논다고."

"그래?"

"그래. 넌 너무 성실해. 사장도 하루 중 대부분을 음란 사이트 들여다보면서 시간을 때워. 그러니까 너도 좀 놀아. 채팅 같은 데는 빠지지 말고. 넌 치정 문제를 조심해야 한다는 점괘가 나왔거든." 그렇게 말하며 동료는 악마 카드를 집어들었다.

정말로 모두 인터넷을 하며 노는 걸까? 사장도, 앞에 앉은 젊은 아르바이트생도 진지한 얼굴로 모니터를 노려보고 있었다. 반신반의했지만 "쉬엄쉬엄해" 하고 동료가 더 부추기는 통에 시험 삼아 검색 사이트를 열고 검색어를 입력해보았다.

사적인 용도로 검색하기는 처음이었다. 검색어는 '푸른 눈동자의 잔'. 초등학생 때 푹 빠졌던 만화고, 이 만화의 영향으로 만화가가 되고 싶다는 꿈을 꾸기도 했다. 오래된 만화이니 검색 결과가 없지 않을까 싶었는데 십만 개가 넘는 검색 결과가 나왔다. 에미코는 맨 위에 있는 '푸른 전설'이라는 팬 사이트를 별생각 없이 클릭해보았다.

사이트 화면이 뜨자 에미코의 우울증은 순식간에 날아갔다. 영양제를 혈관에 직접 주입한 것처럼 몸이 뜨겁게 달아오르고 심장은 터질 듯이 뛰었다. 화끈거리고 두근거려서 실신할 뻔한 것을 간신히 버텨내고 에미코는 곧장 회원 가입을 마쳤다.

삼십 년 만에 접한 『푸른 눈동자의 잔』은 에미코에게 큰 활력

소가 돼주었다. 그날 퇴근길에 전자제품 대리점에 들러서 비상금을 탈탈 털어 노트북컴퓨터를 샀을 정도였다.

물론 남편이 잔소리를 했지만 "일하는 데 쓸 거야"라고 하자 뜻밖에 선선히 넘어갔다. 아내가 음침하고 우울하게만 지내는 것보다 뭔가에 흥미를 가지는 편이 다루기 쉽겠다고 여겼는지도 모른다. 하지만 에미코의 마음속에 솟아오른 활력은 남편의 상상을 훨씬 뛰어넘었다.

에미코는 그날부터 적극적으로 팬클럽 활동에 참여했다.

게시판에 하루 세 번은 글을 올렸고, 컴퓨터 프로그램으로 그린 그림도 매일 업로드했다. 에미코의 일러스트는 좋은 평판을 얻었고 반년 후에는 '원작자의 그림을 가장 충실하게 재현하는 사람'으로 상당한 주목을 받기에 이르렀다. 그리고 석 달 전 '푸른 6인회'의 초대장을 받은 것이다.

추천인은 가브리엘이었다.

가브리엘의 메일을 처음 받았을 때의 기쁨은 지금도 잊을 수 없다.

가브리엘은 사이트에 수많은 게시글과 창작소설을 올리는 팬사이트의 아이돌이었다. 그의 작품은 하나같이 훌륭하고, 원작을 능가한다고 평하는 회원까지 있을 정도였다. 『푸른 눈동자의 잔』의 팬클럽인데도 가브리엘의 소설을 목적으로 들어오는 신봉

자가 날로 늘어났다. 에미코도 그중 하나였다.

그렇게 동경하던 가브리엘이 직접 메일을 보낸 것이다. 에미코는 어린아이처럼 들떴다. 한나절이나 걸려서 써 보낸 답장에는 휴대전화번호도 적어두었다. 정성 들인 보람이 있었는지 바로 다음날 가브리엘로부터 전화가 왔다. 상상했던 대로 부드러운 목소리가 다정하게 말을 붙였다. 에미코는 그 목소리를 언제까지나 독점하고 싶어서 이런저런 이야기를 계속했다. 자신의 내력, 고민, 그리고 누구에게도 말한 적 없었던 비밀까지. 왜 이런 이야기를 털어놓는 걸까? 그렇게 생각하면서도 멈출 수가 없었다. 이야기하는 동안 억눌린 마음이 서서히 해방되고 자꾸 눈물이 흘러나왔다. 전화를 끊을 때는 감동한 나머지 오열하는 통에 인사조차 제대로 하지 못했다.

"하지만 가브리엘 씨는 조심하는 편이 좋아."

수화기 너머에서 실비아가 말했다.

"그 사람 여러 가지 거짓말을 했거든. 연예계 관련 일을 한다는 얘기도 별것 아니야. 주로 만드는 건 재연 드라마. 왜, 실제 사건을 삼류 드라마로 재연하는 거 있잖아. 그거야, 그거."

풍만한 몸을 흔들며 빠른 말투로 떠들어대는 모습이 떠올랐다. 치렁치렁한 머리카락을 툭하면 요란스레 쓸어올리는 것이

버릇이다. 그 모습이 불결하게 느껴져서 에미코는 실비아와 거리를 두었다. 하지만 실비아는 그 동작이 마음에 드는지 오늘 점심때도 내내 그러고 있었고, 그 통에 머리카락 몇 가닥이 왼손에 엉겨붙었다. 그래도 이야기가 재미있고 몸짓과 손짓도 거창해서 지루하진 않다. 표준어를 쓰려고 노력하지만 결국은 고향 사투리 억양이 묻어난다. 그걸 감추려고 애쓴 나머지 이상하게 예스러운 말투가 나올 때도 많았다. 마치 희극에 나오는 촌부의 말투 같아서 듣고 있으면 유쾌했다. 그런 말투를 들어본 적이 있었다. 규슈, 그것도 남부 사람일 거라고 에미코는 직감했다. 에미코도 규슈 남부 출신이었다.

"에밀리 씨. 자기 정말 아무것도 모르나봐. 어쩐지 안됐네."

실비아는 핵심을 언급하지 않고 의뭉스러운 말만 여느 때처럼 묘하게 예스러운 투로 떠벌렸다.

"이 바닥에도 이런저런 문제가 많아. 팬클럽끼리의 기싸움 같은 거. 알아?"

물론 안다. '푸른 전설' 말고도 사설 팬클럽, 동인지를 발행하는 모임, 인터넷 팬 사이트 등은 수없이 많다. 하지만 '푸른 전설'은 특별했다. 사설 팬클럽이지만 실질적으로는 공인으로, 『소녀 줄리엣』을 발행하던 출판사가 작가를 고문으로 두고 설립한 팬클럽이 그 전신이다. 『푸른 눈동자의 잔』 연재가 중단되자 팬클럽은 일단 해산했지만 관리자들은 그대로 남아 운영을 이어나갔다. 그것이 '푸른 전설'이었다. 하지만 내부의 다툼과 분열 등 어느 세계에서나 일어날 법한 일이 여기서도 가끔 일어난다고 한다. 팬클럽 간의 의견 대립도 심하다고 들었다. 아무튼 가장 오래된 '푸른 전설'은 그 역사만큼 다양한 문제를 늘 안고 있었다. 평소에는 잠잠하지만 동인지 판매전 시기가 가까워지면 꿈틀거리기 시작해 괴문서와 장난 팩스 등이 나돈다고 한다.

"지금이야 장난 팩스는 없어졌지. 대신 인터넷이 있으니까."

실비아는 마침내 핵심을 꺼냈다.

"인터넷 익명 게시판. 알아?"

익명 게시판. 물론 안다. 익명이라는 것을 방패 삼아 온갖 욕설과 악담이 올라오는 곳이다.

"익명 게시판에 『푸른 눈동자의 잔』에 관한 토론장도 있는데. 본 적 있어?"

엄밀히 말하자면 본 적 있다. 하지만 딱 한 번이다. 자신이 아는 닉네임을 직접 거론한 악담이 쓰여 있었다. 그 내용이 너무나 추악하고 무시무시해서 그뒤로는 접속하지 않았다. 에미코는 "아니요" 하고 작게 대답했다.

"거기에 에밀리 씨, 자기 험담이 엄청 많아."

뭐?

온몸의 힘이 단숨에 증발하고 무릎이 확 꺾였다.

그 익명 게시판에 내 험담이?

무릎이 부들부들 떨리고 위장에서 욕지기가 묵직하게 치밀어 올랐다.

"제…… 험담이?"

"맘에 둘 것 없어. 다들 시샘이 나서 그러는 거거든."

"왜요? 왜 제가?"

"에밀리 씨, 자기는 너무 눈에 띄었어. 팬클럽 회원이 된 지 일 년도 안 돼서 갑자기 '푸른 6인회'에 발탁됐지? 그걸 탐탁지 않아하는 사람이 많아. '푸른 6인회'에 들어오려고 몇 년이나 기다린 사람도 있거든. 니나 씨라고 아나? 실은 그 사람이 간사로 뽑힐 예정이었어. 그런데 자기가 뽑혔으니. ……그 사람이 자기를 아주 원망한대."

"어, 그럼 그 니나라는 사람이 제 험담을?"

"뭐, 아마 니나 씨도 썼겠지만 주범은 아닐걸."

"그럼 누가?"

"누구일 것 같아?"

"누군데요?"

"가브리엘 씨."

가브리엘의 이름이 나오자 무릎이 더 떨리기 시작했다. "설마,

그럴 리가. 믿기지 않아요."

"나도 처음에는 그랬지." 실비아가 예능 리포터처럼 떠들어댔다. "실은 나도 당했어. 지독한 악담을 올렸더라고. 사적인 일까지 비난해서, 노이로제까지 걸렸다니까."

"하지만, 믿기지 않아요." 가브리엘의 단정한 옆얼굴이 떠올랐다. 그 얼굴은 평소처럼 온화하게 웃고 있었다.

"틀림없어. 가브리엘 씨밖에 모르는 내 가정사나 일 얘기까지 싹 다 적혀 있었는걸."

"가브리엘 님밖에 모르는 내용요?"

"그래. 가브리엘 씨가 전화를 한 적 있는데, 그때 신나서 이런 저런 이야기를 떠들었어. 개인적인 고민 같은 것도. 그랬더니 그게 그대로 게시판에 폭로됐더라고. 에밀리 씨, 가브리엘 씨한테 전화 온 적 없었어? 이것저것 묻지 않던?"

에미코는 몇 초 주저한 후에 "네" 하고 대답했다.

"아아, 그것 보라지. 그게 가브리엘 씨의 수법이거든. 친근하게 접근해서 상대의 마음을 빼앗은 후에 냉혹하게 배신하는 거."

"하지만, 하지만, 정말로 가브리엘 님일까요? 익명 게시판이니까 누가 글을 썼는지 알 수 없잖아요." 에미코는 반신반의하며 거듭 확인했다.

"익명이라지만 글마다 특징이 있으니까 뻔할 뻔 자야. 들키지

않은 줄 아는 건 본인뿐이지. 특히 가브리엘 씨는 가나로 입력하거든. 그래서 오타에 특징이 있어. 로마자로 입력하면 '가(が)'와 '카(か)'는 어지간해서는 틀리지 않잖아? 그런데 가브리엘 씨 글에는 탁점*을 빠뜨린 오타가 많아. 그게 제일 큰 증거야."

"하지만 그것만으로는…… 가나 입력 오타라면 저도……"

"에밀리 씨, 가브리엘 씨한테만 털어놓은 비밀 있어?"

"비밀?" 땀이 배어나왔다. 안경이 미끄러져내렸다. 에미코는 바로 안경에 손을 가져갔다. "설마…… 그게? 그 비밀이 게시판에 적혀 있어요?"

"봐, 역시." 실비아의 목소리가 한층 높아졌다. "그래, 적혀 있어. 똑똑히. 자기 비밀이."

떨림이 온몸으로 번졌다. 눈꺼풀이 거듭 경련했고, 혀는 완전히 평정을 상실했다.

"……그 일이, 게시판에, 적혀 있다고요?"

"그래, 확실히 적혀 있어. 에밀리 씨, 그 사람한테 왜 그런 이야기를 했어?"

밀려올라오는 욕지기와 오열에 목이 메었다. 가브리엘의 단정한 옆얼굴이 다시 떠올랐다. 그 얼굴은 사악하게 일그러져 있

---

* 일본어에서 탁음을 나타내기 위해 가나의 오른쪽 위에 붙이는 기호.

었다.

믿을 수 없어. 설마 그 일을. 비밀이라고 했는데, 절대 비밀이라고 했는데!

"뭐, 어쩔 수 없지. 가브리엘 씨는 그런 유도신문에 정말 능하거든. 일종의 재능이지. 남의 비밀을 캐내서 약점을 잡아 갖가지 요구를 해. 그러니까 자기도 조심해. 분명 자기한테도 돈을 빌리러 올 거야. 우리끼리 하는 이야기인데, 난 50만 엔 빌려줬어. 아직 못 돌려받았지만."

"50만? 그거, 그러니까…… 공갈인가요?"

"그래. 그 사람, 낭비벽이 있는 모양이더라고. 빚이 산더미래."

"하지만, 하지만, 가브리엘 님은 방송 쪽 일을 한다고……"

"말했잖아, 그 사람 얘기는 거짓말투성이라고. 질 나쁜 허언증이지. 일단 입 밖에 낸 거짓말을 진짜처럼 꾸미려고 돈을 물쓰듯 한다니까. 그래서 우리를 봉으로 잡고 돈을 뜯어내려는 거야. 자기도 조심해."

그러나 역시 믿기지 않았다. 에미코는 "하지만……" 하고 의기소침하게 다시 입을 열었다.

"자기도 참 사람이 좋아빠졌네. ……알았어. 직접 만나서 이야기하자. 지금 나올 수 있어?"

시계를 보니 다섯시가 조금 지났다. 남편도 집에 없으니 다시 나간다 해도 뭐라고 할 사람은 아무도 없다.

"네, 괜찮아요. 그런데 어디로 가죠?"

그러고 보니 실비아가 어디 사는지 모른다. 이케부쿠로 역에서는 지하철 타는 쪽으로 사라졌지만.

"JR선 Q역 동쪽 출구의 햄버거 가게에서 봐."

Q역이라면 집에서 제일 가까운 역이다.

"일부러 이쪽으로 와주시는 거예요?"

"어머, 무슨 소리야. 나도 여기 살아. 몰랐나?"

"네? 근처에 사세요?"

"그래. 이런, 난 아는 줄 알았는데. 하기야 난 역 서쪽이지만. 뉴타운 쪽. 아무튼 지금 나올 수 있다고? 나 지금 역이야. 먼저 가서 기다리고 있을게."

"아, 네. 알겠어요. 저도 지금 바로 나갈 테니 십오 분이면 도착할 거예요."

정말로 몰랐다. 실비아 씨가 이렇게 가까운 데 살았다니. 어쩌지, 혹시 내가 이런 허름한 연립주택에 산다는 것도 알까? 오늘은 한껏 꾸미고 나갔지만, 아줌마 티가 풀풀 나는 평소의 맨얼굴과 운동복 차림을 보지는 않았을까? 아아, 창피해. 아, 하지만 실비아 씨는 역 서쪽에 산다고 했어. 그럼 괜찮지 않을까? 하지만, 하지만.

아무튼 빨리 가야지. 어쩐지 일이 커졌어. 에미코는 노트북 화면을 돌아다보았다.

그 게시판에 내 악담이? 내 비밀이?

확인해봐야 해. ……하지만 에미코는 노트북을 끄고 뭔가에 쫓기듯이 허둥지둥 집을 나섰다.

역 앞 햄버거 가게. 어린애들이 우글대는 여기에 들어온 적은 별로 없다. 일전에 여고생들이 자기를 두고 노골적으로 입방아를 찧은 적이 있었다. "와, 저 아줌마 옷 어디서 파는 걸까?" "진짜 개성적이다. 난 도저히 소화 못하겠어."

그때 입은 건 직장 동료에게 얻은 표범무늬 니트였다. 그후로 한 번도 입지 않았다.

길에서 머뭇머뭇 가게 안을 들여다보았다. 입만 살아서 나불거릴 듯한 젊은 여자 세 명이 한복판 자리에 진을 치고 있었다. 하지만 셋 다 휴대전화를 만지작거리느라 바빠서 주변에 신경 쓸 여유는 없어 보였다. 그 옆 4인용 테이블에 실비아가 앉아 있었다. 에미코는 서둘러 아이스커피를 주문하고 여자들의 주의를 끌지 않도록 조심조심 다가갔다.

그런데 실비아가 "여기야, 여기" 하고 큰 소리로 부르며 손짓했다. 여자 한 명이 이쪽을 흘끗 쳐다보았다.

실비아는 모 대형 출판사의 로고가 들어간 종이봉투를 여봐란 듯이 테이블에 올려놓았다. “아.” 에미코의 몸이 멋대로 반응했다. 일찍이 원고를 들고 편집부에 찾아간 적 있는 출판사의 로고였다.

“아, 이거? 아까까지…… 담당자랑 이야기 좀 하고 있었거든.”

실비아는 커피를 들이켠 후 느닷없이 폭탄선언을 했다.

“나…… 실은 프로 만화가야.”

옆자리에 앉은 세 여자가 동시에 움찔했다. 컬러렌즈를 낀 여섯 개의 눈이 이쪽을 향했다.

에미코는 몸을 움츠리고 가능한 한 작은 목소리로 물었다.

“……프로?”

“팬클럽 사람들한텐 말 안 했어. 밝히면 여러모로 귀찮잖아.”

실비아는 더블버거를 입에 쑤셔넣었다. 변함없이 품위와는 거리가 멀다.

세 여자의 손가락이 일제히 휴대전화 자판을 누르기 시작했다. 입가에 히죽거리는 웃음이 걸렸다. 좋은 이야깃감을 발견했다는 신호다.

“프로……라고요?”

에미코는 다시 물었다.

“그래, 프로야, 프로.”

실비아도 질세라 되풀이했다.

틱틱틱틱. 여자들이 자판을 누르는 소리가 점점 빨라졌다.

'야, 들었어? 프로래, 프로 만화가.'

'진짜일까? 저 뚱땡이 아줌마가 순정만화가?'

'자칭 만화가 아니야? 아니면 동인 작가라든가.'

……하지만 이 종이봉투는 틀림없이 그 출판사 것이다. 이 봉투를 들고 돌아다니는 자신의 모습을 몇 번이나 머릿속에 그려 보았던가. 한없이 동경했지만 차갑게 거절당했던 출판사. 원고를 들고 출판사를 찾아다니던 시절이 생각나서 에미코는 더더욱 몸을 움츠렸다.

"저, 이 출판사에 원고 들고 간 적 있어요." 에미코는 말했다.

"그랬어?"

"보기 좋게 거절당했죠. 종이봉투 한 장 못 받았어요."

"어머, 그래? 그럼 이거 줄게."

"아뇨, 아뇨, 괜찮아요. 그건 실비아 씨가……"

"여기서는 실비아라고 안 부르면 안 될까? 왠지 부끄럽네. 진짜 이름으로 부르자."

하긴 그렇다. 이렇게 생활감이 넘치는 동네 가게에서 닉네임으로 부르려니 확실히 창피했다. 에미코는 옆자리 여자들을 힐끗 보았다. 여자들은 이미 흥미를 잃었는지 완전히 다른 화제에 열을 올리고 있었다. ……그런데 실비아 씨 이름이 뭐였지?

"'시오리 씨'라고 부르면 돼."

"아아, 시오리 씨. ……필명인가요?"

"어머, 아니야. 이건 본명. 그렇지만 자주 그런 질문을 받아. 후후후. 사키노 시오리는 필명이냐고."

이 사람 이름이 사키노 시오리구나. 본명을 듣자 어쩐지 지금 처음 만난 것 같은 기분이 들었다. 에미코는 자세를 바로 했다.

"에밀리 씨는…… 에미코 씨라고 부르면 될까? 아니면 무라카미 씨?"

"아, 그럼 '에미코 씨'라고 불러주세요."

시오리 씨는 자기 본명을 확실하게 밝혔다. 그런데 나는 머뭇거렸다. 어쩐지 마음 한구석이 편치 않았다. 그 때문인지 지금까지 반신반의했던 시오리의 말이 점차 진실처럼 들렸다.

"그건 그렇고 가브리엘 씨 말인데."

가브리엘의 이름을 듣자 가슴속에 다시 암담한 구름이 드리우기 시작했다. 믿었던 사람이 비밀을 폭로했다. 이 사람은 신뢰해도 괜찮다고 생각했는데 배신당했다. 그 사람이 인터넷 게시판에 내 악담을 쓰다니.

하지만 진짜일까? 역시 믿기지 않는다. 가브리엘 님이. 날 '순백의 장미가 어울리는 잔'이라고 말해준 가브리엘 님이.

"나쁜 사람일수록 달콤한 말을 늘어놓는 법이지."

……그럴지도 모르지만.

"사기꾼이랑 악덕 업자도 교묘한 말로 남을 속여넘기잖아?"

확실히 그렇지만.

"그런 사람은 목표물을 하늘 높이 띄워줘. 그러면서 뒤에서는 바닥에 처박아버릴 기회를 호시탐탐 노리지."

"제가 목표물이라는 건가요?"

"그래. 학교의 왕따와 똑같아. 일단 목표물로 선택하면 인격이 망가질 때까지 철저하게 괴롭히는 거야. 정말 무서운 사람이라고. 우리끼리 하는 이야기인데." 시오리는 목소리를 낮추었다. "그 사람, 사람을 하나 죽였어."

"네? ……설마." 아무리 그래도 곧이들을 수 없었다. "어휴, 농담은 그만두세요."

에미코는 웃으면서 말했지만 시오리는 굳은 표정으로 입을 열었다. "뭐, 직접 죽인 건 아니지만." 시오리는 몸을 더 내밀었다. "회원 하나가 사라진 건 사실이야. '소피'라는 사람. 혹시 알아?"

아아, 그러고 보니. 에미코의 시선이 허공을 더듬었다. 그런 이름을 쓰는 사람이 있었어. '푸른 전설'에 막 드나들 무렵 소피라는 사람이 사이트를 주름잡고 있었다. 그런데…… 그러고 보니 어느 순간인가 완전히 자취를 감췄지.

"소피 씨는 쭉 팬클럽 대표였고, '푸른 6인회'에서 제일 오래된 사람이기도 해. 그런데 신참인 가브리엘 씨가 온갖 수법을 동원해 괴롭히고 악평을 퍼뜨려서 소피 씨를 궁지에 몰았지. 그래서 소피 씨는……"

"어떻게 됐나요?"

"어느 날 갑자기 사라졌어. 자기 차와 함께."

"자동차도요?"

"응. 남미로 시집가는 바람에 팬클럽을 탈퇴했다는 사람도 있지만, 그건 헛소문이야. ……내 생각에는 가브리엘 씨가 연관된 게 아닐까 싶어. 듣자 하니 소피 씨는 사라지기 직전에 가브리엘 씨를 만났대. 아마 그때 무슨 문제가 생겨서."

"살해당했다?"

"그래."

"……설마요."

에미코는 괜스레 웃어 보였다. 너무 황당무계한 이야기라 머릿속에 들어오지 않았다. 워낙에 실비아 씨는 거짓말인지 참말인지 모를 교묘한 화술이 특기다. 반으로 깎아서 들으면 딱 좋아. 예전에 마그리트 씨가 그런 말을 했다. 반으로 깎아서, 반으로 깎아서, 에미코는 중얼거리며 빨대를 물었다.

시오리가 이쪽을 가만히 보고 있었다. 머리는 후끈거리는데

손발은 거짓말처럼 차가웠다.

"뭐, 믿든 안 믿든 에미코 씨 마음이지만." 시오리가 빈사 상태의 작은 동물을 보는 듯한 눈으로 말했다. "아무튼 에미코 씨가 새로운 목표물이라는 건 틀림없는 사실이야."

창문으로 저녁 햇살이 비쳐들었다. 시오리의 얼굴이 핏빛으로 물들었다.

"목표물?" 에미코는 아이스커피를 얼음과 함께 머금었다.

"그래, 에미코 씨가 목표물이 된 거야. 가브리엘 씨가 철저하게 몰아붙일걸. 그런 사람이야. 일단 목표물을 정했다 하면 끝까지 몰아붙여."

"……저, 어떻게 될까요?" 에미코는 웃음을 지으면서도 매달리듯이 목소리를 쥐어짜냈다.

"뭐, 각오는 해두는 편이 좋겠지."

"각오요?"

"그래. 틀림없이 상상을 초월하는 짓을 당할 테니까. 차라리 태어나지 말 걸 그랬다고 후회할 만큼 잔혹한 짓을 말이야."

"싫어요, 싫어…… 저는, 저는."

손끝이 마치 다른 생물처럼 부들부들 떨렸다. 등골이 얼음처럼 차가웠다. 머리로는 설마 가브리엘 님이……라고 생각했지만 몸은 본능적인 공포를 느끼기 시작했다. 에미코는 양손으로 몸을 감쌌다.

"하지만 안심해." 시오리가 손을 뻗어 에미코의 팔을 다정하게 어루만졌다. "내가 지켜줄게."

"……정말요?"

"응, 맡겨둬. 소피 씨 같은 비극은 두 번 다시 일어나선 안 돼."

"시오리 씨……"

"일단은 익명 게시판의 글이 문제인데. 괜찮아, 손을 써뒀어."

"손을 쓰다니요?"

"담당 편집자가 발이 넓으니, 그 사람에게 부탁하면 게시판 글 정도는 어찌어찌 처리할 수 있어."

"그게…… 가능한가요?"

"내 담당자가 제법 말발이 서거든. 공적인 자리에서나, 사적인 자리에서나. 익명 게시판 관리자하고 아는 사이니까 말하면 바로 삭제해줄 거야. 그 게시글을 쓴 사람이 가브리엘 씨라는 것도 관리자에게 IP 추적을 부탁해서 알아낸 거야. 그러니까 틀림없어. ……아 참, 지금 몇시지?" 시오리는 손목시계를 확인했다. 에미코도 알아볼 만큼 유명한 브랜드의 제품이었다. "다섯시 사십오분이네. 음, 그럼 두 시간하고 조금만 더 있으면 되겠다."

"무슨 말씀이세요?"

"아까 담당자한테 연락했는데 여덟시까지는 어떻게든 될 거라고 했거든. 그러니까 조금만 더 참으면 돼."

"여덟시에는 삭제되나요?"

"응, 틀림없어. 날 믿어."

자기를 믿으라는 말은 거짓말이 아닌 듯했다. 눈빛이 티 하나 없이 맑았다. 믿어도 되겠지?

"응. 걱정 마. 날 믿어."

시오리의 손가락이 에미코의 손가락에 닿았다. 떨림이 거짓말처럼 잦아들었다. 신기하게도 안심이 됐다. ……이 사람이라면 믿어도 될지 몰라.

"그런데 왜 절 위해 이렇게까지 해주시는 거예요?"

"비극을 되풀이하지 않기 위해서라고 했잖아. 그리고 에미코 씨를 보고 있으면 안타까워. 다들 자기 좋을 대로 써먹고. 자기처럼 수동적인 유형은 장난감이 되기 십상이라니까. 어렸을 때 왕따도 당하고 그랬지?"

에미코는 고개를 숙였다.

"하긴 자기 같은 사람을 보면 성질나는 사람도 있을 거야."

성질난다. 그건 남편의 입버릇이었다. 하지만 뭐가 나쁜지, 자신의 어디가 나쁜지 도무지 알 수가 없었다.

"에미코 씨, 사람들이 자기를 뭐라고 부르는지 알아?"

"네?"

"모두 몰래 자기를 별명으로 불러."

"……뭐라고요?"

"촌뜨기 대장."

"촌뜨기……"

"왜, 옛날에 그런 만화 있었잖아. 자기는 사투리를 쓰는데다 몸매도 둥글둥글하니까. 물론 처음 그 별명을 붙인 사람은 가브리엘 씨고. 아, 하나 더 있다. 나무 오르는 돼순이."

"나무 오르는 돼순이……?"

"돼지도 치켜세우면 나무에 오른다…… 그런 속담 있잖아. 에미코 씨, 사람들이 일부러 자기를 비행기 태우는 거 알고 있어? 앞에서는 '어머나, 그림 멋지다. 원작보다 잘 그렸어!'라고 치켜세워 놓고 뒤에서는 잔뜩 바람 든 자기를 보면서 낄낄대는 거야."

치켜세웠다? 바람 든 날 보고 낄낄댄다? 에미코는 두 주먹을 불끈 쥐었다. 아무리 힘을 주어도 손이 제멋대로 떨렸다. 그야 나도 다른 사람에게 몰래 별명을 붙이기는 했지만 웃음거리로 삼은 적은 없었어. 그런데 촌뜨기라고, 돼지도 치켜세우면 나무에 오른다며 뒤에서 비웃었어. ……믿을 수 없어, 믿을 수 없어.

눈꺼풀이 뜨끈해지더니 눈물이 왈칵 솟았다. 움켜쥔 주먹 위로 눈물이 소나기처럼 뚝뚝 떨어졌다.

"그렇지만 난 에미코 씨 같은 사람을 보면 지켜주고 싶어. 그러니까 이번에도 참견해본 거야."

시오리가 눈물에 젖은 에미코의 손에 자기 손을 살짝 얹었다.

"걱정 마, 이제부터는 내가 지켜줄 테니까."

지켜준다. 지금까지는 만화 칸 구석에 처박힌 엑스트라 정도에 불과했던 시오리가 순간 크게 확대되었다. 이제 이 사람밖에 없어. 날 구해줄 사람은 이 사람뿐이야. 절박한 감정이 넘쳐서 에미코는 작게 외쳤다.

"……도와주세요. 도와주세요."

"응. 걱정 말라니까. 내가 옆에 있잖아. 이제 울지 마." 시오리가 에미코의 손을 다정하게 어루만졌다. 에미코는 그 손을 힘주어 잡았다.

"이만 나갈까?"

에미코는 시오리의 말에 순순히 따랐다.

역에 도착하자 시오리가 "있지, 서쪽 출구에 안 가볼래?" 하며 건널목 쪽으로 몸을 돌렸다.

"아, 하지만."

"뭐 어때. 서쪽 출구에 괜찮은 부티크가 있어. 잠깐 둘러보자."

에미코는 시키는 대로 건널목을 건넜다.

그 순간 풍경이 바뀌었다.

선로를 끼고 서쪽과 동쪽. 같은 동네인데도 어딘가 멀리 날아온 듯한 기분이었다. 여기 올 때마다 그런 생각이 든다. 분위기도 완전히 다르다. 상점가도 이렇게나 세련됐다.

"자, 여기야."

시오리가 안내한 부티크는 상점가 입구에 있었다. 여기는 몇 번 와본 적이 있었다. 비록 윈도쇼핑뿐이었지만. 쇼윈도에 진열된 상품이 죄다 비싼 것들인데 도대체 누가 사는 건지 늘 궁금했다. 급행전철이 서지 않을 만큼 작은 역이라 덩달아 상점가도 작은데. 누가 굳이 이런 가게에서 이렇게 비싼 물건을 사는 걸까? 그래도 장사는 잘되는지 올 때마다 쇼윈도에 진열된 상품이 바뀌었고, 손님도 제법 드나들었다.

시오리 역시 단골인 듯 익숙한 발놀림으로 가게에 들어가자 점원이 손을 마주 비비며 다가왔다. 시오리는 옷을 제대로 입어보지도 않고 "이거랑, 저거랑, 그거 줘요" 하고 차례차례 옷을 구입했다.

"아, 이 니트, 그 플레어스커트랑 잘 어울리지 않을까?"

이어서 에미코 옷까지 살펴보기 시작했다.

"저, 지금 돈을 안 들고 와서." 에미코가 말했지만 듣는 둥 마는 둥 니트와 스커트, 카디건을 점원에게 건넸다.

"지금은 돈이……"

"괜찮아. 이건 내가 주는 선물이야."

"하지만."

"괜찮대도 그러네."

결국 도대체 뭘 얼마나 샀는지, 다 합쳐서 9만 8000엔이 나왔다.

"9만 8000엔이라. ……어머, 내 정신 좀 봐. 카드를 두고 왔네. 미안하지만 이거 좀 달아놓을래요? 나중에 어시스턴트를 보내서 결제할게요."

점원의 얼굴이 약간 일그러진 듯했다. 하지만 시오리는 개의치 않고 에미코의 소매를 잡아끌다시피 해서 가게를 나섰다.

잠시 걷고 있는데 시오리가 "에이, 이게 뭐야" 하고 소리를 높였다. "전부 한 봉지에 넣었네. 아, 이러면 뭐가 에미코 씨 옷인지 모르잖아."

"아니요, 저는 정말로……"

"맞다, 우리집에 가지 않을래? 우리집에서 패션쇼 하자. 응? 그러자."

시오리는 뉴타운에서도 특히 고급스러운 독채가 늘어선 주택가를 향해 성큼성큼 걸었다. 유명인과 연예인이 산다는 소문이 도는 이 구역을 에미코는 은근히 의식하면서도 자신과는 관계없는 다른 세상이라고 치부했고, 같은 동네에 살면서 단 한 번도 발을 들이지 않았다.

시오리가 데려간 곳은 그 주택가 외곽, 아무리 낮게 잡아도 월세가 15만 엔은 될 법한 고급 복층식 연립주택이었다. 에미코가 사는 싸구려 연립주택과는 비교도 되지 않았다.

"자, 여기야."

문패에 두 사람의 이름이 적혀 있었다. 사키노 시오리, 그리고.

"아아, 그건 우리 아들. 중학생이야. 아직 철부지라 이만저만 애먹이는 게 아니야."

문패에는 그밖에도 이름이 있었다. 글씨가 아주 작고 흐릿했지만 이 이름은…… 어, 이 이름. 진짜가!

"아, 들켰나."

시오리가 장난스럽게 혀를 쏙 내밀었다.

에미코는 시오리의 얼굴을 빤히 들여다보았다.

말도 안 돼, 아키즈키 미유리? 이 사람이 아키즈키 미유리라고? 설마, 거짓말이지?

"얼굴에 구멍나겠네. 자자, 어서 들어가자." 시오리는 당황한 에미코의 등을 밀었다.

집안을 단장한 유럽풍 세간은 조금 통일성 없게 느껴졌지만 죄다 비싸 보였다. 거실 안쪽은 작업실인 듯, 다다미 두 장* 크기

---

* 다다미 한 장은 길이 약 180센티미터, 너비 약 90센티미터 정도다.

는 될 법한 나무 책상에 라이트박스를 중심으로 잉크, 펜, 그림물감이 죽 줄지어 있었다. 벽 한 면을 가득 채운 책장에는 고급의 만화책이 빼곡하게 꽂혀 있었다.

대단하다. 이게 프로의 작업실이구나. 에미코는 방구석의 작은 좌탁에서 남편 눈치를 보며 살금살금 펜을 놀리는 제 모습이 떠올랐다. 시오리와의 엄연한 차이에 얼굴이 붉어졌다.

"자, 패션쇼 하기 전에 차부터 마시자."

에미코는 여전히 어안이 벙벙한 채 산딸기 문양의 티세트를 테이블에 늘어놓는 시오리를 바라보았다. 정말일까? 정말 이 사람이?

"아키즈키 미유리가 두 명이었다는 설이 있는 거 알아?" 찻잔에 차를 따르며 시오리가 물었다.

"네, 그런 소문을 들은 적 있어요."

"진짜 아키즈키 미유리와 그늘에 숨어 실제로 잔을 그린 또하나의 아키즈키 미유리. ……실은 내 옛날 성이 아키즈키야."

"아." 에미코는 어떤 소문이 생각났다. 만화가 아키즈키 미유리와 함께 규슈에서 상경한 '아키즈키'라는 이름의 친구. 그녀가 또하나의 아키즈키 미유리가 아닐까, 팬들은 그렇게 수군거리고 있다.

"계속 그늘에 머물러 있었지만, 푸른 눈동자의 잔을 그린 건

나야. 맹세컨대 진짜야. 실은 이대로 잠적해 있어도 상관없었는데, 잔의 복간 계획이 세워졌거든. 그래서 출판사에서 연락이 왔어. 진짜 결말을 그려서 이번에야말로 잔을 완성시키자고."

"진짜 결말?!" 에미코는 찻잔을 든 채 펄쩍 뛰어올랐다. "잔의 다음 이야기를 볼 수 있는 건가요?"

"그래. 지금 그리는 중이야. 하지만 이것저것 문제가 많아. 공백이 꽤 길었고. 나도 이제 나이를 먹었잖아? 혼자서는 아무래도 진도가 안 나가. 그래서 말인데, 여건이 된다면 에미코 씨가 좀 도와줄 수 없을까?"

"네?"

"꼭 에미코 씨의 힘을 빌리고 싶어."

내가 어시스턴트를?

"아니야, 에미코 씨만 괜찮다면 합작 형태로 내고 싶어. 콘티도 함께 짜자."

정말? 내가? 내가 잔의 속편 작업에 함께한다고?

"안 될까?"

"아니요, 안 되기는요!"

에미코는 떨리는 목소리로 외쳤다.

이제 시오리에 대한 의혹은 티끌 한 점 없이 싹 날아갔다. 의심하기는커녕 이렇게 대단한 사람과 친해졌다는 것에 에미코는 진심으로 감사했다.

이 사람은 어쩌면 나를 다른 세상으로 데려가줄 구세주일지도 몰라. 눈앞에 있는 뚱뚱한 여자는 사실 유일무이한 여신일지도 몰라. 아니, 여신 그 자체야. 그런 줄도 모르고 나는. 에미코는 여신의 정체를 알아차리지 못하고 지금까지 시오리에게 거북한 감정을 품어왔던 자신이 몹시 부끄럽게 느껴졌다.

그후로는 마치 꿈같았다. 차와 과자를 먹고, 『푸른 눈동자의 잔』의 결말에 대해 이야기를 나누고, 부티크에서 사온 옷들을 펼쳤다. 이 시간이 영원히 계속되었으면 싶었지만 마치 방해라도 하듯이 현관문이 열렸다.

"어머, 우리 애가 돌아왔나봐."

하지만 아들은 이쪽에 눈길도 주지 않고 옆방으로 사라졌다.

"저 녀석이 정말. 사근사근한 구석이라고는 없다니까."

그래도 예쁘장하게 생긴 아이였다. 머리를 기른 탓인지 꼭 여자애 같았다.

"우리 애, 연예기획사에 스카우트됐어. 난 반대했지만 꼭 하고 싶대서 중학교 졸업 후에 하라고 했지."

"데뷔하는 건가요?"

"응."

"……소속사는?"

"J사."

"J사!"

에미코는 마치 자기 일처럼 가슴이 두근거렸다. 연예계. 이 말은 '만화가'와 마찬가지로 에미코에게 동경의 대상 그 자체였다. 그것도 J사라니! 연예계에서 손꼽히는 대형 기획사잖아! 그 유명한 아이돌도, 그 인기 배우도 소속된 곳이다. 아아, 굉장해, 진짜 대단해!

"슬슬 애 밥 차려줘야 하는데."

"아, 네. 저도 이만 가봐야죠." 에미코는 태어나서 가장 깊이 허리를 숙였다. "오늘은 정말 즐거웠어요."

"아, 잠깐만. 가기 전에."

시오리가 에미코의 팔을 잡았다. "지금 여기서 가브리엘 씨와 인연을 끊는 편이 좋겠어."

"네?"

"이러니저러니 해도 아직 가브리엘 씨한테 미련이 남았지?"

정곡을 찔려서 에미코는 고개를 숙였다. 맞다, 마음 한구석으로는 아직 가브리엘을 믿고 있었다. 설마 하는 마음을 지울 수 없었다. 집에 돌아가면 가브리엘에게 전화해서 본인에게 직접 확인해볼 생각이었다.

"그런 물렁한 마음가짐이 파멸을 부르는 법이야. 그 사람이 얼마나 무서운지 깨닫고 난 뒤에는 늦는다고. 그때는 이미 이 세상과 안녕일걸."

시오리의 얼굴이 어두워졌다.

"자, 늦기 전에 완전히 연을 끊어."

시오리는 턱짓으로 에미코의 토트백을 가리켰다. 안에는 휴대전화가 들어 있었다.

"자, 빨리."

에미코는 느릿느릿 휴대전화를 꺼냈다.

"자, 빨리."

화면에 가브리엘의 이름을 띄운 후 통화 버튼을 눌렀다.

"자, 빨리."

하지만 바로 끊어버렸다. "저기…… 문자로 하면 안 될까요?"

"문자?"

"그게, 목소리를 들으면 하고 싶은 말을 제대로 못할 것 같아서요."

"그럼 문자로 해. 아무튼 지금 당장 내 눈앞에서 가브리엘 씨와 인연을 끊어. 딱 한마디, '당신 소설에 삽화를 그리지 않겠습니다'면 충분해. 다 자기를 위한 일이야. 지금 끝내지 않으면 지독하게 시달릴 거라니까. 알겠어? 차라리 태어나지 말 걸 그랬다 싶을 정도로 괴롭힘을 당한다고."

귓속에서 기분 나쁘게 붕붕거리는 소리가 났다. 그리고 가브리엘 씨의 입술이 떠오르더니 씩 웃었다. ―나무 오르는 돼순아, 자, 이 나무에 올라가보렴. 그래, 옳지, 잘한다. 모두 좀 봐요. 돼지가 나무에 오르고 있어요. 아주 신이 나서 한없이 올라가네요. 웃음이 멈추질 않네. 진짜 웃긴 여자라니까. 창피한 줄도 모르고. 이런 년은 죽는 게 나아. 죽는 게 낫지. 뒈져라.

히이익.

"그래도 되겠어?"

싫어요, 그런 거, 싫다고요! 에미코는 휴대전화 자판을 꾹꾹 눌렀다.

'당신 소설에 삽화를 그리지 않겠습니다.'

다 쓰고 나자 시오리가 기다렸다는 듯이 휴대전화를 낚아챘다. 그리고 에미코 대신 전송 버튼을 눌렀다.

"이제 안심이야. 에미코 씨, 목숨을 구했어."

흥분이 채 식지 않은 상태로 여덟시 조금 전에 집 현관문을 열었다. 남편은 아직 돌아오지 않았다.

참으로 파란만장한 하루였다. 한 달도 전부터 고대하던 모임, 아침 일곱시부터 준비해서 열한시 반에 이케부쿠로에서 만나 5000엔짜리 점심을 즐기고 1500엔짜리 얼그레이를 음미한 후,

그 여운을 곱씹으며 귀가하자마자 시오리에게서 전화가 왔다. 신뢰하던 가브리엘의 배신을 알고 절망의 구렁텅이에 빠졌지만, 시오리가 아키즈키 미유리라는 사실을 알고 그녀의 화려한 생활을 잠깐이나마 함께했으며 '지켜주겠다'는 말까지 들었다. ……구렁텅이에서 느닷없이 지상 20층까지 솟아올랐다. 마치 제트코스터를 탄 것처럼 오르락내리락한 하루였다. 이런 날은 분명 일생에 한 번 있을까 말까 할 것이다. 이런 걸 전환점이라고 하는지도 모른다. 그래, 이번에야말로 진짜 전환점을 맞은 거야. 그 증거로 하루 만에 마음속 인물 관계도가 싹 바뀌었다. 그렇게 동경하던 가브리엘의 존재는 구석으로 밀려났고, 시오리의 존재가 크게 자라 빈자리를 가득 채웠다.

에미코는 직장 동료의 영향으로 산 타로카드를 수납함에서 꺼냈다.

자세를 바로잡고 심호흡을 한 후 "시오리 씨, 시오리 씨" 하고 중얼거리며 카드를 섞고 한 장을 뒤집자 '운명의 수레바퀴' 카드가 나왔다. 역방향이었지만 에미코는 카드를 곧장 똑바로 뒤집었다. 어디 보자, 이 카드의 의미는…… 타로카드에 딸려온 해설서를 찾아보니 '전환기 · 행복의 도래'라고 적혀 있었다. ……그것 봐, 역시! 시오리 씨는 운명의 사람이었어!

좋아, 그럼 가브리엘 님은? 에미코는 "가브리엘, 가브리엘" 하고 중얼거리며 카드를 다시 섞었다. 그리고 카드를 뒤집자 '사신'이 나왔다. 아아, 역시, 그랬구나! 이건 해설서를 볼 필요도 없어. 날 불행의 구렁텅이에 밀어넣으려는 배신자라는 뜻이 틀림없어! 그렇게 동경했는데, 그렇게나. 그런데 그 사람은 날 배신했어.

하지만…… 정말일까? 에미코는 마음속에 아직도 가브리엘에 대한 미련이 희미하게 남아 있음을 알고 스스로도 놀랐다. 뒤집어 말해 그만큼 가브리엘에게 심취했었다는 뜻이다. 그런 자신이 더더욱 안쓰러워졌다. 나를 가지고 놀려 한 사람인데. 하지만, 하지만, 가브리엘의 입으로 진실을 듣고 싶었다.

휴대전화를 꺼냈지만 주소록 어디에도 가브리엘의 이름은 없다. 시오리가 시키는 대로 그 자리에서 삭제했다. 그래, 이제 그 사람과의 인연은 끝났어. 그 사람은 날 배신했어. 내게 몹쓸 짓을 했다고. 게시판에 내 악담을. 내 비밀을. ……용서할 수 없어!

"아, 맞다, 게시판."

익명 게시판이 생각났다. 몸이 뻣뻣하게 굳었다.

시계를 보자 여덟시가 조금 지나 있었다.

"시오리 씨가 그랬어. 여덟시에는 내 악담이 적힌 게시글이 삭제될 거라고."

하지만 어쩌면 남아 있지 않을까? 에미코는 뻣뻣해진 손을 간신히 움직여 노트북을 켜고 시오리가 말한 익명 게시판에 접속해보았다.

줄줄이 나열된 토론장 중 '푸른 눈동자의 잔'이라는 제목을 재빨리 찾아서 클릭했다. 들어가보자 수많은 사람이 익명으로 잔에 대해 열띤 이야기를 나누고 있었다. 때로는 시비조의 욕설이 오가기도 했지만 자신에 대한 글은 하나도 없었다.

"시오리 씨가 잘 처리해준 거야."

에미코는 한숨 돌리며 어깨 힘을 뺐다.

"시오리 씨, 대단해. 가짜가 아니야."

가슴속에 아로새겨진 시오리의 얼굴이 천천히 떠올랐다.

에미코는 위장에 담아둔 맛있는 음식들을 되새김질하듯이 좀 전에 있었던 일을 머릿속으로 곱씹었다.

"그래, 시오리 씨는 역시 대단한 사람이야. 그도 그럴 게 시오리 씨는."

아키즈키 미유리니까.

그런 위대한 사람과 알고 지내다니. 에미코는 자신이 붙잡은 행운이 새삼 감격스러웠다. 아아, 정말 최고야!

마음이 단숨에 기쁨으로 부풀어올랐다. 하지만 몇 분도 채 지나지 않아 푸식 소리를 내며 쪼그라들었다.

남편이 돌아온 것이다.

현관문이 세차게 닫혔다. 또 슬롯머신으로 돈을 잃었구나. 술도 잔뜩 마셨다. 에미코는 마음의 준비를 했다. 이럴 때는 반드시 자신에게 화풀이를 한다. 결혼 직후 시작된 폭력은 요 몇 년 사이 더 심해졌다. 그런데 남편이 좀처럼 방에 들어오지 않았다.

"아."

에미코는 퍼뜩 생각나서 급히 현관으로 갔다. 그러나 늦었다. 남편은 현관 앞에 놓아둔 봉지를 잡아뜯고 있었다. 새 옷이 사방으로 흩어졌다.

"이게 다 뭐야? 또 허튼짓에다 돈 썼냐? 노트북에, 밥값에, 모임 회비에. 너 요즘 무슨 지랄을 하고 다니는 거야!"

"뭐 어때서, 전부 내가 번 돈이잖아. 내 돈 내가 쓰겠다는데 왜." 에미코는 바닥에 흩어진 옷을 주섬주섬 주워모았다. 하지만 이미 남편의 우악스러운 손길에 군데군데 찢어져 있었다.

"왜 이런 짓을 하는 거야! 왜? 왜냐고!"

에미코는 악을 썼다. 제 목소리에 스스로도 놀랐다.

남편도 놀랐는지 "진정해, 야, 진정하라고" 하고 아까까지 길길이 화내던 모습이 거짓말인 것처럼 목소리를 최대한 낮추고 달래기 시작했다. 하지만 이제 자제할 수 없다. 에미코는 계속 소리를 질렀다.

이제 싫어. 이딴 생활 지긋지긋해. 내가 번 돈은 내 마음대로 쓸 거야! 취미생활쯤은 해도 되잖아! 난 당신을 모시고 살려고 태어난 게 아니야!

가슴속에 꾹꾹 눌러온 분노가 방파제를 넘어 미쳐 날뛰었다. 입에서 차례차례 튀어나오는 말을 도저히 멈출 수 없었다.

"쳇, 여편네가 성깔머리하고는." 남편은 혀를 차더니 그대로 밖으로 나갔다.

남편이 나간 뒤에도 에미코의 흥분은 수그러들지 않았다. 그러기는커녕 점점 더 뻗쳐올랐다.

왜, 왜, 나만 왜, 왜?

나도 결혼 같은 거 하지 말고 좀더 노력했으면 시오리 씨처럼 우아하게 살 수 있었을지 모르는데. 그런데, 그런데 지금의 이 꼬락서니 좀 보라지.

에미코는 제자리에 풀썩 주저앉아 어린아이처럼 소리내어 울었다.

*

"눈이 왜 그래?"

그 말에 에미코는 눈을 내리깔았다. 시오리가 그 모습을 빤히 바라보았다. "부은 것 같은데?"

에미코는 시오리의 연락을 받고 점심시간을 이용해 역 앞 햄버거 가게로 왔다.

"어제 산 옷은 왜 안 입었어?"

"아, 죄송해요. ……왠지 아까워서."

"무슨 소리야, 안 입으면 더 아깝지."

"그렇죠…… 죄송해요."

"왜 그래? 기운이 없는데? 무슨 일 있었어? 뭐든 말해봐. 내가 할 수 있는 일이라면 뭐든지 할게. 어제 게시판 확인했어?"

"네."

"싹 삭제됐지?"

"네. 감사해요. ……하지만 저 같은 거한테…… 왜 이렇게 친절하세요?"

"저 같은 거…… 그런 말투 쓰지 마. 그렇게 비하하면 스스로가 가엾잖아."

"하지만 시오리 씨는 유명한 만화가고, 저 같은 건 아무 쓸모 없는 일반인인걸요. ……왠지 지금도 믿기지가 않아요. 시오리 씨 같은 사람이 저 같은 거한테."

"에미코 씨, 원래 규슈 사람이지? 보면 알아. 억양이나 생김새로. 전형적인 규슈 사람 얼굴이야. 나 태어난 건 도쿄지만 규슈에 오래 살았거든. 그래서 남쪽 사람 얼굴을 잘 알아봐. 딱 보면 도쿄 출신이랑 다르거든. 이른바 남방계 얼굴?"

에미코는 다시 잠자코 시선을 떨구었다.

"어머, 헐뜯는 거 아니야. 남방계 얼굴은 왠지 이국적이고 귀여워서 멋지지 않아? 에미코 씨도 안경 그만 쓰고 렌즈를 끼면 더 예뻐질 것 같은데. 안경 같은 걸 쓰니까 좀 촌스러운 느낌이 드는 거 아닐까? 그러니까 가브리엘 씨 같은 사람이 노리는 거야. 정말 가브리엘 씨는 질이 나쁘다니까. ……실은, 말하기 좀 그렇지만 그 사람은 에미코 씨한테 돈을 뜯으려고 했어. 그래서 내가 말렸지. 그랬더니 나보고 대신 내놓으라지 뭐야. 결국 내가 30만 엔 줬어. 그 사람이 에미코 씨 비밀을 더 많은 사람한테 까발리겠다고 했거든. 게시판에 쓴 글이 삭제돼서 열받았나봐. 그래서…… 에미코 씨 비밀을 지키기 위해 내가 30만 엔을, 에미코 씨를 위해."

처음에는 무슨 말인지 이해가 잘되지 않았지만 '에미코 씨를 위해 30만 엔. 에미코 씨를 위해 30만 엔'이라는 말을 계속 듣다보니 점점 미안한 기분이 들어서 에미코는 "죄송해요, 죄송해요" 하고 머리를 조아렸다.

"오늘 아침 일이야. 여윳돈이 없어서 그만 대부업체를 이용했지 뭐야."

"하지만 왜 절 위해 그렇게까지?"

"뭐랄까, 동향 사람끼리 돕고 살아야겠다는 마음? 난 원래 도쿄 출신이지만 규슈 사람을 보면 왠지 내버려둘 수가 없더라고."

시오리는 규슈 남부 억양으로 '도쿄 출신'을 강조했다.

"정말 죄송하고 감사해요. 저 같은 걸 위해서 그렇게까지."

"괜찮아. 하지만 내일 이자만이라도 내지 않으면 야단날 것 같아. 저기, 30만 엔을 다 달라는 이야기는 아니야. 그렇지만 일부라도 내줄 수 없을까? 그래야 이치에 맞지 않겠어? 내가 에미코 씨 대신 냈는걸."

"하지만 저도 가진 돈이 없어서…… 당장 얼마나……?"

"음. 3만 엔, 3만 엔이면 돼."

"3만 엔이라면 어떻게 될 것 같은데……"

에미코는 지갑에서 1만 엔짜리 두 장과 5000엔짜리 두 장을 꺼냈다. 테이블에 내려놓자마자 시오리가 솔개처럼 냉큼 움켜쥐었다.

"30만 엔 정도야 내 담당자한테 말하면 바로 지불해주겠지만 이유를 말하기가 껄끄러워서 말이야. 에미코 씨 비밀을 털어놓아야 할지도 모르니까. 그건 곤란하잖아?"

"그럼, 대신 내주신 30만 엔은……"

"맘에 둘 것 없어. 이달 말에 인세가 들어올 테니까."

"하지만."

"나한테 30만 엔은 별로 큰돈 아니야. 아, 오해하지 마. 자랑하는 게 아니라 뭐랄까…… 그런 푼돈 때문에 에미코 씨가 고민하는 모습을 보기 싫었거든. 그래서 그만 오지랖 넓게 굴고 말았네."

나 같은 걸 위해서, 이 사람이 그렇게까지. 감사합니다. 눈물이 에미코의 뺨을 적셨다. 시오리가 손가락으로 눈물을 살짝 닦아주었다.

"아무튼 앞으로도 무슨 일 있으면 반드시 나한테 상의해."

에미코는 시오리의 얼굴을 올려다보았다. 지금까지 몰랐는데 참으로 다정한 눈이다. 이 사람의 숨겨진 아름다움은 분명 몇 사람밖에 알아보지 못할 것이다. 누가 보아도 예쁜 사람은 얼마든지 있다. 하지만 '아아, 예쁘다' 하고 짤막한 감상을 흘리고 나면 그걸로 끝이다. 그러나 자신이 발견한 미덕은 자신만의 것이다. 이만큼 가치 높은 것이 또 있을까. 시오리의 이 다정한 눈. 이것은 나 혼자 찾아낸, 무엇과도 바꿀 수 없는 비밀스러운 아름다움이다. 비밀의 화원은 비밀이기 때문에 가치가 있다.

"그리고, 내 입으로 말하기 뭐하지만 팬클럽도 탈퇴하는 편이 좋지 않을까?" 시오리가 말했다. "뭐 자기가 결정할 일이고 내가 참견할 문제는 아니지만. 하지만 가브리엘 씨는 앞으로도 분명 자기를 노릴 거야."

"……그렇겠죠."

"그리고 자기는 잔의 복간 프로젝트에 참여하잖아. 팬클럽 같은 데서 놀고 있을 여유가 없다고."

"복간…… 프로젝트?"

"그래. 출판사가 본격적으로 움직이기 시작했어. 자기 입장을 좀더 자각해야지. 난 아까 팬클럽 탈퇴했어."

"네? 탈퇴하셨다고요?"

"응, 단호하게 그만뒀지. 그러니까 에미코 씨도 탈퇴해. 우리는 '프로'잖아."

프로? 그래, 그렇지. 놀고나 있을 때가 아니야. 어쨌거나 우리는 '프로'니까. 프로로서 『푸른 눈동자의 잔』을 그려야 하니까. 언제까지고 그딴 아마추어의 '놀음'에 장단 맞춰줄 수는 없지.

그날 에미코는 마그리트에게 전화를 걸어 팬클럽을 탈퇴하겠다고 선언했다. 마그리트의 목소리에 당황한 기색이 묻어났지만 뭐라고 대꾸할 여지를 주지 않고 지체 없이 휴대전화를 끊었다. 이어서 오늘 저장한 시오리의 번호를 눌렀다.

"탈퇴했어요."

"그래, 잘했어. 그런 데 있어봤자 좋을 거 하나 없는걸. 모여서 험담이나 하질 않나. 우리까지 성격 버린다니까."

"네."

"우리는 이제 그런 사람들하고 상종하면 안 돼. 그렇지?"

"네."

"그럼 무슨 일 있으면 또 전화 줘. 복간 프로젝트, 기대하고 있을게. ……아 참. 에미코 씨 만화, 담당자한테 보여줬어. 동인지에 실렸던 거."

"네?"

"왜, 전에 동인지에 실은 열 페이지짜리 만화 있잖아."

"그걸? 그걸 담당자님께?"

"응. 담당자가 엄청 감탄했어. 다른 작품도 더 보고 싶다더라."

"더요?"

"응. 뭐 좀 있어?"

"열 페이지 정도라면 몇 편 더 있는데요."

"그럼, 그거 빌려주지 않을래?"

"네, 네, 물론이죠."

"그밖에는? 더 긴 장편은 없나?"

"장편은……"

"한번 그려보면 어떨까? 그래, 그려야 해. 자기라면 걸작을 그릴 수 있을 거야."

그날부터 에미코는 매일같이 시오리와 통화했다.

오늘도 그림을 그리는 도중에 시오리의 목소리가 너무나 듣고 싶어졌다.

"어때? 장편은 잘 진행되고 있어?"

시오리의 목소리를 듣자마자 기분이 풀리고 마음이 가벼워졌다.

통화 내용은 시시했다. 날씨가 어떻다는 둥, 오늘은 뭘 먹었다는 둥, 부엌에 바퀴벌레가 나왔다는 둥, 살충제는 뭐가 좋으냐는 둥. 많을 때는 하루에 다섯 번이나 통화했다. 전화를 하지 않을 때는 문자를 주고받았다. 시오리가 답문을 빨리 주는 것도 에미코는 마음에 들었다. 가브리엘도 이런저런 이야기를 들어주었지만 가끔은 설교 같은 소리를 했다. 하지만 이 사람은 다르다. 내 모든 걸 있는 그대로 받아들이고, 결코 부정하지 않고, 전부 인정해준다. 이 사람이야말로 내 진정한 친구다. 영혼의 친구다. 첫인상은 안 좋았지만, 돌이켜보면 내가 멋대로 경계했을 뿐인지도 모른다. 사람은 진실을 접하면 눈을 돌리는 법이다. 그 진실이 지금까지의 일상을 망가뜨려버릴 만큼 절대적이라면, 더더욱 뒷걸음칠지도 모른다.

"참, 맞다. 오늘 담당자와 협의했는데 다음번에 에미코 씨를 만나고 싶대."

"네? 담당자님이?"

"완전히 에미코 씨 팬이 됐어. 상황이 되면 에미코 씨를 데뷔

시키고 싶다더라."

"데, 데뷔요? …… 데뷔? 제가?"

"그래, 자기가."

데뷔. 얼마나 애타게 그리던 말인가. 하지만 자신과는 연이 없다 싶어 오래전에 포기했다. 결국 나와는 관계없는 말이라며.

"무슨 소리야. 사람은 아무리 나이를 먹어도 가능성을 포기하면 안 돼. 계속 꿈을 품고 있어야지. 꿈은 이루어지는 거야."

꿈은 이루어진다. 지금까지는 허황된 소리라며 흘려들었다. 하지만 이젠 다르다.

"저, 꿈을 이루겠어요!"

"그래. 그렇게 나와야지. 그런데 문제는 가브리엘 씨야. 그 사람 우리 뒤를 캐고 다닌 모양이더라고. 둘이 동시에 탈퇴한 게 수상했겠지. 냉큼 익명 게시판에다 우리 악담을 마구 써놨어."

"정말요! 그럼 제 비밀도 또……"

"비밀? 응, 그래, 그래. 비밀이 쓰여 있더라. 와, 이렇게까지 쓰나 싶을 정도였어."

"안 돼요. 어쩌지, 어쩌지."

"걱정 마. 담당자한테 말해서 전부 삭제했으니까. 지금은 흔적도 없어. 안심해."

에미코는 비명 같은 한숨을 내쉬었다. "아아, 다행이다."

"가브리엘이 뭘 어쩌든 우리한테는 '출판업계'라는 든든한 아군이 있는걸. 더는 겁낼 것 없어. 그러니까 마음 편히 먹어."

출판업계. 이십 년 전에는 파리 쫓듯이 문전박대를 당한 곳이지만 역시 그 말에는 특별한 뭔가가 있었다. 에미코는 소리내어 말해보았다. "출판업계……"

"그래, 우리는 업계인이야. 일반인의 시기와 헛소리에는 신경 꺼야 해. 불쌍한 민간인들의 악담을 듣는 것도 우리 일이라고. 그나저나 신작은 잘 진행되고 있어?"

"어, 그게, 아직."

"그럼 못써. 진지하게 임해야지. 자기는 이제 프로니까."

데뷔, 출판업계, 업계인, 프로.

에미코는 그런 단어들을 되풀이해 중얼거렸다. 통화를 마친 뒤에도 휴대전화를 꼭 쥐고 있었다. 그러다가 현관문 밖에서 들리는 콧노래에 퍼뜩 정신을 차렸다. 남편이다.

테이블에 펼쳐놓은 원고지와 펜을 서둘러 정리했다. 하지만 정리가 끝나기 전에 남편이 난폭하게 현관문을 열어젖혔다. 숨이 콱 막힐 만큼 진한 비누 냄새가 풍겼다.

"아직도 이딴 지랄을 하고 있냐!"

남편의 고함소리와 함께 미처 숨기지 못한 스크린톤이 무참하게 찢겨 허공에 흩날렸다. 스크린톤을 주워모으는 에미코의 등을 남편이 사정없이 걷어찼다.

이제 지긋지긋해. 이딴 놈, 이딴 놈, 죽여버리겠어!

"안 돼, 그런 흉흉한 생각을 하면."

"그치만 더는 못 견디겠어요."

늘 시오리와 만나는 햄버거 가게에서 에미코는 테이블 가장자리를 탁탁 두드렸다.

"그뿐만이 아니에요. 요 몇 달간 계속 유락업소를 드나든다고요. 슬롯머신에선 가끔 따고 올 때도 있지만, 유락업소는 돈을 갖다 바치기만 하잖아요. 월초에 주는 용돈이 보름도 안 돼서 바닥난다니까요! 이대로 가다가는 그 인간한테 골수까지 빨아먹히겠어요!"

"남자는 다 그래."

시오리는 평소처럼 더블버거를 우물거리며 말했다. "남자는 믿으면 안 되고, 의존해서도 안 돼. 독립해야 해."

"정말 그래요. 조만간 독립해야죠."

"조만간?" 시오리가 손가락에 묻은 소스를 핥으며 말했다.

"데뷔하면 그 인간은 진짜 빈대처럼 들러붙을 거예요. 그럼 못 달아나요. 제가 번 돈도 명예도 전부 그 인간이 빨아먹겠죠."

"응, 분명 그럴 거야."

"그러니까 데뷔 전에 신변을 깔끔히 정리해두는 편이 좋을 것 같아요."

"응, 그렇지."

"뭐 좋은 방법 없을까요? 가능한 한 뒤끝 없이 합법적으로 해결하는 방법. ……담당자님께 상의해볼 수 없을까요?"

에미코는 시오리의 팔에 매달렸다. 하지만 시오리는 하아, 하고 한숨을 내쉬더니 다른 화제를 꺼냈다.

"전에 이야기했었나? 조카가 이상한 여자한테 걸리는 바람에 아직 스물한 살인데 결혼해서 말이야."

그 이야기는 몇 번이나 들었다. 대학생인데 열일곱 살 여자애한테 발목을 잡혔다. 여자애가 임신하는 바람에 어쩔 수 없이 울며 겨자 먹기로 혼인신고를 했다. 그러고는 운이 다했는지 안 좋은 일만 일어난다. 조카는 생활비와 양육비를 벌기 위해 가부키초의 클럽에서 일을 시작했지만 빚더미에 앉았다. 그리고 그 불똥이 친척인 시오리에게까지 튀었다.

"내가 신원 보증인 같은 입장이라 여러모로 보살펴주고 있어. 그런데 그 여자가 이만저만 재수없는 게 아니라니까. 애당초 아기가 조카 자식인지 아닌지도 몰라. 조카를 하나도 안 닮은데다 날 잘 따르지도 않아. 게다가 어제는 빚쟁이가 우리집까지 쳐들어왔어. 정말이지, 아무리 친척이라고 해도 보증 같은 건 서는 게 아니야. 지난달 들어온 인세를 죄다 가져갔어. 아, 이달은 어떻게 한담. 그때 그 30만 엔이 있다면. 자기 대신 가브리엘 씨한테 내준 그."

"아."

에미코는 시오리가 말을 맺기 전에 지갑을 꺼냈다. 그리고 만 엔 지폐 세 장을 꺼내서 테이블 위로 밀어주었다.

"이거, 괜찮으면 쓰시겠어요?"

"어머, 미안하게."

"아니요. 괜찮으니까 쓰세요."

"정말? 그럼 호의를 거절하기도 뭣하니 받아야지. 인세 들어오면 꼭 갚을게." 시오리는 여느 때와 마찬가지로 손이 보이지도 않을 만큼 재빨리 지폐 세 장을 품에 집어넣었다. "그런데 아까 이야기 말이야. 각오는 했어?"

"네?"

"남편한테서 달아날 각오는 했느냐고."

"네." 에미코는 몸을 내밀었다.

"좋아. 그럼 가르쳐줄게." 시오리도 몸을 내밀었다. "일단 경찰이나 여성상담소에 가. 그리고 사정을 설명하고 상담을 받아. 경우에 따라 피해 신고를 하는 것도 좋은 방법이지. 그다음에는 법원. 배우자의 폭력 방지 및 피해자 보호에 관한 법률…… 이른바 가정폭력처벌법이라고 알아?"

"네, 들어본 적은 있어요."

"법원에다 보호 명령을 신청해. 그럼 남편이 자기한테 접근하는 걸 법적으로 금지할 수 있어."

"나라가 지켜준다는 뜻인가요?"

"그래. 하지만 그전에 자기가 집을 나와서 몸을 감춰야겠지."

"그럼 일하는 데로 찾아오지 않을까요?"

"무슨 소리야. 일도 그만둬야지."

"네? 그럼 어떻게 먹고살아요?"

"생활보호 신청을 하면 돼."

"하지만."

"데뷔할 때까지는 그걸로 어떻게든 생활하는 거야."

"하지만."

"걱정 마. 내가 도와줄게."

"하지만. ……그렇게 쉽게 생활보호 조치를 받을 수 있을까요?"

"자기, 무슨 지병 같은 거 없어?"

"지금은 거의 증상이 없지만, 천식이 좀."

"그럼 진단서 끊을 수 있겠네."

"말하면 아마 끊어줄 거예요."

"됐어, 걱정 붙들어매. 가정폭력도 당했으니 바로 통과될 거야. 그다음은 자기 하기 나름이지."

"저 하기 나름……"

마음이 흔들렸다. 야반도주하듯이 몸을 숨기고 생활보호를 받는다. 어쩐지 몹시 비겁하고 구차하게 느껴졌다.

시오리가 손을 뻗어 에미코의 손을 잡았다. "그래. 자기 하기 나름."

"시오리 씨……"

"실은 나도 남편한테 얼마나 얻어맞았는지 몰라. 그래서 도망치듯이 이쪽으로 나온 거야."

"시오리 씨도요?"

"응. 만화 일을 중단한 것도 그 때문이지. 까딱 잘못하면 어디 있는지 들통날 것 아냐."

"아아, 그래서 만화계에서 자취를 감추셨군요."

"그래. 그러니까 에미코 씨도 더이상 안 되겠다 싶으면 반드시 달아나야 해. 주저하면 안 돼."

그러나 달아날 기회는 좀처럼 오지 않았다. 남편은 무슨 변덕인지 운송회사에 취직해 아르바이트로나마 일을 시작했다. 변함없이 슬롯머신 게임장과 윤락업소를 드나드는 것 같고 술내를 풀풀 풍기며 들어오지만 폭력은 줄었다. 일하느라 체력이 달리는지 돌아오면 바로 곯아떨어졌다.

평온한 나날. 하지만 내가 원하는 건 그런 나날이 아니다. 내가 원하는 건, 원하는 건……

*

어느 늦은 밤 시오리에게서 연락이 왔다. 남편은 푹 잠들어 있었다.

"추심꾼이 조카 빚을 받으러 집에 찾아왔어. 척 보기에도 조폭같이 생겼더라. 나 정말 죽는 줄 알았어. 오늘은 겨우 돌려보냈지만 내일 또 온다지 뭐야. 어음이 있긴 해도 아직 지급일이 아닌데. 할인해서 처분해도 되지만 그럼……"

"일단 얼마쯤 필요하세요?"

"30만 엔쯤 있으면……"

"30만 엔……"

아무래도 당장 30만 엔을 마련하기는 힘들다. 지금까지는 매달 벌이에서 조금씩 떼어서 주었지만, 30만 엔을 한꺼번에 마련하려면 예금을 해지해야 한다.

"죄송해요, 당장 자유롭게 쓸 수 있는 돈은…… 5만 엔 정도밖에 없는데요." 에미코는 수화기를 어깨와 턱 사이에 끼고 지갑 속을 확인해보았다. 실은 5만 엔도 여윳돈은 아니다. 이달 집세다.

"그래, 알았어. 그게 자기 성의 표시라면."

시오리의 목소리에 경멸감이 배어났다. 내가 지금까지 널 위해서 얼마나 애썼는데 요 정도 성의밖에 못 보여줘? 기를 쓰고 네 비밀을 지켜줬는데, 널 데뷔시키려고 갖은 고생을 다했는데, 널 도우려고 이런저런 충고를 해줬는데, 네 우정은 고작 이 정도야? 그렇게 말하는 것 같은 기분에 에미코는 서둘러 말을 이었다.

"30만 엔, 어떻게든 해볼게요."

"정말? 살았다. 꼭 갚을게. 우리 애가 중학교 졸업하면 데뷔하기로 결정됐거든. 광고도 찍기로 했으니까 계약금이 목돈으로 들어올 거야. 그럼 이자 쳐서 갚을게."

"알았어요, 어떻게 해볼게요."

수화기를 내려놓고 돌아보자 남편이 서 있었다.

"아." 에미코의 온몸이 잔뜩 긴장했다.

"또 그 여편네야?"

남편의 목소리는 조용했지만 넘칠 듯한 분노가 느껴졌다.

"다 아니까 솔직히 말해. 그 여편네한테 도대체 얼마나 줬어?"

"무슨 소린지 모르겠네."

"네가 햄버거 가게에서 돈 주는 거 몇 번 봤어."

설마 뒤를 밟았나? 가슴이 철렁했지만 여기서 꺾일 수는 없다.

"그러니까 도대체 무슨 소리냐고?" 에미코는 시치미를 뗐다.

"그 여편네가 이번에는 얼마나 내놓으래?"

"모르겠대도."

"얼마냐고 묻잖아!" 남편이 잠옷 소매를 잡더니 그대로 끌어당겨서 에미코를 바닥에 내팽개쳤다.

"대답해!"

남편의 발길질이 갈비뼈에 명중했다. 에미코가 새우처럼 몸을 구부리고 고통을 참자 남편은 등을 차기 시작했다.

죽는다.

"야, 말해. 얼마야!"

"3, 30만……"

"30만이라고? 이런 염병할 여편네가!"

남편의 발뒤꿈치가 등뼈를 정통으로 내리찍었다. 순간 날카로운 통증이 온몸에 퍼졌다. 에미코는 바로 실신했다.

정신을 차리자 이부자리에 누워 있었다. 방이 훤해서 시계를 보니 정오가 되기 조금 전이었다. 에미코는 벌떡 일어났다. 등과 갈비뼈가 욱신거렸다. 그래, 어젯밤에 난……

남편은 집에 없었다. 에어컨 혼자 윙윙 돌아가고 있다.

아 참, 시오리 씨. 시오리 씨를 만나러 가야 해.

나갈 준비를 하는데 현관문이 열렸다.

남편이었다. 재킷을 걸친 남편이 말없이 종이를 에미코에게 내던졌다. 종이에는 '차용증'이라고 적혀 있었다.

"오늘 아침에 그 여편네 전화가 와서 내가 만나고 왔어. 이자까지 두 달로 나누어 갚겠다기에 30만 엔 빌려줬어."

남편은 에미코의 현금카드를 테이블에 휙 던졌다. 그리고 어이없다는 투로 말을 이었다.

"그 여자한테 도대체 얼마나 내준 거야? 잔고가 확 줄었잖아."

정확하게 계산한 적은 없지만 아마 50만 엔이 조금 넘을 것이다. 어쩌면 더 많을지도 모른다. 하지만 에미코는 물론 딱 잡아뗐다. "빌려준 적 없다니까 그러네."

"뭐, 됐어. 아무튼 이제부터 그 여편네가 뭐라고 하면 나한테 말해. 그 여자 영 위험해 보이더라. 아무래도 정상이 아니야."

네가 정상이 아니니까 다른 사람도 그렇게 보이는 거지. 시오리 씨는 유명한 만화가고, 일세를 풍미한 훌륭한 사람이야. 『푸른 눈동자의 잔』이라는 걸작을 그린 멋진 사람이란 말이야. 푸른 눈동자의 잔. 이 만화가 날 얼마나 보듬어주고, 내게 얼마나 큰 용기를 주었는지 네가 알아? 잔은 내 마음의 버팀목이야. 그리고 시오리 씨는 내 모든 고민을 들어주고 끝까지 지켜주는 은인이지. 뿐만 아니라 날 데뷔시켜주려고 힘쓰고 있어. 우리는 잔의 복간 프로젝트라는 엄청난 일을 해낼 거야. 우리는 동지라고! 그러니까 조금이라도 시오리 씨를 도와주고 싶은 거야. 그런데 넌 뭐야? 술, 노름, 여자라면 사족을 못 쓰는 망나니 주제에! 내놔, 내놔, 지금까지 나한테 뺏어간 돈 다 내놔!

그렇게 항의하는 대신 에미코는 눈물을 흘렸다. 몸이 아팠다. 다리가 움직이지 않았다. 이대로 몸이 망가지면 평생 저주할 테다. 저주할 거야!

그때 에미코의 가슴속에 느닷없이 불안감이 피어올랐다.

남편과 시오리가 단둘이 만났다. 그 사실이 어떤 불안을 불러왔다.

"시오리 씨가 뭐라고 안 해?"

"뭘?"

"아니야."

시오리는 좋은 사람이지만 흥분하면 예상치 못한 말을 내뱉곤 한다.

이를테면 남편이 험한 말을 하는 바람에 화가 치밀어서 너도 한번 당해보라는 심정으로 내 비밀을 폭로한다거나…… 그런 일이 일어나도 이상할 게 없다. 가브리엘이 게시판에 쓴 글은 남편이 보기 전에 삭제됐으니 다행이지만, 만에 하나 남편 귀에 그 비밀이 들어가면…… 틀림없이 죽는다. 어디로 도망쳐도 이 사람은 끝까지 쫓아와서…… 반드시 날 죽일 것이다.

공포가 에미코의 가슴속을 내달렸다.

이성적으로는 시오리가 자신의 비밀을 폭로할 리 없다고 판단했지만, 한번 싹튼 불안은 순식간에 에미코의 머릿속을 새카맣게 물들였다.

"게임이나 한판 하고 올게."

문이 닫히는 것을 확인하자마자 시오리에게 전화를 걸었다.

"자기 남편, 진짜 너무하더라." 수화기 너머 시오리가 머리끝까지 화가 나서 소리를 쳤다. "그렇게 말 험하게 하는 사람 처음 봤어. 날 계속 여편네라 불렀다고."

"죄송해요. 어젯밤 남편한테 심하게 걷어차이는 바람에 몸이 잘 안 움직여서, 그래서……"

"또 맞았어? 이제 그만 헤어지지그래?"

"네, 그래야죠. 이제 한계예요. ……저기, 그런데 제 비밀."

"비밀?"

"네. 가브리엘 씨가 게시판에 쓴 얘기요. 남편한테는 절대로 말하지 말아주세요."

"응? ……아, 아아, 그거. 물론이지, 말 안 해. 내가 왜 말하겠어. 뭐야, 내가 일러바칠 줄 알았어?"

"아니요, 아니에요. 죄송해요. 그냥 지금 좀 정신적으로 힘들어서 그런지 온갖 게 다 불안하네요. 어쩐지 몸 상태도 시원치 않고. 그래서 남편이 그 사실을 알까봐 공연히 걱정돼서요. 남편이 알면 전…… 죽어요."

"그럼, 그럼, 그런 일을 들키면…… 큰일이지."

"그 사람 전형적인 규슈 남자거든요."

"어머, 남편도 규슈 사람?"

"네. 그래서 불륜이나 부정 같은 걸 절대 용납 못해요. 자기는 윤락업소에 드나드는 주제에 텔레비전 드라마에 불륜 장면만 나와도 바락바락 신경질을 낸다니까요. 그런 사람한테 제가 불륜을 저질렀다는 걸 들키면……"

"뭐? 불륜?"

"네?"

"……아, 아아, 불륜, 그래, 불륜. 들키면 난리나지. ……들키면 난리나."

"네. 잠깐 눈에 뭐가 씌었는지."

"상대는 누구였어?"

"네?"

"어, 그러니까 상대가 누구인지는 게시판에 안 적혀 있었던…… 것 같아서."

"아아, 그랬겠죠. 그건 아무한테도 말 안 했으니까. ……전에 일했던 슬롯머신 게임장의 점장이에요. 세 살 연하의 다정한 사람이었는데, 제가 임신했다고 했더니 꽁무니를 뺐어요."

"임신?"

"아, 이것도 게시판에 안 적혀 있었어요?"

"응? 아니, 그건 적혀 있었어. 그래, 그래, 임신했었지. 그렇지만."

"낙태하는 바람에 더는 아이가 들어서지 못하게 돼버렸죠. 만약 아이가 생겼다면 남편도 좀더 건실해지지 않았을까 지금도 가끔 생각해요. 옛날에는 곧잘 아이를 낳고 싶다고 했으니까."

"어머, 착각하면 안 돼. 그런 남자는 자식이 있든 없든 상관없어. 천성이 개망나니인 거야. 자기, 그런 남자랑 붙어 있으면 신세만 더 망쳐. 이만 집을 나오는 게 어때?"

그럴지도 모른다. 이제 결단의 시기가 왔는지도. 에미코는 아마도 부러졌을 갈비뼈에 가만히 손을 댔다.

다음날 병원에 간 에미코는 갈비뼈와 다리뼈에 금이 갔다는 진단을 받았다. 척추는 무사하지만 까딱했으면 하반신 불수가 될 뻔했다는 소견이었다. 에미코는 진단서를 받자마자 시오리를 만나 집을 나올 결심을 굳혔다고 알렸다.

"그래, 잘 생각했어. 하지만 지금 당장 뛰쳐나오면 그 남자가 어떻게 나올지 모를 일이고, 아무것도 없이 몸만 달랑 나오면 자기도 여러모로 힘들 거야. 신변 정리를 해야 해."

에미코는 시오리의 충고에 따라 그날부터 조금씩 짐을 정리해 시오리의 집으로 옮겼다. 건강이 좋지 않다는 핑계로 일도 그만두었다. 건설회사는 근무 기간이 짧아서 퇴직금이 나오지 않았지만, 슬롯머신 게임장에서는 100만 엔 가까이 나왔다.

그리고 8월 첫째주 일요일, 남편이 아르바이트를 나간 틈을 노려 에미코는 집을 뛰쳐나왔다.

"일단 30만 엔을 식탁에 놓아두고 왔어요."

그렇게 말하자 시오리는 "어이구, 돈 아까운 줄도 모르고!" 하며 툴툴댔지만, 만약 한 푼도 놓아두지 않으면 그 남자가 어떻게 나올지 모른다. 미친듯이 자신을 찾을 것이다. 아니면 30만 엔을 빌려준 시오리를 닦달할지도 모른다.

"그래도 30만 엔이 있으니 한 달쯤은 얌전히 지낼 거예요. 어차피 그 인간에게 필요한 건 제가 아니라 돈이니까요."

"그래. 자칫하면 무슨 짓을 할지 모르니까 먹이가 필요하지. 그런데 퇴직금은 나왔어?"

"네. 100만 엔 정도요."

"100만 엔!" 시오리가 반색했다. 하지만 바로 진지한 표정으로 돌아와 말했다. "여길 떠나는 편이 좋겠어. 다른 데로 옮기자."

"다른 데요?"

"은신처로 삼기에 괜찮은 데가 있거든. 여기서 택시로 십오 분쯤 걸려. 일단 거기 몸을 숨기자. 알았지?"

"하지만."

"실은 여기 있으라고 하고 싶지만, 우리 애가 수험공부중이라서. 올여름이 매우 중요해. 그리고 에어컨이 오래돼서 집이 별로 안 시원해. 밤에는 완전히 찜통이라니까. 정신이 이상해질 정도야. 이런 데 있는 것보다 냉방이 잘되는 곳에 가는 편이 낫지 않겠어? 게다가 여기 있으면 남편이 찾아올지 모르잖아? 어쩌면 벌써 근처까지 왔는지도 모르지."

"정말요!" 휴대전화가 울렸다. 남편 전화였다. "어쩌지, 남편이에요."

"얼른 수신 거부해."

시키는 대로 남편의 전화번호를 수신 거부했다. 하지만 분명 다른 전화번호로 걸 것이다.

"필요 없는 번호는 전부 수신 거부해놔. 기본이야, 기본."

"네, 그럴게요."

"그런데 이제 더 열받았을지도 모르겠다. 분명 요 근처까지 왔을 거야."

"어쩌면 좋죠?"

"그래서 여기를 떠야 한다니까. 한시라도 빨리 다른 곳으로 옮기는 게 좋겠어."

"그럴게요. 하지만 짐이."

"당장 필요한 것만 대충 챙겨. 나머지는 내가 맡아둘게. 자, 서둘러. 빨리!"

시오리의 행동력은 매번 혀를 내두를 정도다. 시오리는 에미코 대신 짐을 챙기고 택시를 부르는 것까지 척척 해치웠다.

택시는 전철 상행선 방면으로 세 역쯤 가서 멈췄다. 역 뒤편으로 돌아 복잡한 골목 깊숙이 들어가자 잡거빌딩이 나왔다. 시오리는 요란하게 번쩍이는 네온사인 앞에서 말했다.

"여기야."

"여기?"

"보다시피 인터넷 카페지. 나도 가끔 여기 틀어박혀서 일하곤 해. 외관은 지저분하지만 설비는 최신이야. 만화를 볼 수 있는 건 물론이고 컴퓨터랑 인터넷도 쓸 수 있지. 음료수도 마음껏 마실 수 있고 샤워실도 있다니까. 선금을 내면 며칠씩 머무는 것도 가능해."

"여기서 먹고 자고 하는 건가요?"

"……자, 일단 한 달로 부탁해요."

계산대 직원과 잘 아는지 시오리는 익숙하게 접수를 마쳤다. "일단 한 달로 했지만 선금만 내면 얼마든지 연장할 수 있어. 그럼 무슨 일 있으면 연락해." 시오리는 뒤도 돌아보지 않고 돌아갔다.

남겨진 에미코는 어찌할 바 모르고 잠시 계산대 앞에 우두커니 서 있었다.

"삼십 일 치 이용 요금은 5만 7600엔입니다."

계산대의 남자 직원이 무미건조한 목소리로 요금을 청구했다. 에미코는 은행에서 인출한 돈이 든 봉투에서 허둥지둥 1만 엔짜리 여섯 장을 꺼냈다.

거스름돈 2400엔을 움켜쥔 에미코가 안내받은 곳은 다다미 한 장 크기의 독실이었다. 컴퓨터와 안락의자가 놓여 있었지만 대번에 교도소 독방이 떠올랐다. 아마 거기보다 좁을 것이다. 여기가 오늘부터 내 집?

언젠가 텔레비전에서 본 인터넷 카페 난민*이 생각났다.

"말도 안 돼. 나, 설마 난민이 된 거야?"

그러나 정들면 고향이라는 말도 있듯이 일주일 정도 지나자

---

* 일정한 주거지 없이 인터넷 카페에 머무르는 사람들을 가리키는 말.

에미코는 그 공간에 완전히 적응했다. 벽으로 둘러싸인 좁은 공간이었지만 실내 온도는 늘 적당했고, 앉은 채로 모든 볼일을 볼 수 있었다. 쾌적한 해방감마저 들었다. 만화를 마음껏 볼 수 있는 것은 물론이고 인터넷도 무한정 쓸 수 있다. 자고 싶을 때 자고 일어나고 싶을 때 일어난다. 만화도 실컷 그릴 수 있다. 그런다고 나무라는 사람도 없거니와 감시하는 사람도 없다. 어떤 의미에서는 궁극의 자유일지 모른다.

"그렇다고 계속 이대로 지낼 수는……"

인터넷 카페에서 지낸 지 이 주가 지났을 때 에미코는 시오리에게 전화를 걸었다.

"보호 명령을 받으려면 일단 경찰이나 여성상담소에 상황을 설명해야 하죠? 슬슬 가보는 편이 좋을까요?"

"그래. ……그런데 자기 남편이 지금 눈에 불을 켜고 자기를 찾고 있어. 지금 밖에 나오면 위험하지 않을까. 당분간 거기 숨어 있는 게 나을 것 같은데."

"그 인간…… 역시 절 찾고 있나요?"

"응. 우리집에도 왔어. 물론 모른다고 딱 잡아뗐지만."

"……죄송해요."

"어쩐지 엄청나게 위험해 보였어. 술냄새가 진동하더라. 심상치 않던데. 무슨 술주정을 그렇게 부리는지, 원."

"정말 죄송해요, 죄송해요……"

"아니야. 난 괜찮아. 나보다 일단 자기 몸을 더 걱정해야지."

"감사합니다."

"그럼 조금만 더 고생해."

"그럴게요. ……아, 장편만화 있잖아요. 조금만 더 있으면 완성이에요."

"응?"

"왜, 담당 편집자님이 보고 싶다고 하셨던."

"아…… 아아, 그거. 그래, 담당자가 정말 기대하고 있어. 아까도 전화 왔었는데, 빨리 보고 싶대."

"정말요? 그럼 열심히 마무리할게요."

"응, 열심히 해. 어, 우리 애 올 때가 다 됐네. 오늘 오디션 보는 날이야."

"오디션요?"

"뭐, 그렇게 대단한 배역은 아니고 그냥 몸풀기지."

"힘내라고 전해주세요."

"자기도 힘내. 그럼."

전화를 끊고 나서 에미코는 바로 펜을 들었다. 잔과 알베르의 결혼식 장면이다. 스스로 봐도 정말 잘 그렸다.

"이거야말로 잔에게 어울리는 결말이지."

『소녀 줄리엣』에서 문제의 장면을 보았을 때 에미코는 너무 큰 충격에 일주일이나 학교를 가지 못했다. 잔이 유일한 마음의 버팀목이었는데. 그런데 그런 식으로 끝장내다니. 에미코는 난생처음 격한 분노를 느꼈다. 너무 화가 나서 머리가 이상해질 것 같았다. 아니, 실제로 이상해졌다. 작가 아키즈키 미유리에게 매일 항의 편지를 써 보냈다. 그런 짓을 삼 년이나 계속했다. 중학교 입학 무렵에는 겨우 분노가 가라앉았지만 단단한 응어리가 남았다. 지금도 사라지지 않았다. 그 응어리를 없애려면 원래 맞았어야 할 결말을 그리는 수밖에 없다.

"그래. 그런 식으로 잔을 끝내면 안 돼."

에미코는 펜을 놀렸다.

9월이 왔다.

등에 이상한 느낌이 들어서 긁어보니 작은 바퀴벌레였다. 다다미 한 장 크기 공간에 악취가 진동했다. 컵라면 용기, 빵 봉지, 먹다 남은 편의점 도시락이 어지러이 널려 있었다. 요전번에도 직원에게 주의를 받았지만 어쩔 수 없다. 바지런히 청소할 여유 따위 없다. 만화, 만화를 빨리 완성해야 한다.

마지막 스크린톤을 붙이려 할 때 휴대전화가 울렸다. 시오리였다.

"아, 시오리 씨. 만화 거의 다 그렸어요. 오늘 안에는……"

"그보다 자기, 가능한 한 멀리 달아나는 편이 좋겠어. 차라리 규슈로 돌아가는 게 어때?"

"네? ……하지만 데뷔는……"

"지금 그런 말이나 하고 있을 때가 아니야. 자기 남편이 또 우리집에 찾아왔다고. 얼마나 끈질긴지 몰라. 내가 자기를 숨겨놨다면서, 무슨 말을 해도 듣질 않아. 뭐, 숨겨놓은 건 맞지만."

"그 인간, 어떻게 나오던가요?"

"더 심해졌어. 그제는 돈을 갚으라면서 덤벼들더라니까. 그래서 말해줬지. 돈이라면 벌써 부인한테 갚았다고. 그렇잖아? 인터넷 카페를 알아봐주고, 이런저런 일을 대신 처리해주고, 그것도 모자라 자기 남편까지 상대하는걸. 탕친 거지? 응, 탕쳐도 되지?"

"아, 네……"

"어제는 한밤중에 쳐들어왔어. 완전히 돌았더라고. 눈을 보니 맛이 갔어. 무슨 말을 하는지도 모르겠고. 돈 내놔라, 돈 갚아라 하면서 어찌나 끈덕지게 구는지. 이대로 가면 내가 위험할 것 같아서…… 그래서 그 이야기를 털어놨어."

"그 이야기라니요?"

"왜, 자기가 직장 사람하고 바람피웠고 아이도 지웠다는 이야기 말이야."

"뭐라고요?"

"부인은 아마 불륜 상대의 집에 있지 않겠느냐고 말했어. 그랬더니 자기 남편, 낯빛이 싹 바뀌어서 나가버리더라."

"그 이야기를 하셨다고요?" 휴대전화를 쥔 손이 덜덜 떨렸다.

"뭐 어때? 이왕 이렇게 된 마당에 숨기고 자시고 할 것도 없잖아?"

그렇게 쉽게 말할 일이 아니다. 그 남자에게 그 이야기는 분명 기폭제로 작용할 것이다. 자폭할 각오로 미친듯이 날 찾겠지.

이번에는 진짜 죽는다.

빨리 달아나야 해.

하지만 어디로?

그래, 맞아. 섣불리 움직였다간 금방 들킬지도 몰라. 일단 여기 있자. 여기 숨어 있자.

에미코는 계산대에 가서 "한 달 더 연장해주세요"라고 말하고 5만 7600엔을 카운터에 내려놓았다.

"그리고 누가 저에 대해 묻거든 그런 사람 없다고 하세요. 부탁할게요, 꼭이요."

*

9월도 거의 이 주가 지났다. 에미코는 햄스터처럼 몸을 웅크린 채 계속 독실에 처박혀 있었다. 이제는 이 좁은 공간과 벽이 고마울 뿐이다. 일단 사태가 진정될 때까지 여기 이렇게 있자. 절대로 그 인간 눈에 띌 만한 짓을 하면 안 된다.

그런데 시오리 씨는 괜찮을까. 그 인간이 시오리 씨를 찾아가서 난동을 부린 건 아닐까.

전화해볼까? 벌써 새벽 한시가 넘었는데.

"어머." 하지만 시오리는 신호가 한 번 가자마자 받았다. "어때, 잘 지내?"

"네, 저는 괜찮아요. 시오리 씨는요? 괜찮으세요? 남편이 폐를 끼치지는 않았나요?"

"이만저만 폐가 아니지. 어제도 왔어. 다음에 또 오면 경찰에 신고할까봐."

"네, 그러세요. 그게 나아요. 그 인간, 정말로 무슨 짓을 할지 모르니까."

"어, 뭐야. 다른 전화가 왔네. ……어머."

"누군데요?"

"……씨야."

"네?"

"이런 시간에 무슨 일이람. 그럼 끊는다. 나중에 또 연락할게."

하지만 그날 시오리의 연락은 더 없었다. 어느덧 저녁이다. 먼저 연락해보려고 휴대전화를 꺼내자 기다렸다는 듯 벨이 울렸다. 화면을 보니 낯익은 전화번호가 눈에 들어왔다. 가브리엘이었다. 생각해보니 시오리의 재촉으로 문자를 보낸 날부터 단 한 번도 연락하지 않았다. 내 정신도 참, 전화번호도 지웠으면서 왜 수신 거부를 하지 않았을까? 그냥 무시할까? ……하지만 어찌된 일인지 가슴이 쿵쿵 뛰었다. 이제 다 잊은 줄 알았는데 막상 전화가 오니 몸이 멋대로 반응했다. 에미코는 버튼을 눌렀다.

"에밀리 씨?"

오랜만에 그 이름으로 불리자 어떻게 대응해야 할지 말문이 막혔다. 하지만 가브리엘은 에미코의 대답을 기다리지 않고 다급하게 말을 꺼냈다. 이렇게 허둥대다니 가브리엘 님답지 않네. 그런 생각을 하는 동안에도 가브리엘의 목소리는 점점 흥분해갔다.

"아, 지금 텔레비전에 나오네요. 4번, 4번 채널요. 일단 뉴스부터 봐요, 뉴스."

응? 뭐라고? 왜 그러지? 4번 채널?

컴퓨터 모니터에 텔레비전 화면을 띄우고 4번 채널을 선택했다. 뉴스 방송이 흘러나왔다. 헤드폰을 다른 쪽 귀에 대자 익숙한 이름이 들렸다.

13일 오전 네시 이십분경, 도쿄 도 이타바시 구 연립주택 '로열 샤토 이타바시'의 내부 복도에서, 2층에 사는 55세 여성 사키노 시오리 씨가 피를 흘리며 쓰러져 있는 것을 신문 배달원이 발견해 119에 신고했습니다. 사키노 씨는 병원으로 옮겨졌지만 사망했으며 경시청 히가시이타바시 서는 살인사건으로 보고 수사를 시작했습니다.

조사한 바에 따르면 피해자와 함께 살던 장남은 "새벽 한시 반쯤 누가 불러내서 엄마 혼자 외출했다"고 증언했습니다. 히가시이타바시 서는 피해자를 불러낸 인물의 행방을 쫓고 있습니다.

에미코는 온몸의 힘이 빠져 그대로 안락의자에서 미끄러졌다.

말도 안 돼, 시오리 씨가…… 살해당했다고? 누군가에게 불려나가서?

누가?

설마 그이가? 아니야, 설마. 하지만 그 인간이라면 그러고도 남지. 그래, 그러고도 남아. 틀림없어, 남편이 시오리 씨를……

귀에 댄 휴대전화에서는 여전히 흥분해서 떠드는 가브리엘의 목소리가 들려왔다.

"누가 불러냈는지 알겠어요? 에밀리 씨, 짐작 가는 사람 없어요? 들려요? 에밀리 씨? 괜찮아요? 괜찮아요? 혹시 당신……"

아니야! 에미코는 외쳤다. 아니야, 난 아니야, 난 아니라고!

"그건 알아요. 하지만 누군지 짐작은 가죠? 그렇죠?"

"가브리엘 씨, 가브리엘 씨……" 에미코는 휴대전화를 움켜쥐었다. "어쩌죠, 어쩌죠. 다음에는 제가, 다음에는 제가 살해당할 거예요……"

"에밀리 씨, 정신 똑바로 차려요. 지금 어디예요? 기다려요. 당장 갈게요. 그러니까 기다려요."

"안 돼요. 여기 있다가는 그 인간한테 들킬 거예요. 분명 금방이라도 여기에……"

"그럼 이케부쿠로로 올 수 있겠어요? 이케부쿠로 프리즘 가든. 거기서 기다릴 테니까 꼭 와요. 꼭."

에미코는 소지품을 백에 챙겨 도망치듯이 독실을 빠져나왔다.

× × ×

S 『푸른 눈동자의 잔』 취재는 어때? 잘돼가?

W 뭐, 그럭저럭.

S 그건 그렇고 사건이 터졌잖아. 이타바시 구 연립주택 복도에서 여자가 칼에 난자당한 사건. 피해자가 잔의 팬이라고 들었는데.

W 응, 맞아. 팬클럽을 관리하는 '푸른 6인회' 중 한 명이었어.

S 팬클럽? 그런 게 아직 있구나.

W 자잘하게 남아 있지. 인터넷의 영향인지 2005년쯤부터 회원이 제법 늘어난 모양이야. 그래봤자 예전 팬이 대부분이지만.

S 인터넷을 돌아다니다가 『푸른 눈동자의 잔』 팬 사이트를 발견하고 '아아, 그리워라. 옛날에 좋아했었는데' 하면서 그대로 팬심을 되찾은 거군.

W 그런데 여러모로 말썽이 있어. 실시간으로 계속 팬이었던 사람들과 돌아온 팬 사이에 균열이 생겨서.

S 싸우기도 하나?

W 싸우기만 하면 그나마 낫지만, 잔의 팬들은 연재 당시의 충격이랄까 트라우마까지 되살아나서 좀더 심각한 느낌이야. 결말을 둘러싸고 한도 끝도 없이 논쟁을 벌이곤 하거든.

S 『푸른 눈동자의 잔』에도 역시 그런 사람들이 있나? 캐릭터를 가

지고 멋대로 망상소설을 쓴다거나……

W 팬픽? 물론이야. 각 사이트에서 경쟁하듯이 팬픽을 올려. 그걸 가지고 팬끼리 또 다투니까 골치지.

S 내가 좋아하는 ××님을 망쳤다거나, 당신은 ××님을 제대로 이해 못했어…… 이런 식으로?

W 그리고 커플링을 놓고 대립한다든가(웃음).

S 역시 그렇구나(웃음). 하지만 중년 아줌마들이잖아? 쓴맛 단맛 다 본 부인네들이 그런 데 열을 올리는 이유가 뭘까?

W 뭐, 오타쿠 문화가 그만큼 성숙해졌다는 뜻 아닐까? 성숙이라는 말이 썩 어울리진 않지만. 코믹마켓 같은 데서도 『푸른 눈동자의 잔』 부스만 분위기가 좀 달라.

S 동인지도 있어?

W 그럼, 있지. 오랜 전통을 자랑하는 장르야. 코스튬 플레이 같은 걸 하면서 상당히 즐겁게 논다고.

S 아줌마들이…… 코스튬 플레이?

W 소녀로 돌아간 기분인가보지.

S 그러고 보니 일전에 『푸른 눈동자의 잔』 팬 사이트를 구경해본 적 있어. 서로를 실비아니, 지젤이니, 마그리트니 하는 탐미적인 닉네임으로 부르던데. 엄청 깨더라. 그것도 소녀 기분을 내려고?

W 응. 분명 본인들은 진지할 거야. 소녀 시절을 지나 사회로 나와

서 누구는 직장인, 누구는 주부, 또 누구는 어머니가 돼. 하지만 마흔 살이 지났을 무렵 문득 멈춰 서지. 자신이 사랑받지 못한다는 사실을 깨달은 거야. 사랑받지 못할뿐더러 방해물 취급을 받는다는 걸. 뭐, 갱년기 장애인지도 모르지만. 아무튼 자신의 위치에 견딜 수 없는 초조함을 느끼고 피해망상을 품어. 사춘기랑 똑같아. 호르몬 변화가 정신적 문제를 낳는 거야. 실제로 중년층의 도덕적 해이와 범죄는 청소년보다 심각하다고.

S 불혹을 지나 느닷없이 이상해지는 사람도 많은 것 같더라.

W 그래서 정신의 안녕을 위해 소설을 쓰거나 수예나 그림을 시작하지. 아이돌이나 배우를 쫓아다니는 사람도 있고, 신비주의에 빠지는 사람도 있어. 뭔가에 열중함으로써 자신의 위치에 억지로 스포트라이트를 비추려 하는 거야.

S 아아, 알 거 같아. 그런 케이스.

W 그런 여자들은 평소에는 살아 있다는 실감을 못해. 그래서 '대상'을 찾는 거지. 아이돌이나 옛날 만화 같은 거. 즉 그 여자들에게 필요한 건 신앙이야. 종교를 원하는 거라고. 종교는 누군가의 말을 빌리자면 '마약'이기도 하고, 자기표현이 가능한 감미로운 터전이기도 해. 무엇보다 목표가 명확하니까 헤맬 일도 없지. 그러니까 그 여자들은 '신자'가 되는 길을 선택하는 것 아닐까.

S 그렇군. '신자'가 되면 생각을 한곳에 집중시킬 수 있고, 매사를

단순하게 받아들일 수 있으니 어찌 보면 편하겠네. 생활에 활기도 생길 테고 말이야. 쓸데없는 생각을 할 필요도 없어. 기독교 신자가 뭐든 '하느님의 뜻'으로 돌리는 것처럼.

W 온 마음을 바쳐서 섬겨야 진정한 신자니까.

S 하여간 광신도는 무서워. ……아, 혹시 이타바시에서 여자가 난자 당한 사건, 팬클럽 내부의 파벌 싸움이 원인일까?

W 글쎄…… 아무리 그래도 그건 아니지 않을까……

월간 『앙그라캉그라』(2007년 11월호)에서

미레유

"이런 말을 하려니 마음 아프지만. ……실비아 씨는 그렇게 될 운명이었던 거예요."

가브리엘이 포크를 쥔 손을 멈추고 중얼거렸다. "그러니 이제 마음에 두지 마세요. 다 잊어버려요."

"하지만…… 저 때문에 그렇게 돼서." 에밀리도 손을 멈췄다.

"당신 탓이 아니에요."

"아니요, 제 탓이에요. 그런 남편을 둔 탓에 그만."

"남편이 중증 알코올중독이었다면서?" 마그리트가 힘줄 선 목을 뻗어 슬쩍 이야기에 끼어들었다.

"네. ……경찰이 찾아갔을 때도 만취 상태였대요."

"그래서 자살을?"

"……네. 경찰이 오니 혼란에 빠진 모양이에요. 충동적으로 가까이 있던 식칼로 목을 그었다고 들었어요."

"에밀리 씨가 경찰에 신고했어?" 마그리트가 어쩐지 의미심장하게 목을 더 뺐다.

"……네. 뉴스로 사건을 접하고 범인은 남편이 틀림없다고 생각했거든요."

"이런 말 하기는 뭐하지만, 잘됐네." 마그리트는 몸을 움츠리고 빵을 찢었다. "폭력 남편한테서 해방되어 자유의 몸이 되었잖아. 더는 도망다닐 필요도 없고. 그래서, 지금은 어쩌고 있어? 지낼 만해?"

"네. 살 집도 찾았고 생명보험금도 받아서 당분간은 그럭저럭 지낼 수 있을 것 같아요."

"어머, 생명보험에 가입해뒀어?" 지젤이 갈색 머리를 흔들며 지체 없이 물었다.

"그게, 많지는 않지만 오래전 지인의 권유로 자잘한 보험 몇 개를 들어뒀어요."

"얼마나 나왔는데?" 지젤이 호기심 가득한 투로 물었다.

"뭐…… 얼마 안 돼요. 그래서 일자리도 찾아봐야 해요."

"어디 일할 데는 있고?"

"근처 부동산사무소에서 직원을 모집하더라고요. 거기 지원해볼까 싶어요."

"그렇구나. 다 잘 풀렸네. 해피엔딩이야." 지젤이 작게 손뼉을 쳤다.

"하지만 실비아 씨가……"

"그 사람 일은 잊어버리래도." 빵에 버터를 듬뿍 바르며 마그리트가 내뱉었다. "이르든 늦든 결국 그렇게 될 운명이었어. 온갖 거짓말로 남에게 돈을 뜯어냈으니까. 자업자득이지."

여느 때같이 이케부쿠로 서쪽 출구에 있는 프렌치 레스토랑에 모였다. 하지만 오늘은 다섯 명이다.

"마그리트 씨도 돈 빌려줬죠?"

지젤이 마그리트를 보았다. 마그리트가 씁쓸한 표정을 지었다. "응, 뭐."

"얼마나 빌려줬어요?"

"……그리 많지는 않아. ……100만 엔쯤 되려나."

"어휴, 많지 않긴요. 거금인데."

"응. 그렇지."

"그럼 에밀리 씨는? 실비아 씨한테 얼마나 뜯겼어?"

지젤이 묻자 에밀리는 오른손을 들어 쫙 폈다.

"500만?" 지젤이 포크와 나이프를 든 채 몸을 내밀었다. 백금 귀걸이가 대롱거렸다.

"네? ……아니요, 아무리 그래도 그렇게까지는."

"그럼 50만?" 지젤이 천천히 원래 위치로 돌아갔다.

"네, 맞아요. 아, 어쩌면 50만 엔이 좀 안 될지도 모르겠네요."

"그 사람이 에밀리 씨한테는 뭐라고 했어?" 마그리트가 진지한 눈빛으로 대답을 재촉했다.

"네?" 만화가 데뷔라는 미끼에 걸려들었다는 말은 입이 찢어져도 못한다. 물론 가브리엘이 괴롭힌다는 거짓말에 속았다는 말도. "……조카 빚을 대신 갚아야 한다고…… 애걸복걸하더라고요."

"조카? 그것도 분명 거짓말일걸." 지젤이 씩 웃었다. "그 사람 거짓말을 밥먹듯이 했거든."

"혹시." 마그리트가 끼어들었다. "……소피 씨 이야기는 안 했어?"

"네?"

"살해당했다는 둥 어쨌다는 둥."

"네. ……그런 말도 했던 것 같네요."

"역시." 마그리트가 입가에 깊은 주름을 잡으며 작게 한숨을 쉬었다. "에밀리 씨가 무슨 소리를 들었는지 모르겠지만, 그 사람 말은 절대 믿을 거 없어. 하나부터 열까지 죄다 새빨간 거짓말이니까."

지젤이 말없이 고개를 끄덕였다. 마그리트가 말을 이었다.

"그리고 그 사람, 에밀리 씨가 팬클럽을 탈퇴하자 기다렸다는 듯이 에밀리 씨 만화를 자기 작품으로 회지에 기고했어. 알고 있었어?"

"그랬어요?"

둘러보자 가브리엘이 쓴웃음을 지으며 고개를 끄덕였다. 마그리트가 이야기를 계속했다.

"자기 인기가 탐났던 거야. 그동안 그 사람이 자기가 그린 만화를 얼마나 헐뜯었다고. 즉, 질투했다는 뜻이지. 그래서 자기를 팬클럽에서 쫓아내고 싶었던 거야. 어떤 수단을 써서든지. 에밀리 씨가 탈퇴하고 싶다고 했을 때 설마설마했는데, 그때 자기가 얼마나 완고하던지 말을 붙일 엄두도 못 내겠더라."

"저, 그때 완전히 속아넘어가서……"

"에밀리 씨, 어떤 식으로 속았어?" 지젤의 귀걸이가 심술궂게 흔들렸다. "……뭐, 대충은 알겠지만. 우리 험담을 잔뜩 늘어놨지?"

"네, 그러니까…… 뭐랄까……"

"하지만 나도 잘못했어. 미안해." 마그리트가 고개를 깊이 숙였다. "자기가 팬클럽을 그만두고 싶다고 했을 때 좀더 강하게 만류해야 했어. 정말로 미안해."

"무슨 말씀이세요. 마그리트 씨는 잘못하신 거 없어요. 속은 제가 잘못이죠."

"아니야, 그런 거짓말쟁이를 이 '푸른 6인회'에 들여놓은 내 책임이야." 마그리트가 한숨을 길게 내쉬었다. "그때는 그 사람이 거짓말쟁이라는 걸 알아채지 못했지. 이런저런 소문은 돌았지만."

"소문요?" 에밀리가 묻자 마그리트는 더 길게 한숨을 쉬었다.

"그 사람, 다른 만화 팬클럽에서도 여러 문제를 일으켰어."

"네? 다른 팬클럽에도 가입했었다고요?"

"응. 이른바 팬클럽 분탕꾼이지. 그 만화를 특별히 좋아하지도 않는데 가입해서 팬클럽을 좌지우지하려고 해. 도대체 무슨 심보인지, 원……"

"요컨대 그거 아니겠어요? 자신이 중심이 되고 싶은 거예요." 지젤이 언성을 높였다. "어찌 보면 딱한 사람이죠. 현실세계에서는 중심에 설 기회가 없으니까 온갖 거짓말을 늘어놓으며 허구의 자신을 연기한 거예요. 하지만 바로 탄로나서 집단에서 쫓겨나죠. 그러면 또 다음 집단을 찾아요. 소라게가 따로 없다니까."

웃음이 일제히 터져나와 테이블을 감쌌다.

"그런데 실비아 씨, 제법 잘살던데요? 집도 복층이고 비싸 보였고요." 에밀리가 말했다.

"그러니까 여기저기서 돈을 뜯은 거지." 마그리트가 와인을 한 모금 마시고 말했다. "헤어진 남편한테 양육비를 받은 모양이지만, 실상은 생활보조금과 보육수당만으로 먹고살았어. 집세도 꽤 많이 밀렸다고 어느 와이드쇼에 나오더라. 외상이 쌓여서 출입이 금지된 가게도 한두 곳이 아니라잖아. 아들이 유일한 희망이었지. 어떻게든 연예계에 입성시켜 돈줄로 삼을 생각이었나봐. 정말로 딱한 사람이야. 나이를 그렇게 먹어놓고."

"아들이 중학교 졸업하면 J사에 들어가기로 결정됐다던데요."

에밀리의 말에 다시 웃음이 터져나왔다.

"당연히 거짓말이지. 거짓말이야, 거짓말. 모조리 거짓말. 에밀리 씨, 자기는 사람을 너무 잘 믿어. 정신을 좀더 단단히 차려야지. 이제 홀로서기할 거잖아?" 지젤이 포크로 달팽이 속살을 스르르 끄집어냈다. 그리고 순식간에 입에 쏙 집어넣었다.

"아무튼 에밀리 씨가 돌아와서 다행이에요." 가브리엘이 에밀리의 어깨를 토닥였다. "문자 왔을 때 제가 싫어졌나 싶어서 혼자 마음앓이를 했어요. 뭔가 에밀리 씨에게 미움받을 짓이라도 했나 고민했다니까요."

"그런……" 에밀리의 얼굴이 새빨갛게 물들었다. "그때는 진짜로 어떻게 됐었나봐요. ……세뇌당한 거예요. 그러니까…… 가브리엘 님을 싫어하다니…… 절대로 그건……"

"가브리엘 씨가 에밀리 씨를 얼마나 걱정했는지 몰라." 마그리트가 힘줄 선 목을 다시 뻗었다. "자기가 우리 모임에 돌아올 수 있었던 것도 다 가브리엘 씨 덕분이야."

"……정말로…… 뭐라고 감사의 말씀을 드려야 할지. 이런 저를 다시 받아들여주시다니…… 정말로."

"당연한 일인걸요. 모두 당신 만화를 기다리고 있다고요." 가브리엘이 양손을 펼치고 말했다.

그래, 그래. 다시 모두 함께 즐겁게 지내자. 우리는 친구니까. 그런 즐거운 분위기가 테이블을 감쌌다.

"……그런데 미레유 씨, 무슨 일 있어요? 오늘 기운이 없네요."

가브리엘이 이네코에게 말을 걸었다. 평소에는 미묘한 타이밍에 희한한 발언을 해서 분위기를 흐리는 데 선수인 미레유가 오늘은 고개를 숙인 채 접시의 새끼 양고기 구이만 썰고 있다.

"응?"

그제야 이네코가 고개를 들었다. 포크에 꽂힌 고기가 부르르 떨렸다. "아아, 미안해. ……음, 실은 말이야."

"그러고 보니 미레유 씨 아버지가 돌아가셨죠?" 지젤이 고개를 디밀었다.

"어머, 그래?" 마그리트가 빵을 힘껏 찢었다. 빵 부스러기가 튀어 지나가던 웨이터의 유니폼에 묻었다. 웨이터가 혀를 차듯이 작은 한숨을 내뱉었다.

“응. 지난주에. 어제가 칠일재였어.”

“그랬군요. 죄송해요. 그런 줄도 모르고.” 가브리엘의 포크가 다시 멈췄다.

“아니야. 모르는 게 당연하지.”

“그래서 무슨 걱정거리라도?”

“걱정거리라고 할까.” 이네코가 드디어 양고기를 입에 넣었다. 그리고 잘 씹어서 삼킨 후 말했다. “일이 귀찮게 됐어. 남동생이랑 여동생이……”

“혹시 유산 문제?” 옆에 앉은 마그리트가 몸을 이네코에게 바싹 붙였다.

“그렇지 뭐.”

“하지만 부모님을 쭉 돌봐온 건 미레유 씨잖아요.” 지젤이 말하자 마그리트가 “그래, 맞아. 이제 와서 동생들이 이러쿵저러쿵할 권리는 없다고” 하고 똑 부러지는 말투로 거들었다. “그런데 유산은 얼마나?”

“마그리트 씨.” 가브리엘이 접시 가장자리를 포크로 살짝 두드렸다. 제지의 신호였지만 테이블에 감도는 호기심을 완전히 씻어내지는 못해서 그후로도 걸핏하면 유산 얘기가 나오는 바람에 이네코는 자신에게 생긴 문제를 찔끔찔끔 털어놓았다.

그때마다 밉살스러운 다카시와 유리에의 얼굴이 떠올라서 무릎에 펼쳐놓은 냅킨 자락을 구깃구깃 움켜쥐었다.

아아, 열불나.

그 두 녀석은 뭐든지 나만 빼놓고 결정한다니까. 내가 맏이인데, 늘 날 빼고 이야기를 진행시켜. 뭐야, 뭐냐고. 날 무시하다니, 무시하다니…… 속 터져!

*

“그런데 어머니, 유리에랑 나랑 둘이서 결정한 건데.”

남동생 다카시가 검은색 넥타이를 풀면서 연로한 어머니를 마주보았다. 일가친척만 모여 칠일재 법요를 마친 후 좌탁에 둘러앉아 어머니 기요가 끓여준 차를 마실 때였다.

“우리는 상속 포기할 거야. 그러니까 앞으로도 쭉 여기 살아.”

다카시가 말했다. 어쩐지 겁을 내며 장남의 말을 듣던 어머니 기요는 안심한 듯 어깨 힘을 뺐다.

“미안하다. 생명보험도 아버지가 죽기 전에 해약하는 바람에 너희한테 남겨줄 게 아무것도 없구나. 이 맨션을 팔면 어떻게든 되겠지만……”

"무슨 소리야, 엄마."

막내 유리에가 몸을 내밀었다. "여길 팔면 엄마는 어디 살게?"

"그래, 어디서 살려고?" 다카시가 동생이 한 말을 힘주어 되풀이했다. "요즘 시세도 떨어져서 팔아봤자 손해야. 그러니까 여기는 그냥 두자. 누나도 괜찮지?"

다카시는 그제야 좌탁 가장자리에 앉은 맏이에게 이야기를 돌렸다. 큰딸 이네코는 두 동생을 노려보았다.

"뭐야. 너희 둘이서 다 결정해놓고 나한테는 사후 승낙을 받겠다는 거야?"

"누나랑 연락이 돼야 말이지."

"너희 둘은 옛날부터 그랬어. 나만 빼놓고 둘이서 속닥속닥 일을 꾸미고."

"어린애 같은 소리 좀 그만해, 누나."

"난 싫어. 내가 받을 수 있는 몫은 상속하겠어."

"여길 팔라는 거야?"

"그래. 팔아서 우수리 없이 나누자. 그래야 뒤끝도 없을 거 아니야."

"어휴, 누나."

"너희 속셈을 모를 줄 알고? 여길 팔면 엄마가 갈 곳이 없어지지. 그럼 누군가랑 같이 살아야 해. 그러기 귀찮으니까 허울 좋은 말로 꽁무니를 빼는 거잖아."

"누가 할 소린데. 꽁무니 빼는 건 언니면서." 여동생 유리에가 느닷없이 목소리를 높였다. "변변한 직업도 없이 여기저기 싸돌아다니기나 하고. 이웃사람들이 언니보고 뭐라는지 알아? '부랑자 이네코 씨'라고 부른다고."

"와, '부랑자 도라 씨' 같아서 좋은데 뭘. 도라 씨*는 사랑받는 캐릭터잖아. 나도 사랑받고 있다는 뜻이야."

"영화와 현실을 혼동하지 마. 나잇살 먹은 부랑자를 가족으로 둔 우리 처지도 생각하라고."

말다툼이 이어졌다. 기요는 아버지 영정사진 앞에서 말다툼을 벌이는 자식들을 안타까운 심정으로 지켜보았다.

장녀 이네코 마흔여덟 살, 장남 다카시 서른아홉 살, 차녀 유리에 서른일곱 살.

결혼 직후 태어난 이네코는 십여 년을 혼자 자랐다. 외동에다 딸이라서 부모의 관심과 기대를 한 몸에 받으며 컸다. 조금 과보호했는지도 모르겠다고 기요는 이따금 생각한다. 응석을 너무 받아주었나 싶다. 그래도 십 년간은 약간 제멋대로인 구석이 있지만 착한 아이로 별 탈 없이 쑥쑥 잘 자랐다. 그러다 결혼 십 년

* 드라마와 영화로 제작된 〈남자는 괴로워〉 시리즈의 주인공.

차에 예상치 못한 임신으로 다카시가 태어났다. 이네코가 열 살 터울의 남동생을 귀여워해줄 거라던 예상은 빗나갔다. 귀여워하기는커녕 지금까지 자기 중심으로 돌아가던 집안을 휘젓는 침입자처럼 취급했다. 부모가 십 년 만에 태어난 아기에게 매달린 사이 이네코는 점점 방자해졌고, 비행의 싹이 트기 시작했다. 다다음해에는 셋째를 출산했다. 유리에라고 이름 붙인 작은딸은 터울이 별로 없는 다카시를 잘 따랐고 오빠도 동생을 잘 돌봐주었지만 이네코와는 서먹서먹했다. 당시 중학생이었던 이네코는 동네에서 다 아는 불량소녀였다.

하지만 기요는 그런 이네코를 적극적으로 바로잡으려 하지 않았다. 남편 역시 한창 바쁠 때라 집안을 돌볼 여유가 없었다. 오랫동안의 공무원 생활을 접고 친구와 시작한 부동산 중개업이 때마침 궤도에 올라 집에 못 들어오는 날도 많았다. 남편 없이 아이들을 키우느라 큰딸에게는 큰 신경을 쓰지 못했다. 동생들을 돌보지 않는다며 원망하고 야단친 적도 있었다.

그때 좀더 신경써주었더라면. 더 관심을 가지고 대했다면 이 아이도 어엿한 어른으로 자랐을지 모르는데.

쉰 살을 눈앞에 둔 딸이 동생들 앞에서 신경질적으로 고함을 지르는 모습을 보면서 기요는 눈두덩을 눌렀다. 나이를 먹으면 후회스러운 일만 자꾸 떠오른다. 이럴 걸 그랬다, 저럴 걸 그랬다 하고. 하지만 젊을 때는 또 그때대로 사정에 맞춰 열심히 살았다. 자신보다 아이가 먼저라고 늘 유념했다. 세 아이를 공평하게 대하려고 나름대로 애썼다. 가정을 돌보지 않는 남편에게 넌더리가 나서 이혼도 생각했지만 아이들 때문에 포기했다. 그렇게 큰 잘못은 없었을 것이다. 그 증거로 다카시와 유리에는 번듯하게 잘살고 있다. 다카시는 대학까지 갔고, 지금은 도쿄의 인쇄회사 과장이다. 유리에는 남편 일이 잘 풀리지 않은 시기가 겹쳐 사년제 대학에 보내주지 못했지만 전문대는 졸업시켰다. 졸업 후 근처 신용금고에 취직했고, 오 년 후 직장동료와 결혼해 지금은 T시 공단주택에 남편과 시어머니, 두 아이와 함께 살고 있다. 둘 다 크게 성공했다고는 할 수 없지만 그럭저럭 행복한 일상을 손에 넣었다.

그런데 큰딸 이네코는 간신히 고등학교에 들어갔지만 일 년도 버티지 못하고 중퇴했고, 중학교 담임 선생님의 소개로 근처 통조림공장에 취직하고도 역시 일 년을 채 버티지 못했다. 그후로는 일용직이나 음식점 아르바이트 따위로 용돈을 벌며 하루하루를 보냈다. 스물다섯 살 때 아르바이트하던 가게에 손님으로 온 남자와 눈이 맞아 집을 나갔지만 역시 일 년도 지나기 전에 집으로 돌아왔다. 그뒤로도 제대로 된 직장을 구하지 않고 슬롯머신과 만화에 푹 빠져 살았다. 직장도 배우자도 없이 쉰 살이 목전인데, 앞으로 어떻게 되려나. 기요는 자신보다 큰딸의 앞날이 더 불안했다. 남편도 죽기 직전까지 걱정했다. 가정을 돌보지 않아 한때는 이혼까지 생각했지만, 만년에는 이네코를 비롯한 자식들의 미래를 가장 우선으로 염려한 좋은 아버지였다. "장례식은 간단하게 치러요. 아이들한테 괜한 부담 주지 말고." 병석에서 몇 번이고 그렇게 당부했다.

그런 아버지의 영정사진을 앞에 두고 싸우는 자식들을 보고 있자니 가슴이 찢어지는 것 같았다.

싸움은 한동안 계속될 것 같았다. 가정이 있는 아들과 작은딸은 상속을 포기하겠다고 주장했고, 큰딸 이네코 혼자 그 주장에 반대했다.

"그럼 너희는 포기하든지. 유산은 나랑 엄마랑 둘이 나눌게."

"그게 말이 된다고 생각해?"

"뭐 어때서? 법적으로는 아무 문제도 없잖아."

"하지만 누나."

"시끄러워, 닥쳐. 결정했어. 이 집은 내가 받아 팔아치울 거야."

"어휴, 이러니까 누나는 세상 물정 모르는 철부지라는 거야. 명의를 누나한테 이전하면 상속세가 엄청날 텐데?"

"……진짜야?"

이네코의 기세가 확 꺾였다. 이것은 분명 다카시 나름의 으름장이다. 남편은 죽기 전 상속세니 뭐니 다 알아보았다. 이 정도 물건은 기초공제 대상에 들어가므로 상속세가 붙지 않는다고 했다. 워낙에도 지은 지 삼십 년이 넘은 낡은 맨션이다. 역에서 걸어서 삼 분 거리라 입지 조건은 괜찮지만 샀을 때보다 평가액이 크게 밑돌았다. 이 집을 산 건 십오 년 전이다. 사업에 실패해 회사가 망하자 남편은 T시에 있던 독채를 팔았다. 하지만 자식들을 고생시킬 수는 없다며 간신히 돈을 변통해 부부의 노후 대비로 중고 맨션을 샀다. 70제곱미터에 방 세 개짜리 집은 당시 2500만 엔이었지만 지금은 그 반값도 안 된다고 한다. 자식들이 여기 집착하지 않는 것도 당연하다. 설비가 낡았고 여기저기 고장도 났다. 하지만 기요에게는 둘도 없는 보금자리였다.

"나중 가면 이네코한테 명의를 이전해줄게."

기요는 자식들의 싸움을 말리러 나섰다.

"무슨 소리야, 엄마."

작은딸의 말을 막고 기요는 다시 입을 열었다. "그러니까 조금만 더 있다가 팔아. 그렇게 알고 지금은 참아주면 안 되겠니?"

이네코는 자신의 주장이 받아들여졌다 싶었는지 히죽 웃었다.

"야호. 여기는 이제 내 거야."

저런 등신. 작은딸이 작게 중얼거렸다. 하지만 이네코는 듣지 못했는지 "초밥이라도 시켜 먹자. 특상으로" 하고 기분좋게 떠들어댔다.

"뭐, 어쨌든 해결됐네."

다카시는 쓴웃음을 지으며 퉁명스러운 표정의 유리에를 다독거렸다.

*

"그럼 잘 마무리된 거네." 마그리트가 뒤로 바짝 묶은 머리를 매만지며 무슨 의미인지 빙긋 미소지었다. 하얀 테이블보에 푸석한 머리카락 한 올이 툭 떨어졌다.

젊은 웨이터가 머리카락을 곁눈질하며 디저트 접시를 하나씩 내려놓았다.

"마음고생이 심했겠네요." 지젤이 재빨리 캐러멜 푸딩을 떴다. "하지만 상속 문제는 훗날까지 골치를 썩이니까, 빨리 정리하는 편이 낫죠."

"정말 상속 문제로 싸우는 것만은 피하고 싶어." 마그리트가 말하자 가브리엘이 고개를 깊이 끄덕였다.

웨이터가 테이블을 둘러싼 다섯 명을 차례대로 힐끔거렸다.

"그럼 미레유 씨는 이제 어머님이랑 둘이서 사는 건가요?"

가브리엘이 묻자 이네코는 밀푀유를 먹으며 "응" 하고 고개를 끄덕였다. "어머니를 돌볼 사람이 나밖에 없으니까. 동생들은 둘 다 도움이 안 돼."

"아이고." 동정의 뜻이 깃든 한숨이 동시에 네 곳에서 새어나왔다.

"괜찮아. 난 큰딸인걸. 책임이 있지. 자식이 제대로 보살펴드려야 하지 않겠어? ……아, 하지만 이 활동은 계속할 거야. 내 유일한 휴식이자 즐거움이니까. 그러니까 앞으로도 지금처럼 불러줘."

"물론이에요." 네 사람이 동시에 고개를 끄덕였다.

"그럼 오늘도 선샤인시티 근처에서 차 마시고 노래방 가자."

*

불단에 밥과 물을 공양한 후 기요는 종을 울렸다.

"여보, 오늘 하루도 아이들과 식구들이 평안하고 건강하게 지낼 수 있도록 지켜줘요."

어제 밤늦게 돌아온 이네코는 아직 일어나지 않았다. 늘 그랬다. 한낮에야 꾸물꾸물 일어나서 "밥은?" 하며 거실로 나온다. 그리고 팔꿈치를 식탁에 올린 채 기요가 차려준 밥을 깨작거리다가 생각났다는 듯이 텔레비전 리모컨을 꾹꾹 눌러 와이드쇼와 버라이어티 방송을 번갈아 본다. 그러다 오후 두시쯤에야 세수를 하고 너저분하게 풀린 파마머리를 고무줄로 대충 묶은 후 잠옷 대신 입는 운동복 위에 윗옷만 걸치고서 역 앞 슬롯머신 게임장에 간다.

저녁 여덟시가 지나 돌아오면 현관문을 열고 역시 "밥은?" 하고 말한다. 그 목소리로 그날 성과를 알 수 있다. 땄을 때는 목소리가 밝고 활기차며 경품이나 케이크를 선물로 들고 온다. 반대로 잃었을 때는 말투가 거칠다. 하지만 잃었다는 말은 하지 않는다. 도대체 누굴 닮았는지 이네코는 지고는 못 사는 성격이었다. 패배를 패배라고 인정할 줄 아는 성격이면 노름에 이렇게 빠져들지 않고 좀더 다른 인생을 살았을지도 모른다.

정말이지 슬롯머신 하면 눈이 돌아가는 그 성격은 어떻게 못 고치는 걸까. 게다가 나이를 그렇게 먹고도 아직 만화에 빠져 산다. 하다못해 멋이라도 좀 부리면 남자친구가 생길 텐데. 예쁜 옷을 입고, 꼼꼼히 화장하고, 거짓으로라도 조신하게 굴면 마흔여덟 살도 사랑을 붙잡을 기회가 있다. 실제로 이네코의 동창인 요시코는 작년에 결혼했다.

"어쩌면 그게 충격이었는지도 모르겠네. 입 밖에 꺼내지는 않지만."

기요는 냄비 속 된장국을 휘저으며 멍하니 생각했다. 이네코의 소꿉친구였던 요시코는 이네코가 불량스러워진 뒤에도 계속 친구로 남아 있었다. 어른이 돼서도 이따금 만났으리라. 간호사로 일하던 요시코와 이네코의 공통점은 만화였고, 둘 다 무슨 팬클럽 같은 것에 가입한 것으로 안다. 이네코는 그 성격 탓에, 요시코는 일하느라 바빠서 혼기를 놓쳤다. 그 때문에 더 가까워졌지만 요시코가 결혼하고 두 사람의 관계에 끝이 찾아온 것 같았다. 결혼식 초대를 받지 못한데다 평소에 연락이 없거니와 연하장도 오지 않는다. 생각해보면 그 무렵부터 이네코는 더더욱 무절제하게 생활하며 미친듯이 슬롯머신에 열을 올리기 시작했다.

아직 점심 먹기에는 이른 아침 여덟시에 이네코가 일어나서 허둥지둥 거실로 나왔다. 당황한 기요는 마시려던 된장국 그릇을 다시 내려놓았다.

"엄마, 왜 안 깨웠어!"

"응? 깨울 걸 그랬나?"

"일곱시에 깨워달라고 말했잖아!"

"그랬니?"

"말했어, 일주일 전에! 오늘 새 기계 들여놓는 날이니까 아침부터 줄 설 거라고! 벌써 시간이 이렇게 됐네. 어떡할 거야!"

키 153센티미터, 몸무게 70킬로그램의 육중한 몸을 흔들며 이네코는 세수도 하지 않고 테이블 위의 만주 두 개를 움켜쥐더니 점퍼만 걸치고 부리나케 나갔다.

"미안해……"

닫힌 현관문을 향해 사과했지만 물론 딸에게는 들리지 않았으리라. 오늘밤은 저 아이가 좋아하는 불고기를 해서 기분을 풀어주자. 안 그랬다가는 한 달이 지나도 일 년이 지나도 오늘 일을 원망하며 치근거릴 테니. 저 뒤끝 있는 성격은 또 누굴 닮은 건지.

정말이지 아무리 나이를 먹어도 손이 간다. 그래도 기분이 나쁘거나 살기 힘들다거나 딸이 밉다고 생각한 적은 없다. 벌써 사십팔 년이나 같이 살아서 익숙해졌는지도 모른다.

다만 자신에게 불의의 사태가 일어났을 때가 걱정이다. 그럼 저 아이는 어떻게 될까. 지금은 연금과 내가 파트타임 일을 해서 버는 돈으로 어찌어찌 먹고살지만, 혹시 내가 죽으면.

남편이 죽은 지 보름이 지났을 무렵, 이네코에게 앞으로 어떻게 생활해나갈지 넌지시 물어본 적이 있었다. 그러자 이네코는 "슬롯머신으로 먹고살 수 있으니까 걱정 마" 하고 천진난만하게 웃었다. 그날은 마침 돈을 딴 날이라 기분이 좋았다. 기요의 불안은 더 부풀어올랐다. 하지만 이네코는 "괜찮아, 걱정 마. 나 프로라고. 이대로 계속 따면 최고급 주택가에 집도 살 수 있어. 가정부도 고용해서 엄마 편하게 해줄게. 호화 유람선 타고 세계일

주도 하자" 하며 꿈같은 소리를 할 뿐이었다.

이네코는 슬롯머신으로 돈을 딴 날에는 더할 나위 없이 기세등등하고 기분도 좋다. 하지만 잃고서 화풀이하는 날이 더 많았다. 정확하게 계산해보지는 않았지만 딴 돈보다 잃은 돈이 수십배는 더 많을 것이다.

하다못해 어디서 파트타임 일이라도 하면 좋을 텐데. 아무리 작은 일이라도 상관없으니 뭐든 해준다면.

기요는 일하러 갈 준비를 하면서 혼잣말을 했다.

기요는 일주일에 세 번 시내 맨션에서 청소 일을 한다. 지금 사는 맨션에도 청소 일자리가 있지만 아무래도 남의 눈이 신경 쓰여서 좀 떨어진 곳에서 일자리를 찾았다. 집에서 버스로 십오 분 걸리는 작은 맨션이고 일은 한나절이면 끝난다. 그후 상주하는 관리인과 차를 마시는 것이 요즘 가장 큰 낙이다. 이날도 집에서 가져온 다과를 들고 관리실에 들렀다.

"어머나, 기요 씨 일흔 살이세요?" 이날은 나이 이야기를 하며 수다를 떨었다.

"응, 곧 일흔한 살이야."

"좀더 젊으신 줄 알았어요. 워낙 정정한데다 손도 빠르셔서."

관리인이 감탄하며 말했다. "전 벌써 이 모양인데. 여기저기 안 아픈 데가 없다니까요. 내년부터 드디어 연금을 타는데 그럼 이 일도 그만두려고요. 주택 융자금도 겨우 다 갚았으니. 기요 씨는 맨션 융자금 벌써 다 갚으셨죠? 연금만으로 충분히 생활할 수 있을 테니 좀더 편하게 사시지그래요?"

"아니야. 난 일하는 게 좋아. 그리고 너무 편하면 노망들 것 같아서 무섭거든."

"뭐 취미는 없으세요?"

"취미라."

기요는 잠시 생각한 후 "가족을 보살피는 거 아닐까" 하고 대답했다.

"가족요? 사이좋으신 모양이네요. 부러워라." 관리인은 찻잔을 양손으로 감쌌다. "저희 집은 영 글렀어요. 모두 뿔뿔이 흩어졌다니까요. 설날에도 모이지 않아요. 모인다고 꼭 좋은 것도 아니지만. ……가족이란 뭘까요. 남들이 말하는 만큼 돈독한 정으로 묶여 있는 게 아닐지도 모르겠어요. 메마른 관계인지도 모르죠. 개랑 주인의 관계가 훨씬 애정 넘쳐요."

"그런가……"

다섯시에 일이 끝나자 역 앞 슈퍼에서 간단히 장을 봐 집으로 돌아왔다.

맨션 로비에서 청소원이 쓰레기를 분리하고 있었다. 최근 관리회사에서 새로 파견한 사람이다. 아직 일이 익숙하지 않은지 손놀림이 조금 어설펐다. “수고 많아요” 하고 인사하자 상대도 싹싹하게 인사를 받아주었다. 나이는 자신보다 조금 아래로 보인다. 이 고상해 보이는 부인에게도 남한테 말할 수 없는 무슨 사정이 있을까. 뽀얀 살결을 보아 육체노동에 그리 익숙지 않은 듯했다. 추측건대 쭉 전업주부였을 것이다. 그러다 뭔가 예상치 못한 사정이 생겨 일해야 하는 처지가 됐다?

……저 사람 눈에는 내가 어떻게 보일까. 맨션 주민 중 하나, 우아한 연금 생활자로 보일까.

“아, 오늘 저녁은 전골인가봐요?”

비닐봉지에 비치는 고기 팩을 보고 청소원이 말을 붙였다.

“아니요, 불고기요. 딸이 좋아하거든요.”

“와, 부럽네요. 따님 부부랑 같이 사세요? 스스럼없어서 좋으시겠어요.”

친정어머니와 딸 부부가 함께 사는 모습을 머릿속에 그리는 것 같았다. 하긴 자연스러운 반응이다. 기요는 특별히 부정하지 않고 “네, 뭐” 하고 애매하게 말을 받아주었다.

“귀여운 손주 먹이려고 많이 사셨나보다.”

고기 양을 보고 손주도 있다고 추리한 것 같았다. 확실히 좀 많이 샀는지도 모른다. 쇠고기 300그램짜리 세 팩에 돼지고기 300그램짜리 네 팩. 마침 떨이 시간이라 그만 넉넉히 사고 말았다. 하지만 그 아이는 사흘도 지나기 전에 다 먹어치울 것이다. 쉰 살이 다 되었는데 그렇게 고기를 좋아하니 건강이 걱정이다. 시청에서 하는 건강진단을 받아보라고 성화를 부렸지만 한 번도 받아본 적 없다.

저녁 여덟시, 슬슬 돌아올 시간이다. 기요는 냉장고에서 쇠고기 팩을 꺼내 밑간을 했다.

양배추를 써는데 현관문 열리는 소리가 들렸다.

"이네코니? 좀 있으면 밥 되니까 과자라도 먹으면서 기다려."

"필요 없어."

목소리가 어둡다. 아아, 오늘은 잃었구나.

"네가 좋아하는 불고기인데? 좋은 쇠고기가 있길래 세 팩이나 사왔어."

"필요 없다면 필요 없는 줄 알아!"

이네코는 벽을 걷어차더니 그대로 자기 방에 들어갔다. 꽤 많이 잃었는지 상당히 과격하다. 그래도 삼십 분만 있으면 부엌으로 와서 "밥은?" 하고 재촉할 것이다. 늘 그렇다.

고기를 굽고 있자니 아니나 다를까 이네코가 슬그머니 나왔다. 식탁에 내어놓은 찜 요리와 채소절임을 집어먹는다.

"조금만 기다려."

말을 걸었지만 대답이 없었다. 이네코는 채소절임을 아작아작 씹으며 텔레비전을 보았다. 건강 관련 프로그램이 나오고 있었다. 생활습관병 특집 같았다.

"이네코 너도 건강 유의해야지. 마흔다섯 살이 넘으면 이런저런 병이 생기기 마련이거든, 당뇨병이나 고혈압이나 콜레스테롤 같은 거. 맞다, 이네코, 혈압 재본 적 없지? 혈당치도. 다음에 시청에서 건강진단하면 꼭 가보렴."

마지막으로 양념을 끼얹고 재빨리 뒤적거린 후 프라이팬을 불에서 내렸다.

"자, 다 됐다. 많이 기다렸지." 막 구운 불고기를 접시에 담아 이네코 앞에 내려놓았다. 자신이 보기에도 맛있게 잘 구워진 것 같았다.

하지만 이네코는 아무 반응도 없었다.

"된장국은 이네코가 좋아하는 돼지고기 된장국이야. 좋은 돼지고기를 썼으니까 맛이 기막힐걸. 조금만 기다려, 지금 데우고 있으니까. 아, 밥? 지어놨으니까 네가 좀 풀래?"

"……뭐야."

이네코의 나지막한 목소리가 부엌에 울려퍼졌다.

"응? 왜?"

"당뇨병에, 혈압에, 콜레스테롤에 혈당치가 어쩌고저쩌고 시끄럽게 떠들어놓고 불고기? 이게 뭐야."

"왜 그러니?"

"말이랑 행동이 완전히 따로 놀잖아!"

이네코가 느닷없이 고함을 질렀다.

"당신은 옛날부터 그랬어! 걱정하는 척하면서 눈곱만큼도 걱정 안 해! 그냥 폼만 잡을 뿐이지. 그게 얼마나 사람 열받게 하는지 아직도 모르겠어?!"

불고기 접시가 공중에 떠올랐다가 바닥에 무참하게 흩어졌다.

"짜증나게!"

이네코의 흥분이 극에 달했다. 식탁 위의 것들을 모조리 바닥에 내팽개쳤다.

"당신은 옛날부터 그 모양이었어. 겉으로만 위하는 척하고! 이 위선자!"

이네코는 마구잡이로 소란을 피웠다. 맨션이지만 바로 옆집에는 소리가 고스란히 들린다. 기요는 "미안해, 잘못했어. 밥 다시 차릴 테니까 기분 풀어" 하고 안간힘을 다해 달랬다.

"체면만 중요하다 이거지! 당신은 이웃사람한테 대단하다, 그런 딸을 데리고 살다니 힘들겠다는 말을 듣는 게 좋을 뿐이야!

그런 말을 들으려고 날 이딴 식으로 키운 거야. 스스로는 모르겠지만, 자기 연민에 푹 빠졌어. 다카시랑 유리에만 있으면 그만이지. 난 그냥 도구에 지나지 않아. 이웃사람에게 동정받기 위해 필요한 도구라고. 농담 아니야. 당신은 날 물건으로밖에 보지 않아. 도대체 왜 나한테 이네코라는 촌스러운 이름을 지어준 거야? 더 예쁜 이름도 얼마든지 있잖아. 이 이름 때문에 학교에서 얼마나 놀림받았는지 알아! 어차피 대충 지었겠지! 유리에한테만 그렇게 예쁜 이름을 지어주고!"

"아니야. 이네코라는 미인 배우가 있었어. 네 아버지가 팬이라서 그렇게 지은 거야."

"알 게 뭐야! 변명 집어치워!"

"진짜야, 진짜. 다음에 브로마이드를 보여줄게. 진짜 미인이라니까."

"시끄러워! 내가 하고 싶은 말은 그런 게 아니야. 유리에만 귀여워하고! 유리에한테만 예쁜 새 옷을 사주고! 나한테는 친척한테 물려받은 옷만 입히고! 큰딸인데 죄다 물려받은 옷이야!"

"미안해, 미안하다. 그때는 네 아버지가 월급을 많이 못 받던 시절이라 살림이 넉넉지 않았어."

"변명은 됐어! 난 안 잊어버려. 당신이 한 말, 당신이 한 짓, 당신은 까맣게 잊어버렸을지도 모르지만 난 평생 안 잊어버릴 거야. 평생 원망할 거라고!"

"내가 뭘 어쨌는데? 응? 뭘 어쨌다는 거니?"

"이것 봐, 역시 잊어버렸네. 내가 아끼던 만화책을 버렸잖아! 그뿐만이 아니야. 내가 목숨보다 소중히 여겼던 그거, 그거에 유리에가 낙서했을 때도 야단치기는커녕 도리어 언니니까 참으라며 날 타박했잖아!"

"그거라니, 그게 뭔데?"

"소녀 줄리엣 구독자 전원한테 증정한 잔 달력! 얼마나 아꼈는데, 유리에 그년이 매직펜으로 낙서를 했다고! 원망스러워. 용서 안 해. 죽어서도 증오할 거야, 증오할 거라고!"

"그런 말 하지 마. 증오하다니."

"증오할 거야. 이 원한이 풀릴 때까지 계속 증오할 거야!"

"그럼 그냥 죽이렴. 그렇게 원망할 거면 그냥 죽여!"

기요는 딸에게 엉겨붙었다. 어떻게 해서든지 딸의 흥분을 가라앉혀야 한다. 하지만 이네코는 기요를 밀쳐냈다. 몸이 한순간 공중에 떴지만 의자를 붙잡은 덕에 다행히 바닥에 넘어지지는 않았다. 그런 기요를 이네코는 이글거리는 눈으로 노려보았다.

"내가 왜 죽이냐, 멍청하기는. 죽이면 당신은 불쌍한 모친으로 동정을 살 수 있지만, 난 여전히 악당이잖아. 그런 건 절대 싫어! 난 당신 속박에서 벗어나고 싶을 뿐이라고!"

“그럼 나가. 독립해. 그러면 엄마도 얼마나 편하겠니.”

마음에도 없는 말이 튀어나왔다. 이 아이가 자기 슬하를 벗어나 살아갈 수 없다는 것은 잘 안다. 기요는 황급히 “미안, 미안해. 아니야” 하고 사과했다.

“역시 내가 방해물이라 이거지! 이 할망구가, 날 이렇게 만들어놓고 방해물 취급을 해!”

이네코의 얼굴이 창백해지는가 싶더니 다음 순간 흰자위까지 새빨갛게 물들었다.

“할망구, 이 할망구가!”

이네코는 할망구라는 말을 되풀이하며 기요를 걷어찼다. 기요는 균형을 잃고 바닥에 넘어졌다. 자신이 구운 불고기가 몸 여기저기에 들러붙었다. 일어나려고 양념 범벅이 된 손으로 잡을 것을 찾았다. 잡고 보니 이네코의 다리였다.

“뭐야, 더럽게. 건드리지 마!”

이네코가 다시 발길질을 했다. 기요는 몸을 웅크리고 딸의 가슴속에 몰아치는 감정의 폭풍이 잦아들기를 기다렸다.

예전에도 이런 적이 있었다. 그래, 청소하러 이네코 방에 들어갔을 때다. 그때 만화책을 몇 권 버렸다. 만화책이 너무 많아서 다다미 여섯 장짜리 방을 거의 가득 채우고 있었기 때문이다. 그때도 이 아이는 할망구라고 고함을 지르며 발길질을 했다. 그래도 그때는 남편이 있었다. 남편이 뜯어말려서 등에 타박상을 입는 것으로 그쳤다. 하지만 오늘은 말려줄 사람이 아무도 없다. 기요는 몸을 더 웅크렸다.

안 돼, 그만해. 이러다 내가 죽으면 어떡하니? 내가 죽는 건 상관없어. 하지만 네가 살인자가 되면 더이상 슬롯머신도 못하고 만화도 못 봐. 그러니까.

의식이 아득해질 때쯤 뭔가 부러지는 느낌이 들었다. 격심한 통증이 온몸을 휘돌기 전에 기요는 실신했다.

"도대체 어떻게 된 거야?"

병원을 찾은 유리에가 목소리를 낮춰 물었다. "설마 언니가?"

"얘가 무슨 소리. 일하다가 살짝 넘어졌을 뿐이야."

"산재 신청은 했어?"

"크게 다친 것도 아닌데…… 그런 걸 신청하면 회사 사람을 볼 면목이 없어."

기요는 되는대로 말을 늘어놓으며 변명하려고 애썼다.

이네코가 난동을 부린 밤 기요는 왼다리를 다쳤다. 아주 못 걸을 정도는 아니라 아픔을 참고 그날 밤은 그냥 잠을 청했다. 그리고 다음날 아침 일하러 나갔지만, 청소중 고통을 참지 못하고 계단에서 굴러떨어졌다. 바로 병원에 실려가 진찰한 결과 뼈가 부러졌다는 진단이 나왔다. 의사는 골절상 외에도 몇 군데 더 다친 곳을 찾아냈고, 계단에서 구른 것이 골절의 직접 원인이 아니라는 사실도 알아냈다.

"금간 곳에 압력이 가해져서 부러진 것 같네요. 뼈에 금이 갈 만한 일이 있었습니까? 상당히 아프셨을 텐데요."

"아니요, 없었는데요. 다리가 좀 아프기는 했지만 나이가 나이인지라 신경통이 도졌나 싶었죠."

기요가 적당히 얼버무리자, 의사는 거짓말임을 알아차린 것 같았지만 더는 캐묻지 않았다. 입원을 권했지만 기요는 일이 커질까봐 겁이 나서 집에서 쉬겠노라고 우겼다. 관리인이 연락해주었는지 유리에가 병원으로 데리러 왔다.

"엄마, 이제 나이 생각해서 조심해야지. 엄마 나이쯤 되면 뼈가 부러져서 드러눕는 경우가 많대."

유리에가 차를 몰면서 푸념 같은 설교를 했다.

"우리 어머님도 작년에 다리가 부러졌잖아. 기억나지? 현관 앞의 턱에 걸려서. 그때는 정말이지."

"아아, 그때는 고생이었지."

"그래, 이만저만 고생이 아니었어. 큰애는 중학생이니까 괜찮지만 작은애는 아직 유치원 다닐 때였잖아. 한창 말썽 부릴 때라 손이 많이 가는데 어머님 간호까지 겹쳤으니. 이대로 자리보전하면 어쩌나 싶어서 매일 죽을 맛이었다니까."

기억났다. 그 무렵 유리에가 매일같이 전화를 걸어서 우는소리를 했다. 기요도 되도록 시간을 내어 유리에 집에 가서 집안일을 도왔다. 하지만 이네코는 그것이 마음에 안 들었는지 유리에만 편애한다며 길길이 날뛰곤 했다.

"그때 하늘이 두 쪽 나도 회복시켜야 한다는 일념으로 재활운동을 시켜서 이젠 간호 없이 생활할 수 있게 됐지만, 언제 또 사고가 날지 모르잖아. 실은 요즘 치매기도 좀 있거든. 그런데 엄마까지 드러누우면 답이 없어." 유리에는 계속 투덜거렸다.

"걱정 마. 입원도 필요 없을 만큼 가볍게 다친 거니까. 의사 선생님도 한 달이면 나을 거라고 하셨어."

"누워만 있으면 안 돼. 될 수 있으면 자기 일은 스스로 해야 운동이 되니까. ……하긴 언니랑 같이 살면 누워 있고 싶어도 못 하겠네."

유리에가 심술궂게 웃었다. "언니 아직도 슬롯머신에 미쳐서 살아? 그러고 보니 만화에도 푹 빠져 있었잖아. 나이를 그렇게 먹고 아직도 만화라니. 한 달에 한 번 회식 나간답시고 나풀거리는 프릴 원피스를 입질 않나. 일 년에 한 번은 다과회 나간답시고 입이 떡 벌어질 만한 드레스를 입질 않나. 완전히 병이야. 슬롯머신이랑 이상한 만화에 미쳐서 병이 든 거라고."

"언니한테 그런 소리 하는 거 아니야. 네 언니는 그냥 외로운 거야. 하나 있던 친구도 결혼해서 이제 연락도 안 되잖니."

"혹시 요시코 언니? 시립병원에 다니는 간호사지?"

"그래, 그 요시코. 걔도 참 야박하지. 그렇게 사이가 좋았는데. 아무리 결혼했기로서니 연락을 딱 끊어버리다니."

"요시코 언니, 결혼했어?"

"이네코한테 그렇게 들었는데."

"처음 듣는 얘기네."

"못 들었어?"

"예전에 우리 애 천식 치료하러 시립병원에 다녔는데, 요시코 언니가 결혼했다는 소리는 한 번도 들은 적 없어. 결혼이 다 뭐야, 작년 말부터 갑자기 사라진걸. 병원 사람한테 물어봐도 모른대."

"……그래?"

"그것보다 언니가 문제야. 엄마, 좀더 엄하게 대해야 해. 이대로 가다가는 진짜 큰일난다? 일도 못해, 결혼도 못해, 지금이야 엄마가 어떻게든 먹여살리니까 그렇다 쳐도 엄마한테 무슨 일이라도 생기면 틀림없이 노숙자가 될걸? 나도 오빠도 수발을 들어주지는 못할 테니."

노숙자라니. 기요는 중얼거렸다. 내게 무슨 일이 생기면 남매가 사이좋게 도우며 살면 되지. 그 쉬운 일을 왜 못한다는 걸까.

난 세 아이를 차별하지 않고 키웠다. 하지만 어느 틈엔가 세 사람 사이에 부모도 모르는 거리가 생긴 모양이다. 그 거리를 좁히려고 애쓴 적도 있지만 그럴수록 관계는 돌이킬 수 없이 꼬이기만 했다.

맨션에 도착하자 유리에는 익숙하게 기요를 안고 차에서 내려주었다. 작년에 시어머니 수발을 들다가 이런 요령을 익혔나 싶어 기요는 살짝 눈시울을 붉혔다. 작은딸도 시집살이하느라 고생이다. 더이상 짐을 떠안길 수는 없다.

"괜찮아. 혼자 걸을 수 있으니까. 목발 좀 다오."

병원에서 빌려온 목발을 바로 사용해보았지만 뭐가 잘못됐는지 잘 걸을 수가 없었다.

"무리하면 안 돼. 자, 어깨 붙잡아."

유리에의 어깨를 붙잡고 간신히 3층까지 올라왔지만 이네코는 없었다.

"또 슬롯머신인가?"

유리에는 툴툴거리면서도 잽싸게 거실 옆 일본식 방에 이부자리를 깔았다. 그리고 냉장고에 있는 음식으로 간단히 점심을 차리더니 다급한 표정으로 휴대전화를 확인하기 시작했다.

"엄마, 미안. 오래 못 있겠네. 오늘 어머님을 병원에 데려가야 해서. ……일단 밥 차려놨으니까 전자레인지에 돌려서 먹어.

……그리고 언니한테도 연락해둘게. 돌아왔는데 엄마가 누워 있으면 또 무슨 난리법석을 떨지 모르니 설명해둬야지."

유리에는 이네코에게 전화를 걸어 사무적으로 상황을 설명한 후 "그럼 갈게" 하고 급히 집을 나섰다.

*

"와, 진짜 지랄맞네! 하나도 안 터지잖아!"

다른 슬롯머신 게임장에 가려고 밖으로 나왔을 때 이네코의 휴대전화가 울렸다. 마그리트였다.

"통화 괜찮아?"

"응." 이네코는 대외용 목소리로 가다듬고 "괜찮아" 하고 대답했다.

"있지. 이런 말 별로 하고 싶지 않지만…… 회비가 아직 안 들어와서. 그리고 동인지 제작비도."

"아아…… 맞다." 완전히 잊고 있었다. 어떻게 변명해야 할지 몰라 이네코는 목소리가 떨렸다. "미안. 집에 이런저런 문제가 생겨서……" 곧장 스스로도 놀랄 만큼 신파조로 말이 튀어나왔다. "어머니가 좀 다쳐서…… 그래서 여러모로 돈이 들 것 같아. 간호도 필요하고. 그래서 나, 나."

완전히 거짓말은 아니다. 방금 전 유리에게 전화로 엄마 다리가 부러졌다는 사실을 알려주었다. 대단치는 않다고 했지만 유리에는 거듭 "이대로 자리보전하지 않도록 신경 좀 써" 하고 강조했다.

"어머니가, 어머니가 이대로 계속 병석에 누워 있게 되면 난, 난, 어쩌면……" 말하다보니 정말로 자신이 불쌍해졌다.

"미레유 씨, 마음 단단히 먹어. 이런 때야말로 정신 똑바로 차려야지."

"하지만, 하지만."

"아무것도 안 하고 드러누워 있으면 치매도 빨리 와. 노망이라도 들면 그야말로 큰일이지. 지금부터 준비를 해둬야 해."

"준비?"

"그래, 준비. 경제권은 누가 쥐고 있어?"

"어머니가……"

"당장 어머님 대신 미레유 씨가 주도권을 쥐어야 해. 자칫 잘못하면 돈이 묶여버리니까."

"돈이? 그건 곤란해!"

"그럼 얼른 실천에 옮겨."

"하지만 어머니는 날 조금도 믿지 않는걸. 옛날부터 그랬어. 나한테는 아무것도 안 시킨다고. 그러니까."

"그럼 자기가 믿을 만한 인간이라는 걸 보여줘. 아니면 미레유 씨는 평생 어머님 지배 아래 살아야 할 거야."

마그리트는 약간 모진 투로 말했다. "미레유 씨, 지금이니까 하는 말인데, 이대로면 자기는 평생 어머님한테 사육당하는 신세가 될 거야. 그래도 괜찮겠어?"

이네코는 세차게 고개를 저었다. 눈물이 펑펑 쏟아졌다.

나도, 나도 이런 생활에서 벗어나 나만의 삶을 살고 싶어. 엄마랑 있으면 나만 악당이 된 기분이 들어서 비굴해져. 그래서 그만 난폭한 행동을 하는 거야. 한바탕 날뛰고 나면 말할 수 없이 후회스럽고 비참하다는 걸 엄마는 이해할까? 아니, 이해 못해. 그 눈은 애물단지를 보는 눈이야.

나도, 나도 내 힘으로 정상적인 생활을 하고 싶어. 이 나이 먹고 하루종일 빈둥거리며 슬롯머신이나 하다니. 슬롯머신도 실은 그닥 좋아하지 않아. 하지만 시간을 때울 만한 일이 그것뿐인걸. 슬롯머신을 하면 시간이 제 맘대로 흘러가서 고달픈 하루가 빨리 끝나. 나도 이렇게 매일을 보내기는 싫다고! 더 의미 있게 하루를 보내고 싶어. 살아 있음을 실감하고, 잠들기 전에 '오늘 하루도 열심히 했어'라고 위로할 수 있는 그런 하루 말이야.

"그럼 지금이야말로 경제권을 잡아야 해." 마그리트가 말했다. "그리고 이번에는 진짜 자유를 손에 넣는 거야. 잔처럼."

"잔처럼?"

"응, 그래. 잔도 자유를 찾아 수도원을 빠져나왔잖아. 난 그 장면을 보면서 몇 번이나 용기를 얻었는지 몰라. 정말 멋진 장면이었지. 자유는 머릿속에 있는 게 아니야. 자유는 저 창밖에 있어. 하지만 제 발로 찾아오지는 않아. 자유는 늘 우리를 시험하고 있어. 그러니."

"그러니 난 내 두 발로 자유를 향해 걸어가겠어. 내 힘으로 자유를 붙들겠어!"

"그래, 그거야. 자유는 쟁취해야 해. 자유는 용기를 낸 사람에게만 미소짓는 법이야. 그러니까 난 갈 거야, 저 창밖으로!"

"밖으로!"

이네코는 몸이 떨리기 시작했다. 그래, 잔처럼.

잔처럼.

이네코는 턱에 흐른 눈물을 셔츠 소매로 닦았다.

*

유리에가 돌아가고 세 시간쯤 지나 이네코가 왔다. 품에 커다란 비닐봉지를 세 개나 끌어안고 있다. 기요의 베갯머리로 어슬렁어슬렁 다가와서 "뭐야, 팔팔하네" 하더니 비닐봉지에서 새

속옷과 잠옷, 베개를 차례차례 꺼냈다.

"이네코, 뭘 이렇게 많이. ……돈은?"

"슬롯머신. 처음에는 잃었지만 다른 자리로 바꿨더니 갑자기 대박 나서 5만 엔 땄어."

비닐봉지에는 그밖에도 병이 났을 때 유용한 자질구레한 물건들이 들어 있는 것 같았다. 환자용 요강까지 있었다.

"이네코, 이런 것까지 사왔어?"

"있으면 편리하잖아?"

"화장실 정도는 혼자 갈 수 있는데."

기요는 웃으면서도 눈초리에서 눈물이 흘러내리는 것을 느꼈다. 사실 이 아이는 착해. 외동일 때는 내가 조금이라도 몸이 아프면 누구보다 빨리 알아차리고 걱정해줬지. 그런데 어쩌다 비뚤어진 걸까.

"엄마 나을 때까지 내가 밥도 하고 장도 볼게. 그러니까 생활비 나한테 맡기지 않을래?"

"생활비를?"

"응. 통장이랑 도장 어디 있어?"

통장과 도장 소리를 듣자 솔직히 불안이 앞섰다. 하지만 이 아이를 믿자. 어쩌면 이번 일을 계기로 이 아이도 독립하는 법을 배울지 몰라. 이번 부상은 이 아이가 독립할 계기를 만들기 위해

신이 내린 시련일지도 몰라.

"불단 두번째 서랍에 있어."

"불단에 있구나."

이네코가 빙긋 웃었다. 웃는 얼굴에서 어릴 적 모습이 엿보였다. 기요는 불안을 지워버리고 희망 쪽으로 마음을 기울였다.

하지만 그 희망은 지워진 줄 알았던 불안에 이내 잡아먹혔다.

이네코는 사흘간 바지런하게 간병에 힘썼고 집안일도 열심히 했지만, 나흘째부터 낌새가 수상해졌다. 밖에서 사온 도시락이나 인스턴트 음식을 식사라고 내놓았으며, 기요의 수발을 드는 둥 마는 둥 슬롯머신을 하러 나갔다. 그래도 이 주째까지는 세 끼 식사를 준비해주었지만 삼 주째로 접어들자 세 끼가 두 끼로, 두 끼가 한 끼로 점점 줄어들었다.

아무래도 돈을 다 쓴 모양이라고 기요는 생각했다. 이네코에게 맡긴 통장은 연금과 남편의 퇴직 수당이 지정된 달에 한꺼번에 들어오는 계좌였다. 한 달 생활비가 14만 엔이라고 일러두었는데 보름 만에 다 써버린 모양이다. 다음 입금까지 두 달을 기다려야 한다. 기요는 이네코가 두고 간 빵을 먹으며 머리를 쥐어짰다. 빨리 몸을 추슬러야 한다. 그러나 악화되지는 않지만 회복되지도 않는 다리에 힘이 들어가지 않았다. 유리에가 주의를 준 대로 재활운동을 하려 했지만 다리뿐 아니라 온몸에 힘이 없었다. 화장실 한 번만 다녀와도 하루분의 체력이 소진되고 만다. 영양분을 충분히 공급받지 못한 탓이다 싶어 기요는 다시 고개를 떨어뜨렸다.

빵조차 끊겨버린 10월 말 다카시가 병문안을 왔다.

"이거 너무하잖아."

그러고서 다카시는 말문이 막힌 듯했다.

그래도 다카시는 할 일을 척척 행동으로 옮겼다. 더러워진 이부자리에서 기요를 끌어내고 이 주나 갈아입지 않은 잠옷을 벗긴 후 외출복을 입혔다. 그리고 유리에를 불러 이네코를 기다렸다. 이네코가 돌아오자 다카시는 딱딱한 목소리로 말했다.

"누나. 유리에랑 상의해서 어머니를 우리집에 모시기로 했어. 그러니까 연금 통장 돌려줘. 통장을 누나가 맡았다며?"

"뭐라고!"

"그리고 이 집도 팔 거야."

"또 자기들 마음대로!" 이네코는 언성을 높였다. 하지만 다카시는 그보다 두 배는 크게 소리질렀다.

"이러다가 어머니 돌아가시겠다! 누나, 어머니를 죽일 작정이야?"

"집을 팔면 난 어디로 가라고!"

"내가 알 게 뭐야. 알아서 찾아봐. 도대체 나이가 몇이야."

"뭐라고, 이 쌍놈이!" 이네코가 다카시에게 덤벼들었다.

"잠깐만 있어봐, 잠깐만." 기요는 움직이지 않는 다리를 버둥대며 이네코를 달래려고 쉰 목소리로 외쳤다. "잠깐만. 진정해, 이네코. 진정해."

"엄마, 이 쌍놈한테 뭐라고 좀 해봐!"

"이네코, 이번에는 다카시 말대로 하는 편이 서로를 위해 좋지 않겠니?"

"하지만, 하지만, 그럼 난, 난……"

"이 집을 팔면 800만 엔은 나올 거야. 전에 너희 아버지가 전문가한테 봐달랬더니 그러더라. 그 800만 엔을 셋이서 나눠 가지렴. 그럼 너도 독립할 돈이 생기잖니?"

"셋이서 나누라고? 그건 불공평해. 다카시랑 유리에는 집이 있으니까 그냥 지금처럼 살면 되지만, 난 이사 가야 하잖아. 게다가 이딴 맨션이 금방 팔리겠어? 팔릴 때까지 난 빈털터리라고. 내보낼 거면 보상금 내놔!"

이네코가 이번에는 어머니에게 덤벼들려고 했다. 다카시가 재빨리 막아섰다.

"누나, 그만 좀 해!"

"시끄러워, 놔! 나중에 나한테 명의 이전해준다고 했으면서! 이제 와서 뭐야! 이 할망구는 옛날부터 그랬어. 너희 둘만 예뻐하고 난 애물단지 취급했다고! 차별 반대! 인권을 존중하라!"

"알았어, 알았어." 기요는 어린아이처럼 울며불며 난리치는 사십대 후반의 딸을 달래려고 진땀을 뺐다. "엄마한테 다른 통장이 있으니까 그걸 줄게. 120만 엔하고 조금 더 들어 있을 거야."

기요는 제 장례 비용으로 떼어둔 돈을 이네코에게 주기로 했다. 120만 엔이라는 말에 이네코의 얼굴이 조금 누그러졌다.

"……알았어, 그럼 나갈게. 하지만 집이 팔리면 꼭 연락해."

*

"그럼 이사했어?"

마그리트에게서 전화가 오자 이네코는 즉시 근황을 알렸다.

"응, 지난주에."

"드디어 홀로서기에 성공했구나."

"……이 나이에 홀로서기라니 새삼스럽긴 하지만."

"어머, 난 한 번도 혼자 산 적 없는걸 뭐. 대학 졸업하고 바로 결혼했거든. ……그뒤로 반평생을 전업주부로 살았어. 그래서 미레유 씨가 부러워. 혼자서 독신 귀족 생활이라니. 정말 끝내줘."

'부럽다'거나 '끝내준다'는 말은 처음 들었다. 저도 모르게 얼굴이 붉어지고 웃음이 흘러나왔다.

"다음에 놀러와. 아아, 맞다. 다음달 정기 간사 모임, 우리집에서 할까?" 이네코는 신이 나서 말했다.

"어머, 그거 멋지다. 그래도 괜찮겠어?"

"응, 꼭 와. 괜찮으면 자고 가도 돼. 밤새 수다떨고 놀자."

"좋은 생각이야. 알았어, 다른 사람한테 연락해볼게."

전화를 끊고 이네코는 방안을 이리저리 서성였다. 다다미 여섯 장짜리 방 한 칸과 주방 겸 식당. 20제곱미터가 될까 말까 하는 좁은 집이지만 이네코는 만족했다. 난생처음으로 마련한 자신만의 성. 좁지만 자유다. 직접 판단하고 결단을 내리며 마음대로 살 수 있다. 하고 싶은 것은 많다. 아침 여섯시에 일어나서 식사를 준비한다. 따뜻한 샌드위치와 스크램블드에그, 그리고 새싹 샐러드. 빨래와 청소를 하고 일하러 나간다. 일이 끝나면 꽃집에 들러 계절 꽃을 산다. ……무슨 직업을 구할지는 아직 못 정했지만 그리 서두를 것 없다. 잔고가 100만 엔이나 남았으니까. 그보다 정기 모임이 먼저다.

바쁘겠는걸. 이네코는 주먹을 가볍게 쥐었다.

"일정, 일정을 짜야지."

펜과 종이를 꺼내 시간표를 적었다.

정오, 점심식사. 세시, 티타임. 다섯시, 대화. 일곱시, 저녁식사. 아홉시, 대화. 열한시……

아, 역시 노래자랑 시간도 넣는 편이 좋을까. 그래, 그건 뺄 수 없지. 그럼 노래방 기계도 사야겠네. 응, 사는 김에 커튼도 사자. 전에 이케부쿠로의 백화점에서 본 레이스 커튼. 그거 근사하던데. 가격은…… 좀 비쌌지만 괜찮아, 이사하느라 축나기는 했어도 아직 100만 엔이나 있는걸. 아, 그럼 조명기구도 바꾸자. 지금 쓰는 건 너무 구려. 이케부쿠로의 백화점에 예쁜 샹들리에도 있었어. 카펫, 카펫도 깔자. 실크로 된 거. 그리고, 그리고…… 아아, 중요한 걸 깜빡했네. 식사. 이왕이면 호화롭게 먹어보자. 출장 요리를 불러서 프렌치 코스를 먹어야지. 그러고 보니 역 앞 프렌치 레스토랑에 출장 요리 서비스가 있었어. 예약해야겠네.

이네코는 운동복 위에 코트만 껴입고 집을 나섰다.

"……그럼, 이왕이면 제일 비싼 걸로."

프렌치 레스토랑. 이네코는 1인분에 2만 엔짜리 코스 요리를 가리켰다. "이걸로 5인분. 다음달 14일 정오까지 부탁해요."

"마실 것은 어떻게 하시겠습니까?"

"아, 와인으로. 제일 비싼 게 얼마죠?"

"2만 엔입니다."

"그럼 그걸로 한 병…… 아니, 세 병. 요리랑 함께 가져다줘요."

"알겠습니다."

이네코는 고개를 깊이 숙이는 지배인에게 "그럼 이만" 하고 말한 후 마치 무슨 유한마담처럼 문 앞에 멈춰 섰다. 지배인이 서둘러 문을 열었다.

"고마워요."

이네코는 언젠가 영화에서 본 귀부인처럼 약간 업신여기는 말투로 형식적인 감사를 표했다.

그래, 그 귀부인은 털이 곱슬곱슬하고 귀여운 강아지 두 마리를 데리고 있었어. ……애완동물. 그래, 애완동물. 계속 뭔가 모자라다 싶더니만. 바로 애완동물이야. 애완동물을 길러야 어엿한 숙녀라 할 수 있지.

이네코는 평소 같으면 망설이지 않고 들렀을 역 앞 슬롯머신 게임장을 본체만체하고 마트로 뛰어들어갔다. 펫숍은 꼭대기층이다. 개는 아무래도 무리지만 작은 동물이라면. 이네코는 햄스터 두 마리와 우리를 구입했다.

그날 밤 팬 사이트 '푸른 전설'의 게시판에 햄스터 사진을 올렸다. 바로 댓글이 달렸다.

'귀엽다! 이름이 뭐예요?'

'금색이 잔, 까만색이 알베르예요.'

그렇게 답하자 뒤이어 댓글이 달렸다.

'와, 잔과 알베르! 멋져요! 알콩달콩하겠군요. 사진 더 보고 싶

어요.'

결국 그날 밤은 햄스터 잔과 알베르의 사진을 찍느라 잠자는 것도 잊었다. 사진을 올릴 때마다 댓글이 서른 개 넘게 달렸다. 돌이켜보면 '푸른 전설' 게시판 활동을 하는 동안 자기 글에 이렇게 댓글이 많이 달린 적은 없었다. 주목받은 적도 없었다. 그저 오랜 팬이라는 이유만으로 팬클럽 간사를 맡았지만 지금까지는 존재감이 희미했다. 소설을 쓸 줄 아는 것도, 만화를 그릴 줄 아는 것도 아니다. 하지만 지금은 다르다. 내가 주인공이다.

다음날 이네코는 햄스터에게 옷을 입혀야겠다는 생각을 했다. 인형 옷을 주문 제작하는 사이트가 있다. 냉큼 접속해서 잔과 알베르의 복장과 비슷한 햄스터용 옷을 주문했다. 가격은 두 벌에 4만 엔. 이걸 입혀서 다음달 정기 모임에 선보이면 다들 깜짝 놀라겠지. 그렇다면 이왕 사는 김에 다른 디자인으로 두 벌 더.

'주머니 사정은 괜찮니?'

어머니 목소리가 들리는 것 같았다. 이네코의 들뜬 얼굴이 대번에 시들해졌다.

"당연히 괜찮지. 아직 100만 엔이나 있는걸. 그리고 맨션이 팔리면 또 260만 엔이 들어와. 걱정할 것 없어."

이네코는 스스로를 달랜 후 샹들리에와 실크 카펫, 레이스 커튼을 사러 집을 나섰다.

*

하지만 해가 바뀌고 나서도 맨션은 팔리지 않았다.

다카시네 집에 온 지 석 달이 지났지만 부동산사무소에서 일절 연락이 없었다. 처음에는 "집이 빨리 팔리면 좋겠네요" 하고 종종 말을 걸던 며느리도 요즘 말수가 부쩍 줄었다. 눈이 마주쳐도 웃는 척조차 하지 않는다.

며느리 기분도 모르는 바는 아니다. 오랜 세월 자기 식대로 살림을 꾸려온 집안에 느닷없이 시어머니가 들어온 것이다. 그것도 다카시가 제대로 상의하지도 않고 독단을 내렸으니 며느리가 불만스러워할 만도 하다.

다카시는 옛날부터 그런 면이 있었다. 장남으로 대접하면서 키운 탓에 무슨 일에든지 여봐란듯이 나서는 경향이 있다. 하지만 뒷일을 생각지 않고 허세를 부리는 경우가 대부분인지라 나중에 쓸데없는 짓을 했다고 후회한다. 초등학교 때도 그랬다. 졸업식 때 졸업생에게 걸어주는 화환을 반 아이들 모두 만들기 싫어했다. 담임의 갑작스러운 발상이라 다음날까지 완성해야 했으니 아이들이 싫어하는 것도 당연했다. 그런데 다카시가 "그럼 제가 만들게요" 하고 구세주처럼 나섰다. 하지만 결국 화환을 완성하지 못해 졸업식 날 꾀병을 부려 쉬었다. ……요컨대 줏대가 없다. 그 자리의 분위기에 휩쓸려 우쭐거리고 나선다. 그러다 힘에 부쳐서 결국 내뺀다. 이것도 도대체 누굴 닮았는지.

며느리는 그런 식으로 차례차례 골치 아픈 일을 도맡아오는 다카시에게 진절머리가 나는지, 기요가 왔을 때도 인사 한마디 없이 입술만 떨었다.

다카시는 곧장 아내를 달랬다.

"집이 팔리면 그 돈으로 요양원에 가시기로 했어. 그때까지만 참아."

과연 그런 심산이었구나. 그렇다면 왜 나섰는지 알 만하다.

그나저나 다카시네 집은 너무 좁다. 단독주택이기는 하지만 몽당연필 같은 2층집이다. 1층에는 부엌과 거실, 2층에는 방 두 개뿐이다. 원래 살던 맨션보다 좁았다. 그래도 자기 힘으로 집을 샀으니 대단하지만 이 집에 자기가 머물 곳이 있을지 불안이 앞섰다.

기요는 2층 다다미 네 장 반짜리 방에 머물렀다. 원래 초등학교 6학년 손자의 방으로, 방에서 쫓겨난 손자는 현재 부부 침실에서 엄마 아빠와 함께 잔다. 책상 따위의 가구와 짐은 그대로 놓아둔 터라 손자가 뻰질나게 드나드는데, 기분 탓인지 태도가 차갑게 느껴졌다. 그야 그럴 거라고 기요는 생각했다. 느닷없이 할머니가 자기 방을 점령했으니 기분좋을 리 없다.

한두 주 정도라면 조금만 참자며 서로 속내를 감추고 부자연스러운 동거를 감내할 수 있을지 모른다. 하지만 무기한이 되면 결국 불쾌감이 겉으로 드러난다. 며느리나 손자뿐만이 아니라 기요 자신에게도 해당되는 이야기였다.

기요는 해결할 방도 없는 답답함과 불편함 때문에 날이 갈수록 침울해졌다. 후유증이 남기는 했지만 다리는 다 나았다. 하지만 다리의 상처보다 질 나쁜 병소가 가슴속에 뿌리내리고 있음을 느꼈다.

이네코가 자꾸 생각났다.

그 아이는 어떻게 지낼까. 다카시 말로는 집에서 그리 멀지 않은 곳에 방을 얻어 살고 있다고 한다. 파트타임 일도 시작해 조금씩 독립하는 중이란다.

독립. 그야 바람직한 일이지만 정말로 잘하고 있을까. 요리나 청소라면 질색하는 그 아이가 제대로 살림을 하고 있을까. 분명 방은 엉망진창으로 어질러놓았을 테고, 끼니도 외식이나 편의점 도시락으로 때우겠지. 밖에서 사먹더라도 영양가 있는 것이면 좋으련만, 그 아이는 제가 좋아하는 것밖에 안 먹는다. 고기를 무척 좋아하지만 입맛에 맞게 요리해주지 않으면 도중에 젓가락을 내팽개치고 빵을 찾는다. 무엇보다 돈이 모자라지 않을까. 내가 준 120만 엔을 벌써 다 쓴 건 아닐까.

기요는 달아오른 뺨을 식히려고 창문을 열었다. 한겨울 바람이 뺨을 때렸다. 그 아이는 겨울마다 감기에 걸리는데 몸조리를 제대로 하지 않아 늘 더친다. 괜찮을까. 혼자 익숙지 않은 생활을 하느라 감기에 걸려 고생하는 건 아닐까.

역시 걱정이었다. 기요는 연금 수첩과 통장, 도장을 손가방에 챙기고 나갈 채비를 했다.

"어머, 어머님. 어디 가세요?"

기요가 아무 언질 없이 외출복으로 갈아입고 현관문을 열자 며느리가 말을 걸었다. "감기 아직 안 나으셨잖아요? 열도 나시면서."

"잠깐 네 시누한테 다녀오마."

기요는 그렇게만 말하고 문을 닫았다.

이네코가 사는 연립주택은 금방 찾았다. 다카시가 그려준 약도만 보고 왔는데, 전에 살던 집과 이렇게 가까울 줄이야. 역을 사이에 두고 북쪽과 남쪽이라는 차이가 있지만 직선거리로 치면 2킬로미터도 안 될 것이다. 역시 그 아이는 정든 동네를 떠날 수 없는 것이다. 옛날부터 그랬다. 낯선 곳에 가면 바로 내게 달라붙어 칭얼거렸지. 그런 아이가 혼자 살고 있다니 생각할수록 안쓰러웠다.

석 달 전, 몸이 약해진 탓도 있고 해서 다카시의 제안을 선뜻 받아들였지만 냉정하게 생각해보면 역시 그 아이에게 홀로서기는 무리다. 누가 같이 있어주어야 한다. ……내가 같이 있어줘야 해.

이네코의 집도 금방 찾았다. 1층 모퉁이 집이었다.

"에구머니. 요즘같이 뒤숭숭한 세상에 여자애가 1층, 그것도 모퉁이 집이라니. 바로 눈앞은 도로고."

문을 두드리자 천천히 열렸다. 석 달 만에 보는 이네코는 조금 수척해 보였다.

"엄마."

목소리에도 기운이 없는 것 같았다. 자세히 보니 뺨이 불그스름하고 입술은 창백했다.

"이네코, 너 역시 몸이 안 좋은 거지? 그럴 줄 알고 이것저것 사왔어."

기요는 비닐봉지를 눈높이로 들어올렸다. 속에는 이네코가 좋아할 만한 것들만 들어 있었다.

"열은 쟀니? 약은 먹었고?"

이네코는 고개를 저었다.

"어이구, 그럴 줄 알았어. 정말이지 넌 혼자서는 아무것도 못 한다니까. 약도 사왔어. 자, 좀 들어갈게."

집안은 뭐라고 해야 할지 모를 부자연스러움으로 가득했다. 다다미 여섯 장짜리 방 하나에 어울리지 않는 물건들이 떡하니 자리잡고 있었다.

"이야, 커튼 멋지구나. 전등도 샹들리에? 카펫도 비단이네."

하지만 그외의 물건들은 아무렇게나 다루는지 기껏 깔아놓은 카펫이 엉망이 될 만큼 온갖 물건이 흩어져 있고, 이부자리도 개지 않고 늘 펴놓는 것 같았다. 만화책도 변함없이 산더미처럼 쌓여 있었다.

그래도 다카시네 집보다는 숨통이 트이는 느낌이었다. 거기 있을 때는 남의 집에 군식구로 얹혀사는 기분이라 거북하기 그지없었다. 하지만 여기선 그런 기분이 들 리 없다. 어쨌거나 이네코는 자기 배를 아파가며 낳은 아이다. 마음이 놓인다. 물론 다카시도 배를 아파가며 낳았지만, 그 집은 이제 다카시 혼자만의 집이 아니다. 따지자면 며느리의 영향력과 존재감이 더 컸다. 그런 말을 하자 "그럼 유리에는?" 하고 이네코가 물었다.

"유리에도 시집갔잖니. 출가외인인걸. 게다가 안사돈도 모시고 있으니. 난 애물단지야. ……자, 죽 다 됐다."

기요는 방으로 죽을 들고 와서 이부자리 옆에 털썩 앉았다. 이네코도 자리를 잡았다.

"이거 죽이라기보다 잡탕밥인데. 밥보다 건더기가 더 많아. 고기까지 들었네."

"든든히 먹고 기운 차리라고 넣었지. ……맛있니?"

"……응. 맛있어."

기요는 뭐라고 형용할 수 없이 기분이 좋아졌다. 이네코는 걸핏하면 "난 어차피 애물단지야"라고 말하지만 지금의 자신도 마찬가지다. 다카시에게도 유리에에게도 기댈 수 없다. 그렇다면 애물단지끼리 의지하며 사는 수밖에. 기요는 죽을 맛있게 먹는 이네코를 보며 이제 이 길뿐이라고 결심했다.

"나, 그냥 여기 있어도 되니?"

그렇게 말하자 이네코는 젓가락질을 멈추고 입을 살짝 삐죽거렸다. 어떻게 할지 망설일 때 나오는 버릇이다. "하지만 돈이 없는데." 이네코가 나직이 말했다. 역시 120만 엔은 다 썼나.

"생활비? 연금 통장을 네게 맡길게. 그럼 되지?"

기요가 덧붙이자 이네코는 "응, 좋아" 하고 바로 대답했다.

"그럼 쇠뿔도 단김에 빼랬으니."

그날 기요는 다카시와 유리에에게 전화해 오늘부터 이네코와 함께 살겠다고 알렸다. 뜻밖에도 둘 다 어머니의 말을 선선히 받아들였다.

"이네코, 사이좋게 지내자. 누가 아프면 간병해주면서 오래오래 사이좋게 살자."

하지만 이네코는 대답 없이 계속 죽만 먹었다. 그래, 그게 대답이구나. 이 아이는 옛날부터 말주변이 없었어. 속마음을 말로 잘 표현 못해. 기껏 말을 꺼내도 시기를 놓쳐서 분위기를 흐려. 그러니까 친구도 별로 없고 곧잘 인간관계를 망치곤 했지. 하지만 난 이 아이의 마음속 말을 읽어낼 수 있어. 이 아이한테는 나밖에 없어. 나밖에.

기요는 수건을 적셔서 이네코의 이마에 난 땀을 어린아이 다루듯이 살짝 닦았다.

다음날 이네코는 열이 내렸다면서 통장과 도장을 들고 아침부터 나갔다. 아마 파트타임 일일 것이다. 도대체 무슨 일을 하는 걸까? 돌아오면 이것저것 물어봐야지. 떨어져 지낸 석 달간 이네코는 연락 한 번 하지 않았고 병문안도 오지 않았으므로 그동안 어떻게 살았는지 도무지 짐작이 가지 않았다. 그 공백을 메워야 한다.

첫 단추를 끼우는 의미로 청소라도 하자.

정말이지 몇 살을 먹어도 손이 간다니까. 내가 다 해줘야 해. 여기저기 흩어진 만화책을 모으고 있자니 화장실 옆에 엉성하게 쌓인 만화책들이 눈에 들어왔다. 꼭대기에 있는 만화책을 건드리자 책더미가 무너져내렸다.

"아야."

무너져내린 책 몇 권이 부러졌던 다리를 때려서 기요는 넘어졌다. 아아, 한심해라. 충분히 버틸 수 있는 상황에서 넘어진다. 이렇게 계속 넘어지다가 결국에는 아예 몸져눕는다는 이야기를 텔레비전에서 본 적 있었다. 몸져누워서는 곤란하다. 아이들을 위해서라도 건강을 지켜야 한다.

끙끙대며 일어나자 만화책이 무너진 곳에 투명한 상자 같은 것이 있었다. 수납 박스인 줄 알았는데 자세히 보니 플라스틱으로 된 우리였다. 그러고 보니 옛날에 이네코가 이런 우리에 미니토끼를 기른 적이 있었다. 충동적으로 사온 것까지는 좋았는데 일주일도 안 가 질려서 그냥 방치했다. 기요도 동물은 딱 질색이라 난감했지만 남편이 대신 돌봐준 덕에 오 년이나 살았다. 이번에도 충동구매를 한 걸까. 그래. 그 아이는 외로움을 잘 타니까. 분명 동물을 기르면서 외로움을 달랬겠지. 만화책 사이에서 사료도 다섯 봉지 찾았다. 사육 설명서도 있었다.

"뭘 기르는 거지."

우리 안을 들여다보자 심한 악취가 풍겼다. 몸이 절로 뒤로 젖혀졌다.

"청소를 안 했구나. 불쌍해라. 지금 치워줄게."

하지만 악취가 너무 심했다. 안 그래도 동물은 질색이다. 기요는 사육 설명서를 펄럭펄럭 넘기거나 사료를 살펴보며 잠시 시간을 때웠다. 설명서에는 햄스터 기르는 법이 사진과 함께 실려 있었다. 그렇구나, 이번에는 햄스터구나, 기요는 입가에 웃음을 지었다. 사진 속 햄스터는 하나같이 귀여웠다.

기요는 마음을 단단히 먹고 소매로 코를 막은 후 다시 한번 우리를 들여다보았다. 검은색과 갈색 털이 보였다. 얼굴을 더 가까이 가져갔다.

"윽."

햄스터 두 마리가 바싹 말라 미라가 되어 있었다. 그중 한 마리는 몸의 일부가 없었다. 어쩌면 방치되어 허기에 시달린 끝에 먼저 쇠약해진 녀석이 다른 한 마리에게 잡아먹혔는지도 모른다.

"맙소사."

게다가 그 옆에는 아직 형태도 불분명한 작은 덩어리 세 개가 너부러져 있었다. 살아남은 암컷이 새끼를 낳자마자 죽은 것이리라.

두려움과 메슥거림과 미안함으로 기요의 몸이 딱딱하게 굳었다.

"많이 힘들었겠구나, 미안해. 하지만 이네코도 나쁜 마음이었던 건 아니야."

그렇다. 이네코는 그저 외롭고 친구가 필요해서 햄스터 두 마리를 샀을 것이다. 처음에는 한 마리였을지도 모른다. 하지만 혼자 있으면 햄스터가 외로울 것 같아 짝을 찾아줬으리라. 이네코에게는 그런 다정한 구석이 있다. 처음에는 분명 귀여워했다. 그 증거로 튼튼하고 비싸 보이는 우리를 샀고, 사료 봉지에도 '최고급'이라고 적혀 있었다.

"그러니까 용서해주렴."

기요는 앉은 자세를 바로잡고 양손을 모았다.

이틀 후 다카시네 집에서 짐을 보내왔다. 옷 약간과 일용품, 남편의 영정사진과 위패. 기요는 근처 잡화점에서 산 작은 받침대에 영정사진과 위패를 놓고 물을 공양했다. 예전에는 커다란 불단이 있었는데.

"받침대가 너무 작아서 미안해요. 아무래도 불단을 다카시네 집에 가져갈 수는 없어서 처분했어요. 이 집도 좁아서 도저히 불단은 못 들여놓겠네요."

기분 탓인지 남편의 표정이 흐려진 것 같았다. 기요는 종을 울리고는 황급히 둘러댔다.

"하지만 안심해요. 집이 팔리면 더 넓은 곳으로 옮기고 불단도 살 거니까."

하지만 맨션이 팔릴 낌새는 전혀 없었다. 부동산사무소에서도 연락이 없었다.

이네코와 같이 산 지 벌써 보름이 지났다.

이네코도 맨션이 신경쓰이는지 하루에도 몇 번씩 물었다.

"맨션은?"

"아직이야."

"부동산에 전화해보지그래?"

"응. 하지만 그쪽도 바쁠 텐데 자꾸 재촉하면 될 일도 안 될 거야."

"집문서랑 인감 같은 건 어쨌어?"

"다카시한테 맡겨놨어. 맨션은 다카시가 다 알아서 할 거야."

"다카시한테? 어쩐지 걱정인데."

"아니야. 걔는 그런 건 꼼꼼하게 잘하니까."

"어휴, 엄마는 정말 다카시한테 물렁하다니까."

"미안해, 집이 팔리면 제일 먼저 너한테 알려줄게. 그보다." 불쾌한 듯이 입을 쑥 내미는 이네코를 겨우 달랜 후 기요는 에둘러서 용돈을 달라고 청했다. "오늘 병원에 좀 다녀오려는데 교통비랑 병원비가 필요해서 말이야."

어느새 기요가 이네코에게 용돈을 조르는 입장이 되었다. 여기 들어올 때 통장과 도장을 넘겨준 탓에 기요는 자유로이 쓸 수 있는 돈이 하나도 없었다.

"또 병원?"

"응, 미안해. 부러졌던 곳이 또 아파서. 그리고 감기가 좀처럼 낫질 않는구나. 열도 좀 나는 것 같고."

전부 사실이었다. 부러졌던 곳이 이따금 몹시 아프다. 걷기 힘들 정도일 때도 있었다. 여기 오기 얼마 전에 걸린 감기도 도무지 낫지 않았고, 미열이 계속 났다.

"참 나, 나도 돈 없단 말이야."

그렇게 말하며 이네코는 지갑에서 500엔짜리 동전 하나를 꺼냈다. "이거면 충분하지?"

도저히 충분할 것 같지 않았지만 기요는 "응, 고마워" 하고 이네코의 손바닥에서 동전을 집어들었다.

그리고 이네코는 나갔다. 분명 슬롯머신 게임장이다. 일하러 나가는 느낌은 아니었다. 처음에는 착실히 다닌 모양이지만 바로 그만둔 것 같았다. 집 청소를 하는데 파트타임 월급 명세서가 나왔다. 그것을 보고 이웃 동네에 있는 백화점 식품매장에서 일했음을 알았다. 하지만 명세서에 '지각' '조퇴'라고 적혀 있었고 그 때문에 월급이 좀 깎였다.

"그래도 한 달은 애썼네." 기요는 명세서를 곱게 접어서 남편의 영정사진 옆에 올렸다. "한 달이나 일했으니 다음에는 좀더 오래 일할 수 있겠지요?"

기요는 남편에게 말을 걸었다. "이네코의 짐을 덜어주려면 나도 이제 일자리를 찾아야겠어요."

이네코에게 받은 500엔을 지갑에 넣고 기요도 집을 나섰다. 지갑에는 오늘까지 쓰고 남은 용돈 1000엔 정도가 들어 있다. 전부 합치면 1500엔이지만 그래도 불안했다. 버스를 타지 않고 병원까지 걸어가기로 했다. 아픈 다리를 질질 끄는 바람에 걸음이 느렸다. 그래도 한 시간이면 도착할 것이다. 운동 삼아 열심히 가보자. 그래, 가는 김에 맨션에도 들러보자. 조금 돌아가야 하지만 어떤 상황일지 궁금했다.

기요는 눈을 의심했다. 익숙한 3층 모퉁이의 베란다에 빨래와 이불이 널려 있었다. 우편함을 보니 예전 집 호수에 모르는 이름이 붙어 있었다.

"어떻게 된 거야?"

돌아다보자 이네코가 떡하니 서 있었다.

"역 앞에서 엄마를 보고 따라왔어."

"이네코……"

"뭐야, 맨션 아직 안 팔렸다며? 철석같이 믿었는데 아니잖아! 또 날 속였어!"

"아니야, 아니야. 엄마도 몰랐어. 방금 처음 알았어."

"이 할망구가 어디서 거짓말이야!"

이네코가 주먹을 날렸다. 기요는 맞기 직전에 피했지만 여세를 이기지 못해 쓰러지고 말았다. 다리를 접질렸는지 둔한 통증이 온몸에 퍼져나갔다.

맨션 관리인이 뛰쳐나왔다.

"하, 할머니." 관리인은 기요가 기억난 모양이었다. 이네코도 기억났는지 "왜 이러세요" 하고 말을 붙였다. 이네코는 대번에 흥분이 가셨는지 뺨을 움찔움찔 떨며 우두커니 서 있다가 후다닥 뛰어가버렸다.

"도대체 무슨 일이에요?" 관리인이 달려왔다.

"아니요, 아무것도 아니에요. 아무것도." 기요는 얼버무렸지만 관리인은 "지금 구급차 부를게요" 하고 관리사무소로 달려갔다.

친절한 관리인 덕분에 기요는 곧장 병원에 실려갔다. 며느리와 유리에가 서둘러 병원으로 왔다. 이네코에게도 휴대전화로 연락한 모양이지만 아직 오지 않았다.

"엄마, 이번에는 무슨 일이야?" 유리에가 기가 찬다는 듯이 다그쳐 물었다.

"내가 묻고 싶구나. 맨션이 팔렸던데."

"아아……" 며느리가 묘한 반응을 보였다.

"응? 맨션이 팔렸다고? ……올케언니, 이게 무슨 소리예요?" 유리에가 이번에는 제 올케를 닦달했다.

"어, 그게…… 애아빠가 잠시 입다물고 있으라고 해서."

"그러니까 뭐가 어떻게 된 건데요?" 유리에가 기요를 대신해 질문을 계속했다.

"실은 집을 내놓자마자 바로 사겠다는 사람이 나왔어. 조건이 좀 별로였지만 팔기로 했지. 요즘 시장이 안 좋잖아. 사겠다는 사람이 있을 때 안 팔면 조건이 점점 나빠진다고 부동산 사람이 그래서……"

"그렇다고 엄마한테 상의도 안 하고?"

"그게, 어머님 몸 상태도 안 좋으니 쓸데없는 걱정 끼치지 말자고 해서."

"엄마, 설마 집문서랑 인감을 오빠한테 맡겼어?"

유리에가 묻자 기요는 머뭇머뭇 고개를 끄덕였다.

"아이고, 머리야. 그렇게 중요한 건 부모, 형제, 자식이라고 해도 맡기는 게 아니야. 그 증거로 엄마도 모르게 맨션을 팔아치웠잖아. 그보다."

유리에는 잡아먹을 기세로 다시 올케에게 물었다. "얼마 받았어요?"

"……600만 엔."

"그 600만 엔 어쨌어요!"

"……" 올케는 고개를 숙인 채 입을 꾹 다물었다.

"에이, 답답해 죽겠네. 오빠한테 전화 좀 하고 올게." 유리에는 휴대전화를 움켜쥐고 발을 쿵쿵 구르며 병실에서 나갔다.

기요와 며느리만 남았다.

"어쩔 수 없었어요. 저희도 여러모로 생각해봤다고요. 어머님 돌본다고 고생했잖아요. 정말 고생했어요. 그런데 저렇게 일방적으로 화를 내다니. 아무것도 모르면서."

며느리는 다 들통난 마당에 가릴 것 없다 싶었는지 이미 자리에 없는 유리에에 대한 불평을 하염없이 쏟아냈다.

*

"말도 안 돼. 이건 말도 안 된다고!"

이네코는 정기 모임 때문에 가끔 전화를 거는 마그리트에게 따발총처럼 쏘아댔다.

"나한테 비밀로 하고 맨션을 팔았지 뭐야! 돈은 분명 자기들끼리 나눠 먹었겠지! 말도 안 돼, 말도 안 돼!"

"너무하다……"

"그렇지? 그렇지? 다 자기들밖에 몰라. 자신한테 이득이 될 것 같으면 가족이고 뭐고 없다니까. 너무 더러워. 절망했어. 완전히 절망했어! 이번에야말로 어머니를 맡아서 잘 돌보려고 했는데, 날 이렇게 배신하다니!"

"어머니랑 또 같이 살게 됐어?"

"응. 남동생 집에 갔는데 올케랑 사이가 틀어졌는지 우리집에 오셨어. 나랑 같이 살고 싶다기에 나도 이번에는 각오를 단단히 했는데."

"가족이란 그런 거야. 도움이 안 되지. 도움이 안 될뿐더러 골치 아픈 문제를 만든다니까. 차라리 남이 나아."

"정말이야, 정말 그래."

"우리집도 말썽이 한둘이 아냐. ……진짜 끔찍해."

"아, 그러고 보니 딸이 고등학교 수험을 앞두고 있다지 않았어?"

"……그건 재작년이고."

"아, 그랬나."

"그보다 이달 정기 모임 말인데. 나올 수 있어?"

"아아." 이네코는 말을 흐렸다. 지난달은 돈을 마련하지 못해서 불참했다. 이대로라면 이달도 참석 못할 것 같았다. 아 참, 하지만 엄마 통장이 있지. 그게 있으면…… 하지만.

"이달도 역시 못 나갈 것 같아."

"그래? ……자기, 설마 간사 모임 탈퇴하려는 건 아니지?"

"설마, 그건 아니야."

"그래, 그럼 됐어. 사태가 정리되면 꼭 참석해. 가브리엘 씨도 많이 걱정하고 있으니까."

"가브리엘 님이?" 이네코의 뺨이 살짝 달아올랐다. "날 걱정해?"

"당연하지. 지난달 모임 때도 미레유 씨 이야기만 했다니까."

"정말?" 정기 모임에서 만나도 그 사람은 말을 잘 걸지 않는다. 혹시 날 싫어하나 싶어서 걱정했는데.

"아니야, 안 그래. 가브리엘 씨는 늘 미레유 씨를 신경썼어. 자기는 그런 부분이 정말 둔하구나. 마치 잔 같아."

잔의 이름까지 나오자 이네코는 한껏 들떴다.

"나, 나, 갈게. 이달 모임. 반드시 참석할게."

전화를 끊자 바로 다른 전화가 걸려왔다. 유리에였다. 분노가 솟구쳤다.

"뭐야! 맨션을 맘대로 팔아치우다니!"

"몰랐어, 나도 몰랐다고. 오빠랑 올케언니가 그런 거야."

"뭐라고?"

"지금 오빠를 불러 설명 들으려고 하거든. 언니 올 수 있어?"

*

다카시는 업무 시간인데도 한 시간이 채 되지 않아 병원 근처 패밀리레스토랑으로 왔다. 기요는 발목을 삐었다는 진단을 받자마자 병실에서 쫓겨났다. 병실에서 별안간 가족끼리 싸움을 벌인 것도 쫓겨난 이유 중 하나였다.

"우선 들어봐." 다카시는 넥타이를 풀며 변명부터 늘어놓았다. "우리 회사도 매출이 줄어서 해마다 월급이 떨어지는 실정이야. 그런데 무리해서 집을 사는 바람에 매달 적자지. 거기다 차도 바꿔서 솔직히 말해 죽을 맛이야. 원금을 조금이라도 갚을 수 있으면 살림이 좀 필 거 아니야. 그리고 처가도 형편이 어렵다기에 좀 빌려줬어."

"잠깐, 처가 형편이 어려운 건 알고 친어머니 형편이 어려운 건 몰라?" 유리에가 날카롭게 대들었다.

"아니야. 융자금을 좀 갚고 나서 나눠 가지려고 했어. 그리고 우린 어머니를 모셨으니까 돈을 더 받을 권리가 있잖아?"

"무슨 헛소리야. 결국 어머니를 내쫓았으면서."

"내쫓았다니 말이 너무 심하잖아." 올케가 바로 반응했다. 입술을 바르르 떨면서 유리에를 노려보았다.

그때 누군가가 "어서 오세요"라고 인사하는 종업원을 무시하고 도깨비 같은 표정으로 성큼성큼 다가왔다. 이네코였다.

"뭐야, 어떻게 된 건데?" 가까이서 보자 이네코의 얼굴이 더더욱 도깨비처럼 느껴졌다. 테이블에 앉은 가족들이 일제히 입을 다물었다.

"뭐라고 말 좀 해봐, 이 사기꾼들아!"

테이블이 세차게 흔들렸다. 레스토랑의 공기가 팽팽하게 긴장했다.

일단 이네코를 진정시키는 게 먼저다. 테이블에 앉아 있던 모두가 그렇게 생각했다.

결국 다카시가 각서를 쓰겠다고 약속하면서 겨우 사태가 마무리되었다.

맨션을 매각하고 받은 돈을 균등하게 나누어 다달이 지급한다는 내용이었다.

다만 이네코가 다시 트집을 잡는 바람에 이네코 몫은 일괄 지불하기로 했다. 세금이니 뭐니 이것저것 떼였지만 약 180만 엔이 한꺼번에 이네코의 계좌에 입금됐다. 기요는 이사를 가자고 제안했지만 이네코는 이건 내 돈이니 어디 쓸지는 알아서 결정하겠다며 기요의 의견에 귀기울이지 않았다.

수중에 돈이 있을 때 이네코는 마치 세계를 정복한 초능력자처럼 전지전능한 존재가 된 느낌에 도취되는 경향이 있다. 하는 말도 거창해져서 "언젠가 유럽의 고성을 사서 살자. 하녀랑 집사도 고용하고" 하고 농담 같은 소리를 한다. 하지만 이네코는 언제나 진심이었다. 마치 동화 속 공주님이 입을 법한 새하얀 네글리제를 사와서 오드리 햅번처럼 우아하게 아침을 먹고, 그 차림 그대로 택시를 불러서는 걸어서 십 분도 걸리지 않는 슬롯머신 게임장에 간 적도 한두 번이 아니다. 이네코의 낭비벽은 점점 심해졌다.

120만 엔 다음은 180만 엔. 일 년 사이 아무런 고생 없이 큰돈을 손에 넣었다. 합쳐서 300만 엔. 연수입으로 환산하면 그리 많은 금액이 아니지만 이네코는 그런 계산을 할 줄 몰랐다. 느닷없이 굴러들어온 큰돈에 씀씀이만 커졌다.

*

"이게 뭐죠?"

단골 노래방.

이네코는 화장실에 간 가브리엘을 문 앞에서 붙잡아 작은 상자를 건넸다.

상자 안을 보고 가브리엘은 당황한 표정을 지었다.

"가브리엘 님한테 잘 어울릴 것 같아서."

이네코는 발갛게 물든 얼굴로 쭈뼛쭈뼛 대답했다. 20만 엔짜리 백금 팔찌. 하지만 보는 순간 사지 않을 수 없었다. 분명 가브리엘 님에게 잘 어울릴 것이다. 그 가느다란 손목에.

"하지만 전에도 비싼 선물을 받았는데요."

한정판 시계. 그건 30만 엔이었다. 덕분에 엄마에게 받은 120만 엔이 두 달도 지나기 전에 거품처럼 사라졌지만 후회되지 않았다.

"정말 받아도 되나요?"

가브리엘이 불안한 기색으로 속눈썹을 떨었다. 이네코는 말로 할 수 없는 충만함에 취했다. 동경하는 사람이 기뻐해주는 이 순간, 이 충만함을 얻을 수 있다면 파산해도 상관없었다.

"다른 사람에게는 비밀로 해줘."

그렇게만 말하고 이네코는 바삐 방으로 돌아갔다. 마침 애창곡이 시작되어 마그리트가 마이크를 잡았다. 이 노래는 마음에 안 든다. 쉰내 나는 옛날 노래인데다 너무 어둡다. 다른 사람들도 동감인 듯 지루한 기색으로 노래가 끝나기를 기다렸다. 그사이 이네코는 두 사람 무릎 위에 꾸러미를 하나씩 내려놓았다. 홍차를 좋아하는 지젤에게는 최고급 다즐링 찻잎, 단것을 좋아하는 에밀리에게는 고디바 초콜릿.

"받아도 돼요?" "감사합니다."

선물을 받고 신이 난 두 사람의 얼굴을 보며 이네코는 더욱 큰 충만함을 맛보았다.

드디어 노래가 끝나고 마그리트가 마이크를 내려놓자 이네코는 마지막 꾸러미를 마그리트 무릎 위에 얹었다. 메모광인 마그리트에게는 황금 볼펜.

"어머, 웬일이야? 오늘 무슨 특별한 날이야?"

"그건 아닌데, 임시 수입이 좀 들어와서 기쁨을 함께 나누려고."

"고마워. 사양 않고 받을게."

그때 자신이 예약한 노래의 전주가 흘러나와 이네코는 마이크를 잡았다.

모두 기쁜 표정을 짓고 있다.

다음에는 무슨 선물을 해줄까?

*

아니나 다를까 180만 엔도 석 달 만에 다 써버렸다. 그러나 한번 커진 씀씀이는 좀처럼 줄어들지 않았다.

초여름에 접어들었다. 기요는 올봄에 걸린 감기가 도무지 낫지 않았다. 심신이 이렇게 쇠약해지다니 곤혹스러웠다. 아침에 잠이 깰 때마다 몸이 점점 더 말을 듣지 않았다.

6월이 되자 감기는 더 심해져 제대로 숨도 쉴 수 없을 지경이었다. 몸이 나른하고 무심코 일어서려고 하면 머리를 압축기로 쥐어짜는 듯한 격통이 밀려왔다. 발목을 삐는 바람에 완치된 줄 알았던 다리도 악화된 것 같았다. 몸져누운 것이나 다름없는 상태로 며칠을 보냈다.

하지만 이네코는 오늘도 이른 아침부터 덥다고 투덜대며 집을 나가 돌아오지 않았다. 추울 만큼 냉방이 잘되는 패밀리레스토랑에서 잠시 시간을 보내다가 슬롯머신 게임장을 몇 군데씩 돌아다니는 모양이었다. 오늘도 밤늦게야 돌아올 것이다.

자리보전하는 이에게 가혹한 계절이 다가온다. 빨리 여름이 지나가면 좋겠다고 기요는 생각했다. 그러나 겨울이 되면 또다른 고난이 닥쳐온다. 추위는 분명 약해진 몸에 결정타를 가할 것이다. 몸만 말을 듣는다면. 기요는 욱신대는 다리의 위치를 살짝 바꿔보았다. 하지만 심한 통증이 몰려와 고작 몇 센티미터밖에 움직이지 못했다. 몸을 살짝 움직이기만 해도 중노동을 한 것처럼 힘이 쭉 빠진다. 이제는 혼자 화장실도 못 간다.

그래서 그날 아침 기요는 작심하고 구급차를 불렀다. 6월 둘째 주 월요일이었다.

의사는 극도의 영양실조와 기관지염이라고 말했다.

"왜 이 지경이 될 때까지 그냥 계셨어요?"

"죄송해요, 죄송해요." 기요는 그저 사과를 되풀이했다.

"할머니 몸이잖아요. 저한테 사과한다고 뭐가 달라집니까. 아무튼 당분간 입원하세요."

그날 아이들이 병실을 찾았다. 이번 공격 대상은 이네코였다.

"누나, 어떻게 된 거야. 어머니를 이 꼴로 만들다니."

"그래, 영양실조라니 말이 돼? 맨션 판 돈 받았잖아? 엄마 연금도 나올 텐데 돈 없다는 소리는 하지 마."

"아무튼 누나는 이제 어머니를 돌볼 자격 없어. 어머니한테 연금 통장 받았지? 그거 내놔."

"싫어." 두 동생의 공격에 이네코는 끝까지 버텼다. "그건 내가 받은 거니까 절대로 못 줘."

"알았어. 통장은 됐어. 연금이 들어오는 계좌를 바꿔버리면 그만이니까."

"무슨 소리야, 설마 이번에는 연금을 가로채겠다는 거야?"

"그건 내가 할 소리야. 누나, 빈둥빈둥 놀고먹느라 연금 바닥났지? 그래서 어머니가 이 지경이 된 거 아냐?"

"아니야, 밥은 잘 사다줬는데……"

"어차피 슈퍼에서 빵 쪼가리나 사서 먹였겠지. 어머니는 내가 돌볼 거야. 그러니까 연금도 내 계좌로 입금시키겠어. 어머니, 그래도 되지? 그렇게 해."

기요는 비몽사몽간에 "응, 그러렴" 하고 잠꼬대하듯이 대답했다. 사고력이 떨어져 생각을 잘 정리할 수가 없었다. 무슨 말에든 "응, 그렇게 해"라는 대답밖에 나오지 않는다. 하지만 감정만은 몸 여기저기서 꿈틀대고 있었다. 비참하고, 애처롭고, 공허한 감정. 기요는 눈물 맺힌 눈으로 자식들이 다투는 광경을 바라보았다.

몸이 회복되면 이번에야말로 따끔히 야단쳐야지. 남매끼리 사이좋게 지내라고. 싸우면 안 된다고.

*

"어? 정말? 가을 다과회에 못 나와? 일 년에 한 번 있는 총회인데."

노래방의 한 방. 늘 가지고 다니는 수첩에 뭔가 적어넣던 마그리트가 고개를 들었다.

팬클럽 총회는 일 년에 한 번 호텔에서 열린다. 원래 봄에 치렀어야 했는데 올해는 이런저런 사정으로 10월에 개최하게 되었다.

"……어머니 몸 상태가 많이 안 좋아서."

이네코는 그렇게 대답했지만 실은 금전 문제가 가장 큰 이유였다. 회비는 물론이고 입고 갈 드레스가 없다. 작년에 입은 드레스를 또 입을 수는 없다. 다들 그날을 위해 새로 살 텐데. 180만 엔은 한참 전에 없어졌고, 유일하게 의지하던 연금도 다카시에게 빼앗겼다. 오늘 노래방 요금도 낼 수 있을지 불안했다. 좀 전에 프렌치 레스토랑에서 벌써 5000엔이 날아갔다. 지갑에는 이제 3000엔도 안 남았다. 정말 어떻게 하지. 생활보호라도 받을까 싶어 해당 관청에 가보았지만 단박에 거절당했다.

이제 난 어떻게 되는 걸까. 돌봐줄 사람은 없다. 직장에도 다니지 않고 가진 돈도 없으니 집세도 못 낸다. 이대로 가다가는 분명 쫓겨난다. ……노숙자? 이네코는 이케부쿠로 역에서 본 노숙자가 생각나 몸을 떨었다. 자연스레 눈물이 솟았다.

"어머, 우는 거예요?" 옆에 앉은 지젤이 손수건을 꺼냈다. "어머님 상태가 그렇게 안 좋아요?"

대답 대신 끅끅대는 소리가 새어나왔다.

"간사도 그만둬야 할지 몰라."

이네코는 겨우 말을 쥐어짜냈다. 실은 계속하고 싶다. 하지만 그러려면 돈이 너무 많이 든다. 이제 한계다. 더는 무리다. 얼마 전까지만 해도 180만 엔이 있었는데 눈 깜짝할 사이 사라지고 말았다. 도대체 어디다 쓴 걸까? 그렇게 펑펑 쓴 기억도 없는데, 말도 안 돼! 이번에는 부조리한 분노가 끓어올라서 이네코는 테이블 가장자리를 주먹으로 연신 내리쳤다. 그리고 불쑥 내뱉었다.

"간사, 그만둘래……"

마그리트가 뺨을 움찔했다. 지젤도 눈꺼풀을 파르르 떨었다. 에밀리도 덩달아 입술을 떨었다. 가브리엘 혼자 무표정한 얼굴로 이쪽을 보았다.

"그건 곤란한데요." 가브리엘이 말을 꺼내자 다른 세 사람도 일제히 고개를 끄덕였다.

"일단 어머님 상태를 지켜봐야겠네요. 얼마나 입원하셔야 하나요?"

가브리엘의 물음에 이네코는 "최소 한 달" 하고 대답했다.

"그런가요. 한 달이나. 정말 큰일이네요. 다음에 병문안 가야겠어요."

"아니야, 괜찮아, 그런 건……"

가브리엘 님에게만은 내 진짜 사생활을 보여주기 싫어. 엄마랑 만나면 안 돼. 또 말 같지 않은 소리나 늘어놓아서 날 창피하게 만들 거야.

"자, 일단 이건 위문금."

가브리엘이 지갑에서 1만 엔짜리 한 장을 꺼냈다.

뒤이어 마그리트와 지젤도 1만 엔씩 꺼냈다. 멀거니 보고만 있던 에밀리도 허둥지둥 5000엔짜리를 꺼냈다.

합쳐서 3만 5000엔. 이 정도면. ……드레스를 살 수 있을지도 몰라.

"그나저나 샤토 호텔에서 레이디스 플랜이라는 이벤트를 진행 중이에요. 세미 스위트가 평일에는 한 사람당 1만 엔이래요."

가브리엘이 분위기를 살리려는 듯 화제를 바꾸었다. "어때요? 다 함께 가지 않을래요?"

"1만 엔? 원래 1박에 6만 엔인데 1만 엔?" 마그리트가 마이크에 대고 소리쳤다.

"샤토 호텔이라면, 잡지 순위에서 1위를 차지한 그 샤토 호텔 니시이즈?" 리모컨을 만지작거리던 에밀리가 눈을 반짝이며 고개를 들었다.

"네. 샤토 호텔 니시이즈요. 프렌치 디너도 딸려 있어요." 가브리엘이 가방에서 팸플릿을 꺼냈다. 분홍색과 금색으로 디자인된 로고가 아주 화려해 보였다.

"프렌치 디너도요? 거기 디너 코스가 정말 맛있다고 칭찬이 자자하던데요." 에밀리가 소녀처럼 떨리는 목소리로 말했다. "저, 갈게요, 갈게요. 꼭 갈게요!"

"그럼 다음 정기 모임은 거기서 하죠."

"그런데 평일이지?" 지젤이 튀김을 집어들었다. "그럼. …… 뭐, 어때. 가자. 꼭 거기서 하자고."

"미레유 씨는요?"

"가고 싶지만…… 하지만……" 이네코는 몸을 움츠렸다.

"같이 가요." 가브리엘이 옆에서 속삭였다. "갈 거죠, 미레유 씨?" 어깨까지 끌어안자 이네코의 마음이 크게 요동쳤다. 에밀리가 힐끗 시선을 던졌다.

마그리트가 샤토 호텔 니시이즈의 팸플릿을 테이블에 펼쳤다.

"자, 봐. 정말 근사해. 프랑스의 성을 본떠서 만들었대. 이게 세미 스위트. 실내장식은 18세기 로코코 양식으로 통일했대. 벽지는 백합 문양. 침대는 캐노피라고. 꼭 잔이 사는 세계 같지 않아?"

"정말 멋지다……" 이네코는 팸플릿을 제 앞으로 끌어당겨 들여다보면서 잠시 망상에 빠졌다. 잔과 알베르가 맺어진 숲속의 성, 그 장면의 침대도 이런 느낌이었다. 이런 곳에서 지낸다면, 이런 곳에서 잠을 청한다면…… 황홀감에 입이 절로 벌어졌다.

"내 차 끌고 갈게. 드라이브도 할 겸 모두 함께 가자. 응?" 마그리트가 연거푸 설득했다.

"……응, 갈게." 이네코는 드디어 제안을 받아들였다. ……그래, 꼭 가야지. 일을 하면 여비는 어떻게든 마련할 수 있을 거야.

"그럼 다음달, 7월 평일로 예약한다?" 어느 틈엔가 마그리트가 주도권을 잡았다. 늘 그렇다. 제안자인 가브리엘도 처음부터 그럴 작정이었다는 듯이 마그리트에게 팸플릿을 넘겼다. "사정이 있어서 안 되는 날짜가 있으면 말해." 마그리트가 수첩을 넘기면서 말했다.

그후 이러쿵저러쿵 의견을 교환한 끝에 7월 넷째주 수요일과 목요일에 1박 2일 여행을 가기로 결정되었다.

*

기요는 깊은 한숨을 내쉬었다. 자리보전한 지 벌써 보름이 다 되어간다. 창문으로 하늘을 보니 완연한 여름이었다.

처음에는 다카시와 유리에가 자주 병문안을 왔지만 요즘은 얼굴 한 번 보기 힘들다. 옆 침대 환자가 병문안 온 사람들과 나누는 이야기를 듣는 것이 유일한 낙이다. 젊은 여자인데 교통사고로 다리가 부러져 입원했다고 한다. 그녀에게는 사람들이 쉴새 없이 찾아왔다. 부럽다기보다 오히려 자기 일처럼 기뻤다.

그다음 주 이네코가 처음으로 병문안을 왔다. 이네코는 병실에 어울리지 않는 백합꽃을 들고 왔다. 병문안 예절 정도는 가르쳐줄걸 반성했지만, 이네코가 와준 건 역시 기뻤다.

"어때? 잘 지내니?" 그렇게 운을 떼자 이네코는 눈물을 흘리며 하소연했다.

"일 시작했어. 그런데 직장 사람이 얼마나 괴롭히는지 도저히 참을 수가 없어서 때려치웠어. 결국 돈이 떨어져서 관청에 갔지. 생활보호를 받으려고. 그랬더니 지금 상태로는 심사를 통과할 수 없다고 쌀쌀맞게 대꾸하지 뭐야. 너무하지 않아? 세금은 실컷 받아먹으면서 막상 필요할 때는 도움이 안 되다니. 슬롯머신 게임장에서 가끔 보는 여자도 싱글맘이라는 이유만으로 생활보호를 받는데 말이야. 정말 교활하다니까. 걔, 내연남이 돈을 제법 잘 벌어. 그런데도 생활보호를 받을 수 있대. 그래서 생활 지원금은 용돈으로 쓴다는 거야. 말도 안 되지? 아아, 나도 자식 하나 낳아놓을 걸 그랬어. 그럼 바로 생활보호를 받을 수 있는데."

"……이네코, 돈이 그렇게 궁하니?"

"…… 응. 어제랑 오늘 밥을 못 먹었어. 집세도 밀렸고. 이달도 못 내면 쫓겨날 거야."

"그렇구나……"

"저기, 엄마. 아까 의사한테 들었는데 이제 퇴원해도 된다며?"

"응……"

기요는 지난주 다카시가 병문안 와서 한 이야기가 떠올랐다. 의사가 요양시설에 보내든지 집에서 돌보든지 둘 중 하나를 선택하라고 했다고 한다. 다카시는 벌레 씹은 듯한 표정으로 말했다.

"어머니 같은 경우를 사회적 입원이라고 한대. 치료할 필요가 없는데도 그냥 입원시켜놓는 상태 말이야. 열받더라고. 마치 내가 어머니를 방치한 것처럼 말하잖아. 예전에는 기꺼이 '사회적 입원'을 시켜줬으면서 제도가 바뀌어 병원 부담이 늘어나니까 안면몰수라니, 이게 뭐야."

"그럼 이제 퇴원해야 한다는 말이구나."

"그런 셈이지. ……하지만 요양시설에 들어가려면 순서를 기다려야 해. 게다가 돈이…… 아니면 집에서 돌보는 수밖에 없는데, 마누라가 뭐라고 할지."

머리를 싸매고 고민하는 사이 병원에서 다음주 안에 퇴원하라며 구체적인 날짜를 지정했다. 그후로 다카시는 병원에 오지 않았다.

"있지, 엄마. 다시 나랑 같이 살자. 이번에는 엄마한테 잘할게. 그러니까 우리집에 와. 응?" 이네코는 어린아이 같은 목소리로 말하며 기요의 손을 부여잡았다.

기요는 그 손을 마주잡았다.

"하지만 이런 꼴인데? 혼자서는 화장실도 못 가."

"걱정 마. 요즘은 기저귀도 좋은 게 많으니까. 내가 책임지고 간병할 테니까 우리집에 와."

"그럼 네 동생들이랑 잘 상의해보렴."

퇴원을 사흘 앞둔 주말, 다카시와 유리에 그리고 이네코가 병실에 모였다.

"엄마는 내가 간병할게. 그러니 연금 통장도 내가 관리할 거야."

이네코의 말에 다카시는 두말없이 승낙했다.

"대신 누나가 잘해야 해. 귀찮은 일은 이제 질색이니까."

"그래. 연금은 언니한테 맡길 테니 그걸로 엄마 잘 돌봐드려. 책임감 가지라고. 나도 시어머니 때문에 다른 데 신경쓸 여유가 없으니까."

"알았어. 내가 알아서 잘할게."

이네코는 이제 누구에게도 빼앗기지 않겠다는 듯이 통장과 도장을 양손으로 꽉 움켜쥐었다.

한 달 만에 이네코 집에 와보니 물건이 더 늘어나서 난장판이 따로 없었다.

"자, 내려간다." 다카시의 호령에 맞춰 세 사람이 기요를 부축했다. 병원에서 빌려온 휠체어에서 기요를 내려놓고 분담해 이부자리를 깔고 기요를 누였다. 생각해보면 셋이서 힘을 합쳐 뭔가를 하는 건 처음 아닐까. 자신의 현상태가 이런 장면을 만들어냈다면 앓아눕는 것도 나쁘지만은 않은 일이다. 앞으로도 셋이서 이렇게 힘을 합쳐준다면.

하지만 그런 생각은 바로 날아갔다. 다카시와 유리에가 기요를 이부자리에 눕혀놓고 돌아가려 했을 때 예순 살 정도로 보이는 여자가 집을 찾아왔다. 근처에 산다는 그 여자 말로는 지난달 늦은 밤에 이네코가 느닷없이 찾아와서 어머니가 급병으로 병원에 가야 하는데 수중에 돈이 없다고 해서 1만 엔을 빌려주었다고 했다.

"방금 어머님이 돌아오신 걸 우연히 보고, 1만 엔을 아직 못 받았다는 게 생각나서요."

여자는 정중한 말투를 쓰려고 애썼지만 말꼬리에는 어렴풋이 분노가 묻어 있었다. 다카시는 바로 여자의 기분을 알아차리고 1만 엔을 쥐여주었다.

"역 앞 스낵바랑 맞은편 메밀국숫집 주인한테도 비슷한 이유로 1만 엔씩 빌린 것 같던데. 그럼 이만." 여자는 웃는 얼굴로 고개 숙여 인사했지만 걸음걸이는 난폭했다. 과장되게 쿵쿵 발소리를 내며 돌아갔다.

이네코가 뭐라고 어물어물 변명했지만 다카시도 유리에도 더는 관여하기 싫다는 표정으로 "그럼, 부탁할게"라는 말을 남기고 재빨리 돌아갔다.

"이웃 몇 분한테 더 빌렸니?"

기요가 묻자 이네코는 손가락을 세 개 폈다.

"기회를 봐서 갚아야겠구나."

"어쩔 수 없었어. 먹을 것도 없었단 말이야. 나더러 굶어 죽으라는 거야?" 이네코가 마구 떠들어댔다.

"혼내는 게 아니야. 그저 빌린 건 확실히 갚아야 한다는 거지. 내 손가방에 지갑 있으니까 돈 갚고 오렴."

"알아! 나도 갚으려고 했어! 갚으면 될 거 아니야!"

이네코는 기요의 손가방을 낚아채서 바로 밖으로 나갔다.

또 성질을 건드렸다. 기요는 후회하며 방안을 둘러보았다.

"아, 여보."

제일 먼저 영정사진이 눈에 들어와 기요는 상반신만 일으켜 양손을 모았다. 찻잔에는 깨끗한 물이 담겨 있고, 반쯤 마르기는 했지만 백합꽃을 공양해두었다. 이네코가 병문안 때 들고 온 백합과 같은 것이었다. 분명 없는 돈을 닥닥 긁어모아 역 앞 꽃집에서 백합 한 다발을 사서 반으로 나누었으리라.

"그래서 백합을 병실에 들고 온 거구나."

기요는 눈시울을 눌렀다. 실은 걱정했다. 자신이 입원해 있는 동안 남편 공양은 누가 할까. 분명 영정사진은 먼지를 뒤집어쓰고, 찻잔의 물도 몽땅 말라버리고, 마지막으로 올린 국화꽃은 그대로 말라버렸을 줄 알았다. 하지만 이네코는 이렇듯 열심히 아버지를 공양하고 있었다.

한 시간 후, 이네코는 쌀 5킬로그램과 환자용 기저귀를 들고 돌아왔다.

"돈 갚으러 갔는데 사람이 없어서."

이네코는 비닐봉지에서 뭔가 꺼내더니 숨기듯이 선반 안쪽에 놓았다.

"뭐니?"

"아무것도 아니야." 이네코는 퉁명스러운 얼굴로 기저귀 사용법을 읽기 시작했다. "기저귀, 비싸더라. 벨크로로 붙이는 걸 샀는데 서른 개 3000엔이야. 오줌 4회분까지 흡수할 수 있다는데 하루에 몇 번이나 눠?"

"글쎄다."

"병원에서는 하루에 몇 번이나 갈았어?"

"여섯 번이었나."

"여섯 번이나! 그럼 닷새 만에 다 쓰잖아! ……그렇다면 한 달에…… 기저귀 값이 만 8000엔이나 든다는 거야?"

"……하루에 여섯 번이나 갈 필요는 없을 거야. 규칙이 있어서 그러는 것 같더라고. 더러워지기 전에 간 적도 있거든. ……두 번 정도면 될 것 같구나."

"두 번? 그래도 6000엔이네. 많이 든다."

"미안해."

"그럼 지금 한번 갈아볼까?"

"아니야, 괜찮아. 아직 깨끗할 거야."

"연습 삼아서."

그렇게 말하며 이네코는 이불을 걷고 잠옷을 벗겼다. 하반신에 직접 공기가 닿았다. 기저귀에도 꽤 익숙해졌다. 하지만 간호사가 아니라 딸이 갈아주자 처음 기저귀를 했을 때와 똑같이 격한 저항감을 느꼈다. 기요는 바로 두 다리를 꽉 오므렸다.

"이러면 못 갈잖아."

이네코의 재촉에 서서히 다리 힘을 뺐다. 딸 앞에서 이렇게 망측한 자세를 취하기는 싫었다. 아아, 다리만 움직이면 화장실 정도는 혼자 갈 텐데.

기저귀가 벗겨졌다. 하반신이 고스란히 노출됐다. 기요는 비참해서 눈물이 날 뻔했지만, 이네코는 그 이상 충격을 받은 것 같았다. 손을 떨고 있었다. 이제야 비로소 간병이라는 것이 얼마나 막중한 일인지 깨달은 듯했다. 육체적으로도 정신적으로도 무기한의 중노동이 시작된다. 이네코는 아마 그런 줄은 전혀 모르고, 애완동물 가게에서 귀여운 햄스터를 충동적으로 샀을 때처럼 생활비를 해결하고픈 마음에 덜컥 '간병하겠다'는 말을 꺼냈을 것이다.

지금 이네코의 기분은 어떨까. 이네코는 간호사가 기저귀를 채웠을 때와 달리 틈이 숭숭 벌어진 상태로 벨크로를 붙였다. 애

초에 크기도 맞지 않았다. 이래서는 분명 샐 것이다. 이네코를 보니 손에서 눈을 돌리고 있었다. 무조건 빨리 해치우고 싶은지 제대로 확인하지도 않고 재빠르게 손을 놀렸다. 마지막으로 이불을 덮고 나자 이네코는 황급히 부엌으로 향했다. 충격을 꽤 많이 받았는지 그뒤로는 아무 말도 없이 죽을 쑤어서 기요에게 먹였다. 하지만 죽에 간을 전혀 하지 않아서 입맛이 돌지 않았다.

"고마워. 정말 맛있다. 그런데 이제 배불러서 더 못 먹겠어."

세 숟가락 받아먹고 기요는 그렇게 말했다. 씹다 만 걸쭉한 죽이 풀처럼 입안을 가득 채웠다. 이네코는 그릇을 베갯머리에 내려놓고 말없이 나갔다.

기요는 이불을 걷고 헐렁한 기저귀를 제 손으로 겨우 다시 찼다. 고작 그 정도로 체력이 제법 소진됐다.

내려다보니 이네코가 쒀준 죽에 파리 두 마리가 빠져 있었다.

이네코가 집에 있는 시간이 짧아졌다. 그래도 밤에는 돌아오지만 아침 일찍 나간다. 기저귀도 처음 이삼일은 하루에 두 번 갈아주었지만 나흘째 되는 날 대변을 보자 "이제 싫어, 이런 거 싫다고" 하면서 울음을 터뜨렸다. 그러면서도 갈아주긴 했지만 그후로 횟수가 극단적으로 줄었다.

그리고 이 주 후. 사놓은 기저귀가 다 떨어지자 이네코는 "기저귀 사올게"라는 말을 남기고 나가 하루종일 돌아오지 않았다. 머리맡에는 빵 두 봉지가 놓여 있었다.

"역시 그 아이한테는 무리야."

기요는 천장의 얼룩을 바라보았다. 하지만 아직 믿고 있었다. 이네코가 기저귀와 함께 사와서 선반에 숨긴 것. 그것은 간병에 관한 책이었다. 이네코는 이따금 그 책을 꺼내서 펄럭펄럭 넘겨 보고는 했다.

"그애는 나름 열심히 하고 있어. 그러니 나도 도움을 줘야지."

기요는 식사량을 최대한 줄였다. 이네코가 주는 죽과 빵을 한 입만 먹고 말았다. 물도 입술을 적시는 정도로만 마셨다. 먹고 마시지 않으면 변도 나오지 않을 테니까.

그보다 이네코의 건강이 걱정이었다. 제대로 먹는 걸까. 간병 스트레스로 몸이 축난 것은 아닐까. 돈은 있을까. 이네코가 밤새 돌아오지 않을 때도 많아졌다. 아마 24시간 영업하는 가게에서 죽치고 있을 것이다. 만화방이나 노래방 같은 곳에서 시간을 때우는 것이리라. 저렴하다고는 하지만 이렇게 매일같이 드나들면 제법 돈이 들 것이다.

기저귀를 사오겠다며 나간 이네코는 아침에 돌아온 것 같았다. 기요는 희미한 의식 속에서 그 모습을 보았다. 이네코는 평소처럼 거칠게 기저귀를 갈더니 즉석 죽 봉지를 뜯어서 억지로 기요의 입에 쑤셔넣었다. 차가운 죽이 입안에 가득찼다.

“고맙다, 고마워. 하지만 이제 배가 부르구나.”

기요는 그렇게 말했지만, 목소리가 나오지 않았다.

파리가 시끄럽게 왱왱거렸다.

분명 이 방은 지독한 악취로 가득할 것이다. 더러워진 기저귀를 담은 비닐봉지가 방구석에 산더미처럼 쌓여 있다. 언제부터 머리맡에 놓여 있었는지 모를 죽 그릇에는 거품 같은 곰팡이가 잔뜩 슬었다.

후각도 둔해져서 얼마나 냄새가 지독한지 실감할 수 없었지만 상상하기 어렵지 않았다. 아마 악취가 가장 심한 것은 자기 자신일 것이다. 기저귀에서 새어나온 오물로 더러워진 이부자리에 똑같은 자세로 계속 누워 있으니 욕창이 생겼는지도 모른다. 여기저기 피부가 문드러진 느낌이었지만 신기하게도 아프지는 않았다. 통각도 마비된 모양이었다. 참으로 고마운 일이다. 지금 감각이 제대로 살아 있다면 엄청난 고통을 맛보았을 것이다. 하지만 지금은 아프지 않다. 그저 가까운 미래에 찾아올 기나긴 잠을 기다릴 뿐이다.

*

"……나, 아무래도 니시이즈에 못 갈 것 같아."

여행을 하루 앞두고 이네코는 마그리트에게 전화를 걸었다.

도대체 어디를 어떻게 걸어다녔는지 어느 틈엔가 이웃 동네 번화가에 와 있었다. 요즘 이렇게 정처 없이 헤맬 때가 많다. 집에 있기는 싫고, 그렇다고 갈 데도 없다. 어딜 가든 반드시 돈이 드니까. 돈이 없으면 어디 편하게 있을 수도 없는 세상이다. 지금까지는 슬롯머신 게임장에서 시간을 때웠지만, 이젠 슬롯머신 게임장의 네온사인조차 자신을 거부한다. 그런 내가 여행을 어떻게 가겠어.

"왜? 어머님을 모시기로 한 덕분에 연금을 자유롭게 쓸 수 있게 돼서 일단 안심이라고 했잖아."

"그것 가지고는 턱도 없어. 기저귀니 뭐니 돈이 엄청 나간단 말이야."

"간병이란 게 제법 돈이 깨지는구나."

"나, 이제 안 되겠어. 틀렸어."

"무슨 일 있어?"

"못해먹겠어. 기저귀 가는 거, 못해먹겠다고. 그리고 냄새가 지독해. 방에 너무 냄새가 나서 일 분도 못 있겠어. 엄마랑 같이 있으면 나까지 기분이 축 처져."

"간병에 지쳐 우울증에 걸리는 사람도 있다더라."

"내가 그런가봐. 아무것도 하기 싫어. ……죽고 싶어."

"그러니까 더더욱 기분전환이 필요하지. ……알았어. 숙박비는 내가 낼게. 지금 취소하면 어차피 취소 수수료 내야 해. 그러니까 내가 낼게. 그리고 지젤 씨도 차를 가지고 간다니까 교통비도 안 들어. 자기는 자기가 쓸 용돈만 들고 오면 돼."

"……정말 그래도 돼?"

"당연하지. 우리는 친구잖아."

"……친구."

"그래. 우리는 앞으로도 쭉 함께할 거야. 그러기로 약속했잖아."

친구. 왠지 이네코의 귀에 그 말이 몹시 탁하게 울렸다.

"잔도 수도원에서 사귄 친구를 끝까지 지켜냈어. 그렇지?"

"응. ……그렇지."

어째서인지 잔의 이름을 들어도 마음이 움직이지 않았다. 그저 머릿속에 불쾌하게 울려퍼질 뿐이다. 이네코는 머리를 감싸 안았다. 요즘 귀울림이 멎질 않는다. 눈을 감으면 엄마의 더러운 기저귀가 떠올라서 그냥 죽고 싶어진다. 난 평생 그 기저귀를 갈아야 하는 걸까? 그 더러운 기저귀. 자신의 장래가 오물 범벅인 기저귀에 파묻힌 기분이 들어 이네코는 머리를 더 세게 끌어안았다. 이제 싫어, 싫어, 싫다고. ……죽고 싶어, 죽고 싶어, 죽고 싶어.

"자기, 정말 우울증인가보다." 마그리트가 말했다. "역시 여행이 필요해. 심해지기 전에 한숨 돌리고 오자. 응? 그러자. 심각하게 생각하면 안 돼. 간병은 적당히 하는 게 제일이야. 너무 열심히 하면 간병하는 사람이 더 탈난다고."

마그리트가 뭐라고 말했다. 하지만 내용이 전혀 머리에 들어오지 않았다. 불쾌한 소음으로 들릴 뿐이었다. 시끄러워, 시끄러워, 자꾸 이상한 소리 내지 마!

이네코는 전화를 끊었다. 서 있기도 귀찮아서 제자리에 주저앉았다. 엉덩이가 시렸다. 뭔가가 차츰 스며들었다. 지나가던 사람들이 흘끔흘끔 보았다. ……이대로 죽어버리고 싶어. 이제 다 귀찮아.

하지만.

기저귀…… 사가야지.

*

벌써 며칠이나 지난 걸까. 목이 말라, 물, 물을 줘. 작열하는 석양이 사정없이 방을 달구었다. 창문을 열어줘. 하다못해 창문이라도 열어줘.

석양이 지고 땅거미가 내렸을 무렵에야 이네코가 돌아왔다.

"어서 오렴."

몇 번이나 중얼거렸지만 아무리 애써도 말이 나오지 않았다. 안타까운 마음에 몸을 떨고 있자니 이네코가 머리맡에 빵 몇 봉지를 내려놓았다.

"이거 먹고 있어. 나 잠깐 여행 다녀올 테니까."

여행? 기요는 팔을 들어올리려고 했지만 1센티미터도 올라가기 않고 바닥에 툭 떨어졌다.

"당분간 집에 안 들어올 거야. 그러니까 엄마가 알아서 해. 약도 병원에서 타왔으니까."

그리고 빵 옆에 약봉지를 두었다.

하지만 물은 두고 가지 않았다.

멀어지는 이네코의 뒷모습을 보면서 기요는 중얼거렸다.

"다녀오렴."

그것이 기요가 마지막으로 본 딸의 모습이었다.

× × ×

S 이것참…… 또 무슨 사건이 일어났다면서?

W 응. '푸른 6인회' 멤버 하나가 실종됐어.

S 저번에는 칼에 난자당하더니 이번에는 실종이라. 역시 저주받은 거 아니야?

W 뭐, 그건 확실하지. 『푸른 눈동자의 잔』은 틀림없이 저주받았어. 연재가 중단된 그때부터.

S 연재가 중단된 원인은 그 문제의 장면이지?

W 응. 큰 소동이 벌어져서 신문에도 실렸지.

S 그나저나 (『소녀 줄리엣』을 넘기며) 이 장면이 어떻게 실린 거지? 보통은 편집부에서 걸러내잖아? 아니면 당시는 규제가 엄격하지 않았나?

W 음, 지금보다 규제가 느슨하기는 했지. 그리고 1970년대의 분위기도 한몫했을 거야. 70년대는 멘탈붕괴물의 보물창고기도 하거든.

S 아무리 그렇기로서니 전형적인 순정만화의 내용으로 진행되다가 하필이면 여주인공이…… 윤간당했잖아? 게다가 팔다리를 잃을 정도로 심한 고문을 당했어. 대변을 먹이는 장면까지 나온다고. 이거, 순정만화의 규범을 완전히 짓밟은 셈 아닌가? 아무리 70년대라 해도 말이야. 게다가 따져보면 『소녀 줄리엣』은 보수적인 잡지였잖아.

W 정보통인 아무개 씨 말로는 당시 순정만화는 주간 연재가 대부분이라 마감 직전까지 인쇄소에서 톤이나 식자를 붙이는 게 당연지사였대. 편집자가 사전에 제대로 확인할 시간이 없었던 거지. 작가에게 내용을 일임하고 편집을 건너뛰어 인쇄소에 바로 넘기는 경우도 흔했나봐. 아니, 편집자가 확인했지만 태클을 걸지 못하는 경우도 있었을 거야. 당시는 내용 수정을 요구했다가 연재가 펑크나는 게 더 큰 문제였으니까. 게다가 『푸른 눈동자의 잔』은 히트작이니 무슨 일이 있어도 펑크는 피해야 하지. 펑크나면 편집자 목이 남아나지 않았을걸. 오히려 이런 식으로 그린 아키즈키 미유리의 심리가 더 수수께끼야. 지난호까지는 평범하게 로맨틱한 방향으로 나갔었거든.

S 그래. 바로 직전까지는 평범한 대하드라마였어. 눈이 반짝반짝 빛나고, 프릴이 하늘거리고, 장미 꽃잎이 흩날리면서 운명의 연인들이 만났다 헤어졌다 하는 애절한 이야기. 그런데 중요한 클라이맥스에서 뜬금없이 그로테스크해졌다고. 기절초풍할 지경이었지. 자살하는 사람이 나올 만큼 큰 소동이 벌어졌어. 그런데…… 단행본에서는 그 장면 어떻게 됐어? 설마 그대로 실렸나?

W 아니, 역시 그 장면은 삭제됐어. 대신 대대적인 공사를 해서 아주 무난한 해피엔딩을 덧붙였지.

S 그렇구나. 그런데 단행본은 절판됐잖아? 복간은?

W 일전에 복간 이야기가 나온 적 있는데 흐지부지됐어. 원작자가 실종 상태니까 복간은 어려울 것 같아.

S 게다가 아키즈키 미유리가 두 사람이라는 설까지 있으니 저작권 문제도 생길 것 같고. 혹시 두 사람이 다퉜다면. ……아아, 어쩌면. 또 한 명의 아키즈키 미유리가 『푸른 눈동자의 잔』을 그런 식으로 끝낸 것 아닐까?

W 응, 가능성 있는 이야기지. 실은 나도 그렇게 생각해. 이건 어디까지나 추측이지만 또 한 명의 아키즈키 미유리는 그늘에서 살아야 하는 상황에 울분이 쌓인 게 아닐까 싶어. 그래서 복수하기 위해서 그런 식으로……

S 과연. 그렇다면 앞뒤가 맞네. 자신이 그렸는데도 만화가 아키즈키 미유리의 그늘에 가려서 사람들에게 인정받지 못하고 살아야 한 상황, 이건 그야말로 사육당하는 상태야. 피지배자라고. 지배자에게 반역하고 싶어질 만도 하네. 그리고 복수당한 지배자 아키즈키 미유리는 세간의 지탄을 받고 그대로 자취를 감췄어. 아니, 실종됐다고 해도 되겠지. 아직도 행방불명 상태야. ……그렇다면 또 한 명의 아키즈키 미유리는 어디 있지?

W 도무지 짐작이 안 가.

S 무슨 사정이 있었든 간에 그런 식으로 끝내면 팬은 닭 쫓다 지붕 쳐다보는 개 신세가 되지. 죽은 뒤에도 성불 못할걸?

W 맞아. 남겨진 건 팬들이야. ……팬의 원념과 집념이지.

S 어쩌면 팬의 원념이 저주를 낳았는지도 모를 일이야.

월간 『앙그라캉그라』(2008년 9월호)에서

지젤

"미레유 씨는 어떻게 된 걸까요? 오늘도 불참이네요."

9월. 이케부쿠로의 프렌치 레스토랑에서 가브리엘이 냅킨으로 입을 닦으며 중얼거렸다. 원래 간사 모임의 정원은 여섯 명이지만 오늘은 네 명밖에 없다.

"사이트 게시판에도 안 보이던데. 누구 연락되는 분 없어요?"

가브리엘이 묻자 나머지 세 사람은 얼굴을 마주보았다.

"돌아올 때는 어땠어요? 마그리트 씨 차에 같이 탔죠?"

"응." 마그리트가 목을 누르며 목소리를 가다듬었다. "응, 돌아올 때도 기운이 넘쳤어. 무척 즐거워 보이던데. 그렇지, 에밀리 씨?"

"네?" 느닷없는 질문에 에밀리의 안경이 움찔했다. "네, 정말 기운이 넘쳤죠. 너무 기운차서 난감할 정도였어요."

"정말. 우울증일지도 모른다고 해놓고 과할 정도로 의욕이 넘쳤잖아." 마그리트가 뒤로 묶은 머리를 매만졌다.

여행 당일, 약속 장소에 나타난 미레유를 보고 모두 할말을 잃었다. 가슴이 삐져나올 만큼 딱 붙는 캐미솔 드레스는 너무 얇아서 젖꼭지가 비쳐 보였다. 게다가 화장을 엄청나게 떡칠하는 바람에 눈을 어디 둬야 할지 난감했다. 차 안에서는 숨 돌릴 틈도 없이 혼자 떠들어대다가 가끔 호흡곤란 같은 발작을 일으켰다. 호텔에 도착한 뒤에도 호들갑을 떨며 단 일 분도 가만있지 않았다. 직원을 붙들고 계속해서 같은 질문을 퍼붓고 여기저기 뛰어다녔다. 방을 정할 때도 한바탕 야단이었다. 2인용 세미 스위트를 세 개 예약하고 각각 지젤과 에밀리, 마그리트와 미레유, 가브리엘이 쓰기로 미리 정해두었는데, 막판에 미레유가 가브리엘과 같은 방을 쓰겠다고 우기더니만 안 된다고 만류해도 듣지 않고 함부로 가브리엘의 방에 들어갔다. 그러자 에밀리까지 가브리엘의 방에 들어가는 바람에 결국 그날은 모두 함께 가브리엘의 방에 모여 밤새 카드게임을 했다. 그러고도 소동은 끝나지 않았다. 게임에 연신 지던 미레유가 속임수라며 날뛰기 시작했다. 끝내 뜻 모를 소리를 지르다가 호텔측의 엄중한 주의를 받았다. 수면제를 가져왔던 지젤이 기지를 발휘해 겨우 미레유를 잠재웠지만,

그 탓인지 다음날은 더욱 악화되어 언짢은 흥분 상태에 빠졌다. 만취한 사람처럼 온갖 일에 트집을 잡으며 떠나가라 고함을 질렀다. 수면 부족에 두통까지 온 가브리엘은 아침도 먹지 않고 지젤의 차를 타고 먼저 도쿄로 돌아갔고, 남은 마그리트와 에밀리가 미레유를 차에 밀어넣고 간신히 귀로에 올랐다.

"그때는 정말 죄송했어요. 골칫거리를 마그리트 씨와 에밀리 씨에게 떠맡긴 꼴이 됐네요."

가브리엘이 가볍게 고개를 숙였다.

"아니야, 무슨 말을." 마그리트가 수척해진 뺨으로 억지로 웃어 보였다. "가브리엘 씨는 몸이 안 좋았잖아. 어쩔 수 없었어. 그렇지, 에밀리 씨?"

에밀리도 웃더니 "그럼요, 불가항력이었어요" 하고 힘없이 대답했다.

"아무튼 미레유 씨는 그 여행 뒤로 연락이 없는 거죠?" 가브리엘이 물었다.

"아, 그러고 보니 팬클럽을 탈퇴하고 싶다는 말은 했었는데. 어머님 간병 때문에 힘들다고 했어. 그렇지, 에밀리 씨?" 마그리트가 대답했다.

"네? 네, 맞아요. 탈퇴하고 싶다는 말을 했어요." 에밀리도 동의했다.

"탈퇴? ……그런가요." 가브리엘이 와인을 마셨다. "전에도 그런 말을 했었죠. 간병이 정말 힘든가보네요. 그럼 어쩔 수 없죠. 그런데 실비아 씨도 그렇게 됐으니. 아무래도 네 명이서 운영하기에는 한계가 있어요. 10월에는 다과회도 있는데."

"그러게. 슬슬 멤버를 새로 보충해야겠어." 마그리트가 사나에를 보았다. "지젤 씨, 누구 괜찮은 사람 없을까?"

"글쎄요." 사나에는 송아지고기 와인찜을 썰면서 말했다.

"니나 씨는 어떨까요?" 옆에 앉은 가브리엘이 지체 없이 대답했다.

"니나 씨? ……나쁘지는 않네. 하지만." 마그리트가 빵에 버터를 잔뜩 바르며 쓴웃음을 지었다. "니나 씨는 전에 지젤 씨랑."

"아니요, 괜찮아요. 그냥 말다툼이었으니까요."

대답이야 그렇게 했지만 사나에는 니나가 거북했다. 걸핏하면 내게 시비를 건다. 채팅에서든 게시판에서든 뭐라고 말할 때마다 꼬투리를 잡는다. 한번은 참지 못하고 반론한 적이 있다. 제법 갑론을박을 벌였다.

"일단 후보를 몇 명 골라놓고 생각해보자. 서둘러야 할 일은 아니니까. 다과회 준비는 대충 끝났으니 그뒤에 천천히."

마그리트의 말에 사나에는 안도해 가슴을 쓸어내렸다. 가능하면 니나만은 피하고 싶었다.

"하지만 니나 씨는 좋은 사람이에요. 온라인상에서는 좀 세게 나가는 경향이 있지만." 가브리엘은 물러서지 않았다.

"가브리엘 씨는 니나 씨에 대해 얼마나 알아?" 사나에가 가브리엘에게 물어보았다.

"다과회에서 만난 게 다예요. 잠깐 이야기를 나눈 정도죠."

설마 내 험담을? 사나에의 눈꺼풀이 움찔거렸다. 그러자 가브리엘이 진정하라는 듯 사나에의 무릎에 살짝 손을 올렸다. 이러면 마음이 풀려서 얌전해지는 수밖에 없다. 얼굴이 주체 안 될 만큼 화끈거렸다. 비스듬히 앞쪽에 앉은 마그리트가 의미심장한 눈으로 이쪽을 보았다. 사나에는 가브리엘의 손을 그대로 두고 계속 송아지고기 와인찜을 먹었다. 그런 사나에에게 가브리엘이 속삭였다.

"실제로 만나보니 니나 씨는 아주 명랑하고 밝고 겸허한 분이었어요. 온라인상에서는 다소 폭주하는 측면이 있다며 스스로도 몹시 반성하더라고요. 이건 제 상상이지만, 오프라인에서는 지젤 씨랑도 잘 맞지 않을까 싶은데요."

"설마." 그만 진심이 튀어나왔다. "아닐걸. 날 무슨 원수 대하듯이 하잖아. 오프 모임에서 만나면 더 미움받을 거야. 그 사람, 다과회 때도 노골적으로 날 무시했는걸. 눈도 안 마주치려고 해."

"지젤 씨 생각이 지나친 것 아닐까요? 과잉 반응인지 몰라요."

"안 그래." 분명히 늘 니나가 먼저 싸움을 건다. 사나에는 몸을 내밀었다. "내가 피해망상에 사로잡혔다는 거야?"

—그대에게 생령이 씌었어.

"어?" 사나에는 몸을 뒤로 물렸다.

—그대가 아는 사람의 생령이야. 여자네. 아주 위험한 원념이 느껴져. 조심해.

별안간 정체 모를 구토감이 느껴져 사나에는 작게 헛구역질을 했다.

"왜 그래, 지젤 씨?" 마그리트가 의아한 눈으로 지젤을 보았다.

"지젤 씨, 오늘 안색이 좋지 않네요. 무슨 일 있어요?" 옆에 앉은 가브리엘도 얼굴을 들여다보았다. "아까부터 맘에 걸렸어요. 혹시 열이라도 있는 거 아니에요?"

"아니야, 괜찮아. 미안해. 정말로 아무것도 아니야."

사나에는 그렇게 말했지만 빰이 붉어졌다는 것은 스스로도 잘 알 수 있었다. 아직도 무릎에 얹혀 있는 가브리엘의 손 때문이 아니다. 오늘은 좀처럼 미열이 내리지 않는다.

"그렇다면 다행이지만요."

가브리엘의 웃는 얼굴이 와인 잔에 비쳤다. ……변함없이 아름다운 얼굴이다. 살짝 보이는 덧니는 왕년의 아이돌을 방불케 한다. 행동거지도 매력적이고, 누구에게나 상냥하고, 말투도 부드럽다. ……실제로 가브리엘은 모임의 아이돌이다. 모두가 가브리엘의 환심을 사려고 기를 쓴다. 특히 에밀리는 보는 사람이 민망할 만큼 넋을 잃고 가브리엘의 시선을 좇는다. 마그리트도 마찬가지다.

사나에 또한 그렇다. 스스로도 잘 안다. 하지만 "나, 실은 가브리엘 씨가 좀 거북해"라는 듯이 행동한다. "뭐든 가식적이지 않나? 앞머리를 쓸어올리는 동작도, 와인을 마실 때 잔을 잡는 방식도, 냅킨을 다루는 법도, 어쩐지 연극조야. 젊을 때야 괜찮지만 골격이 저런 사람은 나이들면서 분명 살찐다니까. 찰랑거리는 머리카락도 오 년만 지나면 어떻게 될지 모르지. 저렇게 야리야리할수록 순식간에 딴사람이 되는 법이거든. 아무개 아이돌도 그랬잖아? 아무개 아이돌도 마찬가지고."

하지만 그런 말들 전부 진심과 180도 다르다는 것은 사나에 자신이 제일 잘 안다. 실은 참을 수 없을 만큼 가브리엘에게 마음이 끌린다. 그 가늘고 흰 손가락이 몸에 닿으면 이성이 날아간다. 그때도 그래서……

와인 잔 너머에서 에밀리의 끈끈한 시선이 날아왔다. 가브리엘 옆을 차지한 사나에에게 에밀리는 툭하면 매서운 시선을 던졌다.

—그대에게 생령이 씌었어.

또 그 말이 떠올라 사나에는 와인을 단숨에 들이켰다.

—그대에게 생령이 씌었어.

그렇게 말한 사람은 시어머니의 친구였다.

어제 갑자기 시어머니가 찾아왔다. 시어머니의 갑작스러운 방문은 익숙하다.

시어머니는 며느리와 죽이 맞는다고 저 혼자 생각하는 모양으로 찾아올 때도 예의라고는 전혀 없이 늘 자기 위주다. 그러나 친구를 데려온 것은 처음이었다. 시어머니 집 근처에 사는 그 부인은 원래 점쟁이였는데 최근 영적 능력을 얻었다고 한다. 부인은 자신을 시온이라고 소개했다. 부자연스러울 만큼 새카만 보브커트 머리. 몸은 궁상맞을 정도로 빼빼 말랐는데 목 위쪽은 무슨 탈이라도 쓴 것처럼 인상이 강해서 부자연스러웠다. 과자가게 앞에서 고개를 흔드는 페코 짱* 인형을 닮았다. 페코 짱의 동그란 얼굴을 건조실에 넣어 단숨에 노화시킨 느낌이다.

"시온 님의 점괘는 옛날부터 백발백중이었어. 신이치로가 학교에 들어갈 때도, 공무원 시험을 칠 때도 전부 시온 님이 시키는 대로 해서 잘된 거야." 신이치로는 남편 이름이다. 시어머니

---

* 일본 제과회사 후지야의 마스코트 캐릭터.

는 아들을 매우 사랑한다. "그런데 결혼 운이 좀 걱정이라고 해서 계속 신경이 쓰이네."

즉 며느리에게 불만이 있다는 걸까. 항변하자면 나도 남자 운과 결혼 운이 좋지 않다는 소리를 결혼 전 몇 번이나 들었다. 그러니까 피장파장인데요. 물론 사나에는 그런 소리를 하는 대신 시어머니가 독무대를 펼치도록 내버려두었다. 한바탕 일방적으로 퍼붓고 나면 시어머니는 개운해진 표정으로 만족스럽게 돌아간다. 이 사람도 집에 불만이 많은 듯하다. 앓아누워 꼼짝도 못하는 남편을 간병해야 하고, 딸은 취직도 못하고 부모 집에 얹혀산다. 그러니까 이렇게 기분전환 삼아 오는 것이다. 기분전환은 필요하다. 꾹꾹 억누르다가 병이 나면 더 곤란하다. 여파가 분명 이쪽에도 미친다. 더는 번거로운 일을 떠안기 싫다. 그러니까 기분이 완전히 풀릴 때까지 참는다. 사나에는 하고 싶은 말을 꿀꺽 삼키고 시어머니 말에 고개만 끄덕였다.

"그런데 시온 님이 아들 부부한테 무슨 위기가 찾아왔다 하시지 뭐야. 걱정이 돼서 오늘 모셔왔지. 너희 무슨 일 있었니?"

잘 맞혔다. 하긴 부부는 원래 서로의 이마 사이에 폭탄을 끼운 채 뚜껑 없는 유산 병을 머리에 하나씩 얹고 이인삼각을 하는 관계다. "무슨 일 있었니?"라고 물으면 백이면 백 "네"라고 대답하리라. 그리고 "서로 뜻이 잘 안 맞니?"라고 물으면 백 명 중 아흔

아홉 명이 "네, 맞아요. 어떻게 아셨어요?"라고 대답하며 상대가 맞힌 줄 착각한다. 맞히고 말고를 떠나 문제는 대부분 뜻의 차이에서 비롯된다. 백 명 중 몇 명은 이 트릭을 알아차릴 것이다. 콜드 리딩이다. 몸짓과 말투 또는 사소한 질문과 대화를 통해 상대방의 마음을 알아맞히는 화술. 점쟁이나 사기꾼이 쓰는 기술 중 하나라고 한다. 전에 텔레비전에서 봤다. 시온 님 역시 이런 기술에 익숙한 사람일 뿐이다. 하지만 시어머니는 이 사람에게 심취해 돈을 마구 들이붓고 있는 것 같았다. 이번에도 돈이 제법 들었을 것이다. 한숨만 나왔다.

"경대 오른쪽 서랍 속 파란색 서류철에 이혼 서류를 숨겨뒀네."

그런데 시온 님이 그런 소리를 했다. 너무 구체적으로 지적하는 바람에 사나에는 들고 있던 찻주전자를 떨어뜨릴 뻔했다. 에이, 아니야. 이건 핫 리딩이야. 상대의 주변을 몰래 조사해놓고 마치 영적 능력을 사용해 방금 투시한 것처럼 연기한다. 유명한 영능력자들이 즐겨 사용하는 고급 기술이다.

"어머, 아가. 정말이니? 이혼 서류를 가지고 있어?"

시어머니가 메마른 입술로 다그쳤다. 사나에는 일단 차를 따르면서 시간을 벌었다.

그런데 어떻게 알았을까. 남편이 보고 시어머니한테 고자질했나? 아니야. 그 서랍은 잠가놨는걸. 쉽게는 못 열어. 아니지, 그러니 누구든 그 안에 비밀을 감춰뒀을 거라고 추측하겠지. 그리고 뭘 숨겨놨는지 궁금해할 거야. 열쇠? 경대 서랍 정도는 열쇠 없이도 머리핀이나 철사로 간단히 열 수 있을걸.

"아니요." 사나에는 즉시 애교 섞인 웃음을 지었다. 그러자 시온 님이 말을 이었다.

"너 요즘 몸 상태가 별로지? 먹은 걸 금세 토한다든가. 몸무게도 일주일 사이 2킬로그램쯤 줄었네."

다 맞혔다. 하지만 그것도 남편은 알고 있을 것이다. 지난주에 체중계에 올라가는 모습을 남편이 봤다. 왠지 겸연쩍어서 몸무게가 2킬로그램이나 줄었다며 다이어트에 성공해 기뻐하는 척했다. 틀림없어, 흑막은 그이야.

"아니요, 별 이상 없는데요. 멀쩡해요." 사나에는 최대한 밝게 웃으며 대답했다.

하지만 시온 님은 "흐음" 하고 나지막한 소리를 흘리며 움푹 들어간 눈을 사나에의 윤곽을 따라 천천히 움직였다. 시선은 사나에의 입에서 멈췄다. 사나에는 저도 모르게 고개를 숙였다. 시온 님은 약점을 찾아냈다는 듯 자신만만하게, 그러나 속삭이듯이 말했다.

"그대에게 생령이 씌었어. 그대가 아는 사람의 생령이야. 여자네. 아주 위험한 원념이 느껴져. 조심해."

이것도 자칭 영능력자의 단골 멘트가 아닐까. 마구 겁을 주어 공포감을 심는다. 목적은 뭘까?

잡생각 그만하자. 사나에는 가볍게 고개를 저었다.

지금은 이 시간을 즐기자. 이런 데서까지 시어머니 생각을 할 필요는 없잖아.

"그런데 지젤 씨는 집을 산 거지? 독채였던가?"

언제부터 그런 이야기가 나왔는지 마그리트가 별안간 물었다.

"네, 뭐."

"그럼 조심해."

"네?"

"남편한테 무슨 일 있으면 유산상속 문제로 엄청 다툴걸. 미레유 씨네처럼."

아아, 그러고 보니 미레유 씨는 유산상속 문제로 동생들과 다퉜다고 했지. 그나저나 그 사람은 도대체 어떻게 된 걸까.

"그러니까 지젤 씨네 집도 조심해."

마그리트가 되풀이했다. "스기나미 구의 고급 주택가에 살잖아. 분명 상속 문제로 말썽이 생길 거야. 이노카시라 공원 근처기도 하고."

그러고 나서도 마그리트는 몇 번이나 '고급 주택가'라는 말을 꺼냈다.

"마그리트 씨도 세타가야 구의 고급 주택가에 살잖아요." 사나에는 화제를 돌렸다.

"에이, 우리집은 그냥 사택인걸. 지젤 씨 남편이랑은 달라. 우리 남편 능력으로 도쿄 23구에 독채를 마련하기란 무리라고. 지젤 씨 남편은 고위 공무원이잖아. 우리 남편은 전기기계 제조사의 자회사 영업사원이고. 대신 상속 문제로 다툴 일은 없겠지만. 그나저나 지젤 씨도 막상 일이 닥치면 골치 아프겠다. 아무리 사이좋은 가족도 유산을 앞에 두면 반드시 물고 뜯기 마련이거든. 게다가 고급 주택가니까."

고급 주택가? 사나에는 무미건조하게 웃었다. 그야 엎어지면 코 닿을 곳에 이노카시라 공원이 있기는 하지. 하지만 코딱지만 한 분양주택이야. 그리고 난 그 집에 별로 애착 없어.

사이좋은 가족? 상속 문제로 싸우기도 전에 우리 가족은 벌써 콩가루가 됐어. 모두 자기밖에 몰라. 그러니까 만에 하나 남편에게 그런 일이 생기면 그딴 집은 바로 버릴 거야.

*

미타카다이 역에서 걸어서 십오 분, 이노카시라 공원 남쪽 주택가의 한구석, 남프랑스풍의 밝은 외벽과 세련된 디자인.

하지만 이 집은 날 거부한다. 십 년 전 이 분양주택을 사자고 한 사람은 남편이었다. 관사에 살면 점점 신경쓸 일이 많아질 거라며 시어머니와 함께 찾아낸 집이다. 선금 3천만 엔은 시어머니가 내주었다. 집 구조, 부엌 사양, 벽 색깔 전부 마음에 들지 않았지만 남편과 시어머니는 만족스러운 눈치였다.

이제 며느리의 병도 낫겠지.

사나에는 아동학대 혐의로 잠시 강제로 입원당한 적이 있었다. 아들이 다니는 초등학교에 머릿니가 번졌는데, 그 발생원으로 지목된 것이 원인이었다. 사나에는 관사 이웃이 일러준 대로 드라이어로 장시간 아들 머리에 뜨거운 바람을 쏘였다. 그러면 이가 다 죽는다고 했다. 하지만 이가 죽기 전에 아들은 머리에 화상을 입었다. 가벼운 화상이었지만 남편과 시어머니, 관사의 몇몇 부모가 요란을 떨었다.

사람들이 그때 일을 부풀려서 말해주었는지, 아니면 스스로 과장해 받아들였는지는 몰라도 아들은 그후로 사나에에게 반항적인 태도를 고수했다.

아들이 쓴 소설 비슷한 글을 읽은 적 있다. 블로그에 쓴 일기다. 지금처럼 완전한 방구석 폐인이 되기 전, 외출한 틈을 타 방에 들어가보자 컴퓨터가 켜져 있고 그 화면이 떠 있었다.

어렸을 때 어머니에게 모진 학대를 당한 소년이 그 상처를 치유하기 위해 같은 상처가 있는 소녀와 함께 살인을 자행한다는 터무니없는 내용이었다. 사나에는 그 소설에 제멋대로인데다 인간미라고는 없는 어머니로 등장했다. 어린아이가 연상하는 더럽고 교활하고 어리석은 어른의 대표 격인 존재였다. 그런 어른들을 잔혹한 방법으로 죽여 문제를 해결한다는 내용이었다. 어른을 죽여서 두 아이가 어른이 된다면야 그나마 다행이고 몇 번이라도 죽어줄 마음이 있지만, 두 사람은 끝까지 미숙한 피해자 행세를 하며 사회와 트라우마와 어른 때문에 이런 살인귀가 되었다고 투정한다. 그리고 서로를 '순수한 존재'라고 부르며 끝까지 지켜주겠노라 맹세한다. 이야기는 그런 식으로 이어졌다.

이 이야기에 결말은 없을 거라고 사나에는 생각했다. 즉 아들은 어른이 되지 못하리라는 뜻이다. 아들이 자신을 원망하는 건 상관없다. 원망함으로써 살아갈 의미를 찾아낸다면 그것도 한 가지 방법이다. 하지만 아들은 원망하면서도 이 집에 달라붙어 자신의 곁을 떠나지 않을 것이다. 아들에게 홀로 살아가는 방법을 가르치지 못했다. 그것이 제일 마음 아팠다.

요컨대 실패였다. 육아도, 더 거슬러올라가 결혼도.

아무튼 모조리 실패였다.

거실로 가기 전 2층에 올라갔다. 아들 방 앞에는 빨랫감이 가득한 비닐봉투와 먹다 남은 아침과 점심식사가 놓여 있었다. 그것들을 주워들고 이케부쿠로의 백화점에서 산 반찬과 빵, 2리터짜리 물통이 든 봉지를 놓아두었다. 요 반년간 아들 방에 들어가본 적이 없다. 식사는 이렇게 방 앞에 놓아둔다.

사람들 모두 아들이 이렇게 된 건 어머니 탓이라 말한다. 시어머니도, 남편도. 네 학대가 원인이라고, 보상하라고, 평생 죗값을 갚으며 살라고 말한다. 네, 알겠습니다. 죽을 각오로 아들에게 보상할게요, 헌신할게요. 하지만 아들은 내가 죽든 말든 변하지 않을 거라고 사나에는 생각했다. 걔는 나를 쏙 빼닮았어. 그러니 얼마나 비딱하게 옹고집을 부리고 있는지 내가 제일 잘 알아. 그 어설픈 반항심은 나 자체야.

비닐봉투에는 자위의 흔적이 남은 속옷이 아무런 수치심 없이 담겨 있었다. 구역질이 올라왔다. 남편도 그렇고, 어째서 이런 걸 태연하게 남에게 떠맡길 수 있을까? 가족이니까? 가족. 집어치워. 자기 편할 때만 그런 입발린 소리 하지 말라고!

사나에는 비닐봉투를 통째로 쓰레기통에 버리고 물비누 펌프를 몇 번이고 눌러 손을 비벼 씻었다.

어디서 실패한 걸까. 다시 시작할 수 있다면 어느 시점으로 돌아가야 하지? 역시 결혼을 결심하기 전일까. 아니면 더 전? 가능하다면 다른 어머니에게서 태어나고 싶어. 어머니가 그 꼴이라 내가 이렇게 비굴해진 거야. 나도, 나도…… 잔처럼 올곧은 여자로 자라고 싶었어.

어느 틈엔가 수화기를 붙들고 있었다. 이런 때는 누구한테 이야기를 들어달라고 해야 하지? 대학교 친구? 근처 부인네들? 아니면 시온 님? 아니야, 안 돼. 모두 비밀을 지키지 못할 사람들뿐이야. 그러면 마그리트 씨? 에밀리 씨? 아니…… 역시 그 사람밖에 없어.

"가엾은 지젤 씨. 우리집도 차별이 심했어요. 어머니는 동생만 위했죠. 저는 뭐든 참아야 했고요."

예상대로 가브리엘은 여느 때처럼 사나에를 위로해주었다. 절대 자기 의견을 말하거나 이래라저래라 가르치려 들지 않고 오로지 귀를 기울였다. 그리고 빼먹지 않고 "가엾은 지젤 씨"라고 말한다. 그 말을 들으면 마음이 좀 진정된다. 하지만 오늘은 진정되기는커녕 더욱 격앙됐다.

"나도 다 참고 살았어. 엄마는 오빠랑 여동생만 예뻐했어. 특히 오빠에게 각별했지. '우리집 장남'이라고 부르면서 뭐든지 다

사줬다고. 나한테는 만화책 한 권 안 사줬으면서. 소녀 줄리엣도 안 사줬다니까. 오빠는 엄마를 빼닮아 예쁘장하게 생겼지만 난 못생긴 아빠를 닮았어. 특히 치열은 완전히 아빠 복사판이야."

사나에는 손으로 입을 가렸다. "엄마는 항상 말했어. '넌 못난이니까 성격으로 커버해야지. 누가 뭐라 하든 고분고분 잘 들어야 해.' 못난이, 못난이, 입만 열면 그 소리였어."

"아니에요. 지젤 씨는 예뻐요. 더 자신감을 가져요."

"아니야, 안 그래. 난…… 나 같은 건."

"그렇게 자신을 비하하면 안 돼요."

"난 얼굴뿐 아니라 성격도 못났어. 그래, 속이 시커멓지. 이건 엄마를 닮았어. 엄마가 나한테 박하게 군 건 내가 엄마를 닮았기 때문이야. 아아, 그래. 분명 그거야. …… 참, 이런 일도 있었어. 어느 날 장난삼아 오빠가 아끼던 야구 글러브를 숨겼어. 정말 별것 아닌 장난이었지. 바로 찾아낼 수 있는 곳에 놔뒀을 뿐이야. 그런데 오빠가 생난리를 쳤어. 그러자……" 당시 감정이 고스란히 되살아나서 오열이 사나에의 목소리를 집어삼켰다.

"그만해요, 지젤 씨. 말하고 싶지 않은데 억지로 그럴 필요 없어요."

"아니야, 들어줘." 사나에는 고개를 들고 단숨에 쏟아냈다. "그때 엄마는 신경이 예민한 상태였어. 그런데 동생이 내가 오빠 야구 글러브를 숨겼다고 일러바쳤지. 불똥이 자기한테 튀지 않도록 선수를 친 거야. 걔는 내가 장난친 걸 알면서도 입다물고 일러바칠 기회만 노리고 있었어. 원래 그렇게 교활한 구석이 있었거든. 동생의 의도대로 엄마는 나한테 화풀이를 했어. 일단 나를 때리고 책가방에 든 것을 몽땅 쏟아버리더니 친구한테 빌린 소녀 줄리엣을 내 눈앞에서 찢었어! 그 일만은 죽어도 못 잊을 거야. 동생과 엄마를 용서할 수 없어. 엄마 때문에 난."

『소녀 줄리엣』은 다음날 돌려주기로 약속하고 빌려온 것이었다. 하지만 엄마가 찢어버려서 약속을 지키지 못했다. 그 일로 친구들의 신뢰를 잃고 반 전체에 소문이 퍼져 반년쯤 침묵의 제재를 당했다. 다들 내게 말을 걸지 않고 '쓰레기' 취급을 했다.

그런 건 어떻게든 참아낼 수 있었다. 그러나 잔을 보지 못한다는 건 견딜 수 없었다. 서점에서 몇 번이나 몰래 보려고 시도했지만 매번 서점 주인에게 걸려서 쫓겨났고, 어디 『소녀 줄리엣』이 버려져 있지 않을까 싶어 쓰레기통을 뒤지다가 반 친구에게 들켜서 '쓰레기' 취급이 더 심해졌다. 바로 그런 시기, 근처에 사는 친척집에 여동생과 동갑인 여자애가 주말마다 놀러왔다. 그 여자애는 『소녀 줄리엣』을 가지고 있었다. 본의 아니게 그 여자애를 여왕처럼 떠받든 끝에 겨우 『푸른 눈동자의 잔』을 볼 수 있었다. 별 볼일 없이 뒤룩뒤룩 살만 찐 못생긴 아이를 치켜세우고 기분을 맞춰주기란 쉬운 일이 아니었다. 하지만 난 『소녀 줄리엣』이 필요했다. 고작 100엔짜리 잡지를 사지 못해 자존심을 팔았다.

자존심을 팔았어……

"지젤 씨?"

가브리엘이 다정한 목소리로 불렀다.

"아무튼 자신감을 가져요. 당신은 아주 매력적인 사람이에요."

고마워. 그렇게만 말하고 사나에는 수화기를 내려놓았다.

가브리엘과 통화를 마치고 얼마 지나지 않아 휴대전화가 울렸다. 마그리트였다.

"집전화가 계속 통화중이라서 이쪽으로 걸었어."

정기 모임이 끝나고 집에 도착할 무렵이면 반드시 마그리트의 전화가 온다. 다른 사람에게도 이렇게 전화를 하는 걸까.

"그러고 보니 가브리엘 씨도 통화중이더라."

마그리트의 말에 뼈가 있었다. 괜히 억측하면 귀찮으니 사나에는 솔직히 말했다.

"네. 방금까지 가브리엘 씨랑 통화했어요."

"그래?"

무슨 이야기 했는데? 모임에서는 못할 이야기? 비밀 이야기?

……숨소리에서 그런 호기심이 전해졌다.

"그냥 잡담이었어요."

사나에는 그 호기심을 원천봉쇄했다. "그런데 무슨 일 있어요?"

"아니야. 그냥 걱정돼서 전화해봤어."

"걱정?"

"자기, 안색이 정말 별로였거든."

"그랬어요?"

"구역질도 했잖아?"

"네? ……네, 뭐, 조금."

"몸도 좀 부었고."

"부었다고요?"

"응. 평소랑 좀 달랐어. 화장도 잘 안 먹은 것 같았고. 다른 때는 완벽한데."

"잠이 부족한가? 요새 불면증이 좀 있어서요. 요즘은 의사한테 받은 수면제도 잘 안 듣더라고요."

"생리는?"

"네? ……아아, 생리는 아직."

"꼬박꼬박 해? 전에 좀 늦는다고 하지 않았던가?"

"네, 뭐, 좀…… 늦게 오는 것 같기도 해요."

사나에는 벽에 붙은 달력에 시선을 던졌다. ……벌써 석 달 가까이 생리를 하지 않았다.

"자기, 혹시 아기 가졌어?"

"네?"

위장에서 식도를 타고 위액이 밀려올라왔다.

사나에는 전화를 끊고 서둘러 세면대로 달려갔다.

눈꺼풀이 무거웠다. 거울을 보니 눈이 보기 싫게 부어올라 있었다. ……정말이다. 이렇게나 붓다니.

'자기, 혹시 아기 가졌어?'

마그리트의 말이 얼굴 주변을 빙글빙글 돌았다.

뭐야, 설마.

나, 임신했나?

사나에는 머릿속에 달력을 그렸다. 손을 꼽아 역산해보았다.

혹시 그때?

그날 취해서 들어온 남편은 막 잠든 사나에의 다리를 벌리고 그대로 성기를 삽입했다. 실눈을 뜨고 남편 얼굴을 올려다보았다. 반쯤 벌어진 얇은 입술 사이로 부자연스러울 만큼 하얗고 고른 의치가 보였다. 사정할 때가 되었는지 입이 점점 벌어지면서 잇몸이 드러났다. 하얀 이와는 대조적으로 병적으로 붉었다. 입이 더 크게 벌어져 이 뒤쪽까지 고스란히 눈에 들어왔다. 하얀 앞쪽과는 정반대로 불결한 누런색이었다. 이 의치를 넣을 때도 시어머니가 돈을 냈다고 한다. 200만 엔은 들었다고 시어머니가 몰래 알려주었다. 의치를 넣기 전 남편은 어떻게 생겼을까. "너랑 똑같이 잇바디가 삐뚤빼뚤했어." "너도 이를 해넣으면 제법 괜찮아질 텐데 아쉽다." 시어머니는 틀니 낀 입으로 히죽 웃었다. 사나에는 이를 악물었다. 사정하고 나자 남편이 사나에의 얼굴에 대고 헉헉거렸다. 냄새가 나서 견딜 수가 없었다.

그래, 그때야.

아, 어쩌지. ……임신. 어쩌지.

그런 남자의 아이는 다시 낳고 싶지 않다. 분명 소심한 주제에 가족에게만 큰소리를 떵떵 치고, 입바른 소리만 늘어놓는 주제에 드러누워서는 눈앞의 쓰레기조차 줍지 않는 그 남자와 판박이인 한심한 남자애가 태어날 것이다. 그런 건 딱 질색이다.

그럼 여자애라면? 여자애라면 내가 얻지 못했던 걸 다 해주자. 예쁜 옷을 잔뜩 사주고, 치아 교정도 어릴 때 시작하고, 발레학원을 보내고, 피아노도 사주자. 보고 싶어하는 만화책도 다 사주고. ……하지만, 역시 필요 없다.

전화가 울렸다. 그러나 사나에의 의식은 소리와 반대 방향으로 뿔뿔이 흩어졌다.

아이는 필요 없어. 아이 같은 거 필요 없다고.

하치오지에 사는 여동생 전화였다. 특별한 용건도 없으면서 가끔 이렇게 연락한다. 얘는 옛날부터 이랬다. 누굴 닮아서 이렇게 붙임성이 좋은 걸까? 아무에게나 살살거리며 친밀한 관계를 쌓으려 든다. 그 뚱뚱한 애와도 결국 친해졌었다. 그애는 『소녀 줄리엣』을 나보다 동생에게 먼저 보여줄 때가 많았다. 그 뚱땡이. 내가 얼마나 고대하는 줄 알면서 그런 심술을 부렸어. 동생도 분명 우쭐했을 테지.

"무슨 일이야?" 사나에가 묻자 동생은 "그냥, 잘 지내나 싶어서" 하고 대답했다.

"잘 지내지. 별일 없어."

"그러면 다행이고. 엄마한테 연락 없었어?"

"없었는데. 그 사람은 날 싫어하잖아."

"아니야. 언니 전화 기다리는걸."

"그래서 용건이 뭔데?"

"잔 마지막 회가 실린 소녀 줄리엣이 옥션에 올라왔어."

사나에는 입술이 움찔움찔 떨렸다. 보지 못했던 마지막 회. 마지막 회가 실린 소녀 줄리엣이 인터넷 경매 사이트에 가끔 올라온다는 것은 사나에도 알고 있었다. 하지만 늘 가격이 높아져 망설이는 사이 다른 사람에게 낙찰됐다. 벌써 세 번이나 놓쳤다.

“그래서 뭐 어쩌라고?” 사나에는 딱딱하게 대꾸했다.

“어, 그냥 알려주려고.”

“그런 말 하려고 전화까지 했어?”

“언니, 마지막 회가 실린 줄리엣 엄청 보고 싶어했잖아.”

“너, 실은 마지막 회 본 거 아니야? 그애한테 빌려서.”

“무슨 소리야. 걔는 그때 갑자기 발길을 뚝 끊었잖아.”

“그러니까 나 몰래 둘이서 만난 거 아니냐고?”

“도대체 뭔 소리래.”

“맨날 나 빼고 둘이서 몰래 뭔가 했잖아.”

“그건—”

“나 다 알아. 너희—”

“아, 미안. 애가 깼네. 그럼.”

동생과 통화하면 늘 이런 식이다. 이쪽에서 일방적으로 싸움을 걸지만 동생은 반응하지 않고 어느새 전화를 끊는다.

아아, 정말 짜증난다. 왜 얘는 나보다 먼저 전화를 끊는 걸까. 당하는 입장에선 한없이 기분이 나빠진다.

그리고 왜 이제 와서 내 오래된 상처를 헤집는 거야.

잔의 마지막 회? 그래, 난 그걸 실시간으로 못 봤어.

『소녀 줄리엣』을 가져오던 뚱뚱한 여자애는 마지막 회를 앞두고 느닷없이 발길을 끊었다. 토요일이 되자 사나에는 마음을 졸이며 기다렸지만 결국 그애는 오지 않았고, 잔은 마지막 회를 맞이했다. 내용이 충격적이었던 모양이라 반 아이들이 소란을 떨었지만 사나에는 결말을 보지 못했다.

사나에의 머릿속에서 어둡고 무거웠던 그날의 축축한 분위기가 되살아났다. 홀로 남은 교실. 모두 돌아간 후 친구들 책상을 확인하며 돌아다녔다. 누가 『소녀 줄리엣』을 두고 가지는 않았을까. 쓰레기통까지 뒤지다가 두고 간 물건을 가지러 온 반 친구에게 들켰다. 결국 더 심하게 쓰레기 취급을 당했고, 도둑년이라는 말까지 들었다. 그 여파는 중학교까지 이어졌다. 급식을 혼자 먹어야 했고 방과후에도 홀로 집에 돌아갔다.

한편 동생은. 붙임성 좋고 살랑거리는 성격 덕분에 늘 많은 친구에게 둘러싸여 있었다. 중학교 때는 학생회 부회장으로 뽑혔고, 고등학교 때는 연극부 부장을 했다. 동생이 청춘을 구가할 때 나는 혼자 방에 틀어박혀 우울하게 달력에다 가위표를 했다. 마치 죄수 같은 생활이었다. 아니, 차라리 죄수가 낫다. 언젠가 해방되는 날이 오니까. 하지만 내 달력에는 끝이 없다. 지금도, 그리고 앞으로도, 달력은 계속 이어진다. 무미건조한 숫자가 무의미하게 줄지은 달력. 아침에 일어나서, 아침밥을 하고, 빨래하고, 청소하고, 장 보러 나가고, 빨래 걷고…… 그런 일이 되풀이되는 달력.

사나에는 어느새 2층 베란다에 와 있었다. 빨래를 걷어들였다. 습관이란 참으로 대단하다. 하고 싶다는 생각이 전혀 없어도 시간이 되면 이렇게 빨래 앞에 서 있다. ……정말이지, 난 뭘까. 언제까지 이런 일을 계속해야 할까. 끝내고 싶다.

누가 끝내줘, 내 달력을.

사나에는 빨래를 걷은 김에 침실로 가 경대 앞에 앉았다. 수납함에서 열쇠를 꺼내 서랍 열쇠구멍에 꽂았다. 열쇠를 돌리자 서랍은 아무 저항 없이 열렸다. 이래서야 빈집털이가 들어오면 제일 먼저 도둑맞겠네.

사나에는 예금통장을 꺼냈다. 남편 모르게 꿍쳐둔 돈이다. 처음에는 언젠가 생활비에 보태려고 모으기 시작했지만, 도저히 못 참을 지경이 되면 이 돈을 가지고 집을 나가려고 해약하지 않고 꾸준히 돈을 붓고 있다. 잔고는 500만 엔 조금 더 된다. 이 돈으로 얼마나 생활할 수 있을까? 일 년? 반년? ……역시 일을 해야 한다. 하지만 내가 뭘 할 수 있을까?

서랍 더 깊숙이에는 파란색 서류철이 있다. 그 안에 이혼 서류를 숨겨두었다. 여차하면 직접 남편 이름을 써서 관청에 제출할 생각이었다. 사나에의 비장의 카드이자 마음을 의지할 곳이기도 했다. 이것이 있어서 지금까지 어찌어찌 버텨냈다. 하지만 이 카드를 써버리면 어떻게 하지. 나한테는 고작 500만 엔밖에 없는데. 고작 그 돈을 보험 삼아 이 생활을 송두리째 버려도 되는 걸까. 그렇지만 이런 생활을 계속하는 것도 지옥이다. 큰 절망이나 고통은 없지만 날마다 목구멍 안쪽에서 구역질이 약하게 치밀어 오르다가 가라앉는다. 만성피로와 수면 부족에 시달린다. 매일 고문을 당해 조금씩 죽어가는 느낌이다.

정신 차리고 보니 사나에는 펜을 움켜쥐고 있었다. 펜촉은 이혼 서류의 남편 서명란에 닿아 있다. 사나에는 거기에 남편 이름을 적었다.

전화가 울렸다. 오늘은 왜 이렇게 전화가 많이 올까? 수화기를 들자 시어머니의 검질긴 목소리가 들렸다. 내일 가도 되니? 네, 물론이죠. 오세요.

거짓말이야. 당연히 거짓말이지. 그 정도쯤은 눈치껏 알아채 줘라, 제발.

사나에는 시어머니가 전화를 끊기 전에 수화기를 내려놓았다.

"내년부터는 너도 운이 좀 피겠구나."

오늘도 시온 님이 와서 그런 무책임한 소리를 했다. 옆에서 시어머니가 암암 하고 고개를 끄덕였다.

"지금은 좀 정체기라 기분이 가라앉곤 하겠지만 거짓말처럼 나아질 거야."

기분이 울적한 게 어제오늘 일인 줄 알아? 그리고 이 우울감은 당신들과도 관계가 있다고. 왜 이렇게 뻔질나게 찾아오는 거야? 적을 때는 한 주에 한 번, 많을 때는 하루걸러 한 번. 어차피 기분 전환 삼아 오는 거겠지만 장소를 제공하는 내 입장도 좀 고려해 줘. 사나에는 시어머니가 들고 온 롤케이크를 잘라서 접시에 담아내면서 시온 님의 황송한 말씀에 적당히 맞장구를 쳤다.

오늘은 좋은 말만 하네. 평소에는 생령이니 뭐니 협박 같은 소리를 하면서.

"그래. 우리 며늘아기는 원래 운이 강하니까. 이 정체기가 지나면 다 잘될 거야."

시어머니까지 어색하게 그런 소리를 했다.

아아, 그렇구나. 파란색 서류철. 경대 서랍에 넣기는 했는데 잠그는 걸 깜빡했어. 분명 남편이 그걸 본 거야. 그리고 이혼 서류에 자기 이름이 적혀 있는 걸 보고 제 어머니에게 상의한 게 틀림없어. 아들이 우는소리를 하자 이번에는 며느리의 기를 살리는 작전으로 나온 거야. ……마마보이가 따로 없다니까. 그런 점도 정말 싫어.

"넌 강한 운을 타고났어. 그러니까 이대로가 좋은 거야. 지금 이대로가 최고라고."

시어머니가 몇 번이고 되풀이했다. "너만큼 운이 좋은 사람은 그리 흔하지 않아."

강한 운을 타고났다고? 무슨 헛소리야. 난 재수 옴 붙은 여자라고.

*

"아니야. 지젤 씨는 운이 좋아."

정기 간사 모임 3차로 노래방에 갔을 때 마그리트가 말했다. 최근에 손금 보는 법을 배우기 시작했다는 마그리트는 사나에의 손을 보자마자 "역시 꽃가마 탈 운세네" 하고 목소리를 높였다.

"꽃가마?"

"그래, 분명히 보여."

"그런데 '역시'라니요?" 에밀리가 호기심을 보이며 질문하자 마그리트는 제 일인 것처럼 대답했다.

"지젤 씨 시댁은 자산가야. 이 지방 명사지. 그리고 남편은 도청에 근무하는 엘리트 공무원. 아들은 K대 부속 K고등학교에 다니고."

"어머나, K고등학교? 굉장하네요. 그럼 대학은 그대로 K대에? 아니면 T대?"

에밀리가 어린아이처럼 연신 질문하자 사나에는 가볍게 고개를 저었다.

"걔는 완전히 글렀어. 지금 한창 등교거부중이야. 졸업이나 제대로 할 수 있을는지."

"어머…… K고등학교인데 아깝게."

"K고등학교가 뭐 그리 대단하다고."

기분 탓인지 공기가 멈춘 것 같았다. 마그리트가 쑥 들어간 눈으로 가만히 사나에를 바라보았다.

"아, 다음은 저. 제 손금도 봐주세요." 에밀리가 갑자기 자기 손을 마그리트에게 내밀었다. "솔직히 말씀해주세요. 전 이제 무서울 게 하나도 없으니까."

"아, 그럼 잠깐만. 나중에 또 봐줄게." 마그리트가 사나에의 손을 놓았다. 사나에는 물수건으로 손가락을 하나하나 닦았다. 동시에 귀에 익숙한 전주가 흘러나왔다. 준과 네네의 〈사랑이란 무서워〉였다. 가브리엘이 즐겨 부르는 노래다. 하지만 가브리엘은 노래를 부르지 않고 사나에의 귀에 대고 속삭였다.

"마그리트 씨 따님, K고등학교 떨어졌어요."

"뭐? 그랬어? ……전혀 몰랐어."

정말로 몰랐다. 그러고 보니 난 회원들 사생활에 대해서는 하나도 모르는구나. 다들 이야기하고 싶어하지 않기 때문이다. 하지만 다른 사람들은…… 특히 마그리트는 그런 것들을 잘 안다. 그런 점도 거북하다. 미소 뒤에 뭔가 숨기고 있는 것 같은 느낌을 지울 수 없다.

"자, 누구 네네 파트 불러줄 사람?"

가브리엘이 드디어 마이크를 잡았다.

손금에 푹 빠져 있던 마그리트와 에밀리가 리모컨으로 움직이는 장난감처럼 동시에 손을 들었다. 잠깐 양보에 양보를 거듭한 결과 마그리트가 마이크를 잡았다. 에밀리가 뾰루퉁한 얼굴로 손뼉을 치며 박자를 맞췄다. 사나에도 늦게나마 손장단을 쳤다. 하지만 미묘하게 박자가 어긋났다. 사나에는 열심히 박자를 따라갔다.

어찌된 일인지 요즘 뭘 하든 서먹한 거리감이 느껴진다. 예전에는 그렇게 마음이 잘 맞았는데, 문득 긴장을 늦추면 혼자 붕 떠 있을 때가 있다. ……이제 이 모임에서도 발을 뺄 때가 됐나? 사나에는 그런 생각을 하면서 손뼉을 쳤다.

*

"나 임신했어."

여동생의 말에 사나에는 자기 아랫배에 손을 댔다.

“그렇구나, 축하해. ……그럼 연년생이니?”

“응, 방심했어. 설마 이 나이에 연이어 임신할 줄이야.”

“연년생이면 여러모로 힘들지 않겠어?”

“그렇겠지. 하지만 하늘의 뜻인걸.”

“낳을 거구나.”

“……응.”

“일은? 다시 휴직?”

“그래야겠지. ……사실 그게 문제야. 요즘 세상에 너무 오래 쉬면 쫓겨날 것 같아. 그런 사람 많거든. 출산휴가 끝나고 느닷없이 해고되는 사람.”

“하지만 넌 관리직이잖아.”

“명색일 뿐이지.”

“그럼 안 낳을 거야?”

“……당연히 낳아야지.”

“그럼 됐네, 뭐.”

동생의 전화를 받자 사나에의 가슴속에 정체 모를 초조감이 싹텄다.

세 살 어린 동생은 올해 서른아홉 살이다. 중견 전기기계 제조사 정사원으로 일하며 경력을 쌓아 나름대로 괜찮은 자리에 올랐고, 서른다섯 살 때 다섯 살 연하의 부하 직원과 결혼해 임신했다. 한편 나는. 집을 나오고 싶다는 일념으로 대학을 졸업하자마자 소개팅으로 알게 된 남자와 관계를 가졌다. 그리고 동거를 시작하고 임신해서 결혼했다. 보람찬 직장생활도 감미로운 연애도 해보지 못했고, 일과 연애 사이에서 고민한 적도 없이 이십대는 육아, 삼십대는 아이 교육에 허비한 끝에 사십대를 맞이했다. 이게 내 인생일까? 아들과 남편과 시어머니 안색을 살피며 살아가는 나날이?

"하지만 언니는 인생을 즐기고 있잖아."

동생이 그런 소리를 했다.

"즐기기는 무슨. 늘 고민거리가 가득인걸."

"친구랑 밥도 먹고 연극도 보러 가고. ……인생을 만끽한다는 느낌이야."

"그런 건 그냥 기분전환이지."

"그렇지만 보통은 기분전환을 하고 싶어도 돈이 따라주지 않는걸. 그런 면에서 언니는…… 아, 올여름에는 여행도 갔잖아. 니시이즈에 있는 샤토 호텔. 좋겠다, 나도 거기 가보고 싶은데."

"별로 좋지도 않더라, 뭐."

그날 일이 생각나서 사나에는 미간을 찌푸렸다. 그렇게 지독한 여행은 처음이었다. 그렇게 지독한 여행은. ……아, 뭐지. 방금 아주 불안한 기분이 들었는데.

"언니, 왜 그래?"

"이제 끊어야겠다. 강습 시간 다 됐네. 가봐야 해."

"강습? 또 뭐 시작했어?"

"네 형부 상사 부인이 나서는 바람에 마지못해 하는 거야. 아무튼 끊을게."

나갈 준비를 마치고 현관으로 왔을 때 심한 구토감이 밀려왔다. 사나에는 참지 못하고 제자리에서 뱃속의 것을 모조리 게웠다.

……역시 그건가?

생리는 여전히 오지 않았다. 하지만 전부터 그랬다. 스트레스 탓인지, 생리불순이 된 지 벌써 삼 년이다.

만약 임신이라면 동생과 같은 해에 출산한다. 이 무슨 우연인가. 아들을 낳은 지 십칠 년이 지났다. 그동안 특별히 피임을 하지 않아도 임신하지 않았다. 그런데 하필이면 동생과 같은 해에 임신하다니. 게다가 벌써 마흔이 넘었는데. 이런 나이에 임신하다니, 무슨 의미가 있는 걸까?

"네. 그럼요. 의미 있는 일이죠."

사나에가 전화하자 시온 님은 공손한 투로 말했다. "그 아이는 그대에게 복의 신이 될 겁니다."

"복의 신?"

"네. 지금까지 그대를 괴롭힌 근심과 걱정을 모두 씻어내줄 복의 신이죠. 그러니 꼭 낳으세요."

"저기, 이 일은 어머님께는 비밀로 해주세요. 제가 직접 말씀드리고 싶으니까."

"네, 물론이죠. 그건 그렇고 먼저 연락해주다니 기쁘군요."

정말이지, 왜 전화할 마음이 들었을까? 임신을 확신했을 때 시온 님의 목소리가 제일 먼저 머리에 떠올랐다.

—그대에게 생령이 씌었어.

전에 없이 확고한 말투여서 사나에는 계속 안절부절못했다. 그리고 충동적으로 시어머니가 남기고 간 시온 님의 전화번호를 눌렀다. 그렇다고 임신 사실까지 털어놓다니. 시온 님의 화술에 감쪽같이 걸려들었다. 과연 점쟁이 아니랄까봐 남의 약점을 귀신같이 짚어낸다. 임신 사실은 오늘 안에 시어머니 귀에 들어가겠지. 그렇다면 선택지는 하나. 낳는 수밖에 없다.

"저기……" 사나에는 머뭇거리며 말끝을 흐렸다. "근심 걱정을 모두 씻어내준다면, 전에 시온 님이 말씀하신…… 생령도 해결될까요?"

"생령? ……아아, 그렇지, 그렇지. 그대에게 생령이 씌었지, 남자의 생령이."

"남자?"

"그래. 생면부지의 남자."

전에는 여자라고 했으면서. 내가 아는 사람이라면서. 역시 시온 님은 입에서 나오는 대로 지껄일 뿐이다. 어깨 힘이 빠졌다. 기가 찬다. 우스워서 견딜 수가 없었다.

"그 남자는 그대를 일방적으로 사랑해. 그대는 미인이니 조심해야 해. 시어머님도 그게 걱정이셔. 그대가 다른 남자와 어떻게 될까봐. 부군도 그게 걱정이고. 자기 몸을 지키는 데 좀더 주의를 기울이도록."

이 돌팔이 점쟁이가 무슨 소리람.

전화를 끊고 나서 사나에는 혼자 폭소했다. 역시 시온 님은 돌팔이야, 엉터리라고. 어머님도 참, 그딴 인간한테 심취하다니 광대가 따로 없네. 아아, 웃겨라. 배가 아파.

하하하하하하하. 바보 같아. 하하하하하하, 얼토당토않은 사기꾼이야, 하하하하하하하……

웃음이 가시자 흐리멍덩하던 머릿속이 맑아졌다. 오랜 비가 그치고 쾌청해진 것처럼 몸과 마음 모두 가벼웠다.

낳자.

가슴속에서 잊어버렸던 따스한 감정이 솟아올라 순식간에 사나에의 온몸을 감쌌다. 양달에 있는 듯한 이 감각.

모성이다.

사나에는 병원에 가기로 했다.

"임신 팔 주째군요."

의사의 말에 사나에는 머릿속으로 손가락을 꼽았다.

아니다. 그날이 아니다. 남편이 취해서 돌아온 건 석 달 전인 6월이다.

"정말로 팔 주인가요?"

"네, 그렇습니다."

두 달 전에 수정됐다는 뜻?

두 달 전.

한순간 굳어졌던 사나에의 표정이 웃음으로 바뀌었다.

사나에는 병원을 나서자마자 마그리트에게 연락했다. 다음주에는 정기 모임이 있다. 10월 다과회를 앞둔 중요한 모임이다.

"미안해요, 이번 모임 못 나가겠네요."

"그래?"

"아마도 당분간 못 나갈 것 같아요. ……다과회도."

"무슨 일 있어?"

"임신했어요."

"역시?"

"네."

"남편 아이?"

"네?" 사나에의 뺨에서 급격히 웃음기가 사라졌다.

"아니야, 미안해. 저번에 남편하고는 전혀 잠자리를 안 한다고 들어서."

"아아, 그런 이야기 했었죠. 하지만 남편이 술 먹고 들어온 적이 있어서요."

"아, 그렇구나. 흔한 일이지."

"네, 그래서 피임도 하지 않고 그만."

"그래. ……자기, 올해 몇 살이더라?"

"네? ……마흔하나인데요."

"생일 다 됐지? 다음달이었나? 그럼 그때 마흔둘?"

"네. 하지만 아직 마흔한 살이에요."

"알아. 아무튼 고령출산이네."

"네, 그렇죠. 고령출산이네요. 뭐 요즘은 그리 드문 일도 아니잖아요?"

"그야 그렇지만. ……그래도 나이들어 임신하면 위험이 제법 큰 모양이더라고. 내 주위에 역시 마흔 넘어서 임신한 사람이 있었는데 임신중독이 심해서…… 결국 유산했어."

"……그렇군요."

"아무튼 몸조심해. 나이도 나이니만큼. 아, 정기 모임은 걱정 마. 우리끼리 잘 운영할 테니까."

"……고마워요." 뭐야, 왜 자꾸 나이를 들먹여. 난 아직 마흔한 살이야. 다음달이면 마흔두 살이 되지만 아직은 마흔한 살이라고!

"……저기, 진짜로 남편 아이인 거지?"

사나에는 대답하지 않고 전화를 끊었다.

*

"결국 셋만 남았네요." 에밀리가 중얼거렸다.

12월이 되었다.

이케부쿠로 선샤인시티 근처의 노래방. 좋아하는 나폴리탄 스파게티를 포크로 말면서 에밀리가 말했다. "지젤 씨, 임신했잖아요. 이제 돌아오지 않으면 어쩌죠?"

"걱정 마." 마그리트가 다코야키를 우물거리며 말했다. "누가 뭐래도 잔에 제일 집착하는 건 그 사람이니까. 절대로 그만둘 리 없어. 뭐니 뭐니 해도 고등학생 때부터 회원이었는걸."

"고등학생 때부터? 그렇군요. 여러분 모두 팬클럽에 가입한 지 오래되셨네요. 마그리트 씨도 아마."

"응, 난 중학생 때부터."

"굉장하네요! 부러워요. 저는 규슈에 살아서 팬클럽이 있다는 것조차 몰랐어요."

"뭐, 그럴 테지. 오래된 회원은 대부분 도쿄 근교에 살던 사람들이야."

"이런 부분에서도 지역 격차가 느껴지네요. 그런데 중학교 때부터라면—"

"아키즈키 미유리 선생님이 고문을 맡아주신 무렵이었지."

"그럼 선생님을 뵌 적 있으세요?" 에밀리가 안경 너머로 호기심 가득한 눈을 반짝이며 물었다.

"응. 딱 한 번 다과회에 참석하신 적이 있어."

"어떤 분이셨어요?"

"정말 예쁜 분이야. 늘씬하니 키도 크고."

"우아, 저도 그 다과회에 참석했다면 얼마나 좋았을까."

"……그러게."

마그리트는 말을 흐렸다. 어린 시절의 설익은 열정이 되살아났다. 하지만 어쩔 수 없었다. 그때는 모두 젊었다. 너무 어렸다. 그리고 그만큼 모두 열렬히 잔을 사랑했다.

"미레유 씨도 오래되셨죠?" 에밀리가 입가에 묻은 케첩을 혀로 핥으며 말했다.

"응?"

"마그리트 씨보다 팬클럽 활동을 오래하셨잖아요."

"아아, 그렇지. 내가 가입했을 때 이미 회원이었어. 그땐 고등학생이었지. 곧 중퇴한 모양이었지만."

"어제 뉴스 보셨어요?"

"응?"

"오다하라 산속에서 신원불명 여자의 시체가 발견됐대요. 상태로 봐서 죽은 지 다섯 달쯤 지난 것 같다고 했어요."

"다섯 달?"

"……어쩌면 미레유 씨일지도 몰라요."

"뭐?"

"역시 간사 세 명으로는 문제가 있군요." 가브리엘이 믹스너트를 집으며 이야기를 끊었다. "올가을 다과회에서도 문제로 떠올랐고요. 슬슬 새로운 분을 영입하는 편이 좋을 것 같은데요."

"응. 그래…… 누구 적당한 사람 있어?" 마그리트가 입에 가져갔던 다코야키를 그릇에 내려놓았다.

"전에도 말씀드렸는데, 니나 씨는 어때요?" 가브리엘이 의견을 냈다.

"아, 그렇지." 마그리트는 수첩을 펼쳤다. "그런데 딸이 수험생 아닌가? 여러모로 바쁠 것 같은데."

"그건 괜찮다고 했어요. 정기 모임에도 반드시 참석하겠다고 했고요."

"그래. 그렇게까지 말한다면야. ……책임감도 있는 것 같고. 가입한 지는 그리 오래되지 않았지만."

"니나 씨도 되돌아온 팬인가요? 저처럼 인터넷에서 팬클럽의 존재를 알고……" 에밀리가 묻자 마그리트는 수첩을 더 넘겼다.

"어디 보자, 그 사람이 가입한 게…… 그래, 육 년 전이네. 하지만 잡지에 연재될 때부터 잔을 봤다니까 옛날부터 팬이었나 봐. 연재 당시 출판사가 주관하는 팬클럽에도 가입했다 하고." 그리고 수첩에 뭔가 써넣더니 혼잣말처럼 말했다. "……그래. 니나 씨라. ……나도 이의는 없지만, 지젤 씨가."

"니나 씨랑 온라인상에서 몇 번 부딪친 적 있죠? 하지만 지젤 씨는 당분간 참석 못하잖아요? 게다가 돌아올지 말지도 모르고요. 그러니까 괜찮지 않을까요?" 에밀리가 스파게티를 먹으며 말했다. 가브리엘도 고개를 끄덕였다.

"좋아, 알았어. 그럼 일단 니나 씨한테 물어봐야겠네. 집에 가서 바로 연락해볼게." 마그리트가 수첩에 뭐라고 끄적거렸다. 사전처럼 두꺼운 수첩에는 팬클럽에 관련된 온갖 정보가 적혀 있다.

"마그리트 씨는 정말 대단하세요."

"응?" 에밀리가 갑자기 말하는 바람에 마그리트는 펜을 움직이던 손을 멈췄다.

"팬클럽을 실질적으로 운영하고 있잖아요. 정기 모임 준비, 다과회 기획, 회지 발행, 돈 관리는 물론이고, 회원들한테 연락하고 이것저것 절충하고. 전부 마그리트 씨 몫이에요. 저희한테 좀 더 맡겨주셔도 되는데. 그렇죠, 가브리엘 님?"

그렇게 말하며 에밀리는 옆자리의 가브리엘에게 몸을 기댔다. 손에 든 포크에는 스파게티 두 가닥이 축 늘어져 있었다. 손목에는 새 시계. ……이 사람, 만날 때마다 뭔가 새것을 하고 온다. 화장과 옷도 화려해졌다. 그만큼 보험금이 많이 들어왔나? …… 우리집도 남편이 죽으면 3천만 엔이 들어와. 하지만 3천만 엔으로 뭘 하겠어. 변변한 집 한 채도 못 사는데.

"저희가 뭐든 도울게요."

"아니야. 괜찮아." 마그리트는 새치 섞인 머리를 가볍게 저었다. "내가 좋아서 하는 일이니까. 나 이런 거 좋아해. 오히려 할 일이 없으면 생활의 버팀목을 잃을 거야. 나한테는 이 활동이 유일한 삶의 보람이거든."

마그리트는 수첩을 덮고 희미하게 웃었다.

*

임신한 지 다섯 달이 되어도 입덧이 심해 몸이 생각대로 움직이지 않았다. 사나에는 마그리트의 말이 떠올랐다.

—그래도 나이들어 임신하면 위험이 제법 큰 모양이더라고. 내 주위에 역시 마흔 넘어서 임신한 사람이 있었는데 임신중독이 심해서…… 결국 유산했어.

아니야, 괜찮아. 사나에는 크게 고개를 저었다.

몸 상태는 최악이지만 나쁜 일은 일어나지 않았다. 오히려 상황은 좋은 방향으로 나아가고 있었다.

십칠 년 만의 임신은 사나에의 생활과 환경을 송두리째 바꾸었다. 닫혀 있던 방의 창문을 활짝 연 것처럼 새로운 바람이 탁한 공기를 정화해갔다.

남편은 "남사스럽게 늦둥이라니" 하면서도 기쁜 기색을 감추지 못했고, 시어머니는 여전히 간섭했지만 집안일과 장보기를 대신해줘서 큰 도움이 되었다. 가장 큰 변화는 아들이었다. 쭉 틀어박혀 있던 방에서 나오더니 학교에 복학하겠다고 선언했다. 가고 싶은 대학도 있다고 했다. 아무래도 목표를 찾은 것 같았다.

시온 님 말대로 뱃속 아이는 정말로 복의 신인지도 모른다. 요전번 검진 때 딸이라는 사실을 알았다. 딸. 아아, 딸이구나. 분명 예쁜 아가가 태어날 거야. ……아아, 기대돼. 무슨 옷을 입힐까. 첫 히나마쓰리* 때는 화사한 분홍색 드레스를 입혀야지. 시치고산** 때는 누구에게도 뒤지지 않을 만큼 호화로운 기모노를 입히고. 피아노랑 발레도 가르쳐야지.

"그래서 손님방을 리폼해서 아기방으로 만들었어요. 오늘 아기 침대가 배달될 거예요."

마그리트의 전화를 받고 사나에는 들뜬 목소리로 말했다. 정기 모임은 쭉 쉬고 있지만 이렇게 가끔 마그리트한테서 전화가 온다.

"건강한 것 같아서 마음이 놓이네. 몸 상태가 안 좋다길래 걱정했거든."

"네, 하지만 하루종일 누워 있을 정도는 아니에요."

"그거 다행이네. ……그런데 말이야."

"왜요?"

"뉴스 봤어?"

"네? 무슨 뉴스요?"

"오다하라 산속에서 발견된 시체 말이야, 아무래도 미레유 씨

---

* 여자아이의 무병장수와 행복을 기원하는 일본의 전통 행사.

** 남자아이는 세 살과 다섯 살, 여자아이는 세 살과 일곱 살 되는 해에 신사 등에서 아이의 무사한 성장을 감사하고 축하하는 행사.

인 것 같아."

"네?"

"살해당한 뒤 암매장됐나봐."

"……그, 그래요?"

"이게 몇 명째람. 역시 잔의 저주가 있는 걸까?"

"잔의 저주?"

"인터넷에 그런 소리가 돌아다녀. 잔의 팬은 저주받았다고."

"설마요."

"그러니까 자기도 조심해. 중요한 시기니까."

"아…… 네."

"그리고 이제 본론인데."

"네?"

"간사 말이야. 자기가 계속 빠진 상태라서 정식으로 한 명 보충하자는 이야기가 나왔어."

"아아, 그래요."

"니나 씨로 결정될 것 같은데."

니나라는 이름에 한순간 불쾌감이 들었지만 이제 와서 그렇게 적극적으로 반대할 기분도 아니었다.

아직 입 밖에 꺼내지는 않았지만 장차 이 팬클럽에서는 탈퇴할 생각이었다. 아이가 태어나면 팬클럽에 투자할 시간이 없다.

실제로 팬클럽에 대한 열정도, 『푸른 눈동자의 잔』에 대한 집착도 거짓말처럼 사라졌다. 결국 그런 정열이나 집착은 사춘기의 신열과 비슷한 것이고, 가정이나 가족, 인간관계에서 달아나기 위한 방편에 지나지 않았다. 인터넷이라는 새로운 도구를 손에 넣은 것이 도피행에 더더욱 박차를 가했다.

지금 돌이켜보면 자신이 그런 데 미쳐 있던 탓에 현실세계의 여러 일이 일그러지고 금간 것이다. 아들이 방에 틀어박힌 것도 모임 활동에 열심이었던 무렵부터다. 내 쾌락을 추구하는 데 바빠 고뇌하는 아들이 보내는 구조 신호를 하나도 알아차리지 못했다. ……가정이 그야말로 붕괴 직전이었는데 전부 남 탓으로 돌리고 스스로를 불쌍한 인간으로 꾸미며 계속 도피했다. 시야가 극도로 좁아져 있었다.

하지만 지금은 다르다. 임신을 계기로 광각렌즈를 낀 것처럼 시야가 다시 넓어졌다. 그러자 왜곡된 부분들이 눈에 들어왔다. 예를 들면 이 전화. 지금까지처럼 상대를 '마그리트 씨'라고 불렀지만 몹시 겸연쩍고 어처구니가 없었다. 게다가 '지젤 씨'라고 불리자 등에서 엉덩이까지 근질근질했다.

"니나 씨면 괜찮지 않겠어요?" 사나에는 빠르게 말했다.

"진짜? 니나 씨로 정해도 되겠어? 하지만 두 사람—"

하긴 사소한 일로 자주 다퉜지. 지금 생각하면 정말로 바보 같은 말다툼이다. 초등학생 싸움이야. 그때는 정신이 나갔었나봐.

"네, 이의 없어요."

"그래, 알았어. 지젤 씨랑 니나 씨가 잘 지내면 나도 위가 덜 아프겠네."

그건 좀 무리일 것 같다. 그 사람하고는 절대 잘 지내지 못해. 그러니까 내가 그만둬야지. ……그래, 좋은 핑곗거리가 생겼어. 니나 씨 핑계를 대면 아무도 내 변심을 탓하지 않겠지. ……뭐, 마그리트 씨는 위가 아플지도 모르지만.

"그리고 이건 다른 이야기인데, 에밀리 씨 말이야." 마그리트의 목소리에 날 선 기운이 감돌았다.

"에밀리 씨가 왜요?"

"에밀리 씨, 남편이 죽은 뒤로 묘하게 대담해졌어. 너무 나대. 보고 있으면 곤혹스러울 정도라니까."

확실히 에밀리는 그 사건을 경계로 어딘가 변했다. 뭘 하든 조심스러웠는데, 사건 이후로는 적극적으로 행동하고 발언도 많아졌다. 그리고 묘하게 밝아졌다.

"어제도 비싸 보이는 시계를 차고 왔더라고."

"그러고 보니 전에는 샤넬 백을 새로 샀죠. 다음에는 에르메스 버킨백을 갖고 싶다고 했고. 보험금이 꽤 많이 들어왔나봐요."

"그 사람 역시……"

똑똑히 말하지는 않았지만, 마그리트는 에밀리가 실비아를 살해한 게 아닐까 생각하는 것 같았다.

"보험금이 들어와서 간이 커진 것뿐이에요."

"그럴까? 그럼 누가 실비아 씨를?"

"그야 에밀리 씨 남편이죠."

"그걸 곧이곧대로 믿어? 그러고 보니 실비아 씨 아들은 어떻게 지내려나."

"규슈의 친척집에 맡겨졌다고 들었는데요."

"걔도 참 안됐어. 부모가 그 모양이었으니. 하지만 지금은 숨통이 트였겠지. 잘살면 좋겠다."

"……네, 그러게요."

"그나저나 문제는 에밀리 씨야. 어제도 가브리엘 씨한테 찰싹 붙어 있더라고. 보는 내가 다 민망할 지경이었어."

"가브리엘 씨한테? ……하지만 에밀리 씨가 아무리 자기 존재감을 내세워봤자 결국은 신참이에요."

"그래, 신참이지."

"물론이에요. 지금은 마그리트 씨가 제일 고참이니 자신감을 가져요."

"그래. 그리고 자기도."

"네?"

"우리 친구지?"

마그리트의 이야기는 계속 이어졌다. 친구. 순간 꺼림칙한 감정이 터져나왔다. ……친구. 『푸른 눈동자의 잔』의 주제다. 그리고 '푸른 6인회'의 모토. 잊어버린 것은 아니다. 그러나 앞으로도 이 말에 얽매이기는 싫다. 절대로 싫다. 영원히 이 사람들과 함께라니…… 싫어.

"네, 친구죠."

하지만 사나에는 그렇게 대답했다. 그리고 전화를 끊었다. 오늘은 아기 침대가 배달되는 날이다. 통화하고 있을 여유는 없다.

아기 침대가 아직도 배달되지 않았다. 소파에 앉아 속을 태우는데 전화가 울렸다. 판매업자 전화인가 싶어 사나에는 급히 무선전화기를 끌어당겼다.

"사나에?"

어머니였다.

"뭐야, 엄마구나. ……왜?" 무심코 말투가 퉁명스러워졌다.

"리에한테 무슨 일 있었는지 아니?"

여동생 이름을 들으니 아닌 게 아니라 최근 들어 연락이 없다는 생각이 들었다. 그애도 슬슬 오 개월이다.

"리에가 뭐 어쨌는데?"

"역시 모르는구나?"

"그러니까 뭐냐고?"

"너희도 참. 정작 중요한 이야기는 서로 안 한다니까."

"도대체 뭔데?"

"걔, 유산했어."

"뭐?"

"지난달에."

"……그랬어? 진짜 몰랐어."

"좀 진정되면 한번 보러 가봐. 너희 가까이 살잖아."

하나도 안 가깝다. 여기서 족히 한 시간 반은 걸린다. 그리고 나도 몸 상태가 안 좋아서 근처에 장 보러 나가기도 힘들다. 하지만 사나에는 그런 속내를 꿀꺽 삼키고 말했다.

"응, 알았어. 좀 진정될 때쯤 보러 갈게."

그런데 어쩌다 유산을.

무슨 일 있었나? 무선전화를 충전기에 내려놓으려고 손을 뻗은 순간 어질하더니 눈앞이 깜깜해졌다. 종종 겪는 현기증이다. 임신한 후로 줄곧 이런 현기증이 덮쳐온다. 사나에는 정신과 의사에게 처방받은 약을 꺼내 입에 털어넣었다. 그렇게 독한 약은 아니다. 태아에게도 영향이 없다고 들었다. 이것만은 끊을 수 없다. 사나에는 소파 깊숙이 몸을 묻었다.

잔의 저주. 마그리트의 말이 귓속에 되살아났다. ……그러니까 자기도 조심해. 중요한 시기니까.

울창한 산속에 묻힌 미레유의 부패한 얼굴이 떠올라서 사나에는 움찔했다.

가슴이 쿵쿵 뛰었다.

사나에는 눈을 게슴츠레 뜨고 심호흡을 되풀이했다.

맞다. 아기 침대. 아직 안 왔나?

인기척이 났다. 누구지?

뭐야? 당신들 누구야?

"아기 침대 배달 왔습니다."

어디로 들어왔어? 야, 뭐하는 거야? 멋대로 남의 집에 들어오지 마! 잠깐, 야, 잠깐!

"아기 침대는 어디 놓을까요?"

이제 됐어, 그쯤에 놔둬. 그리고 냉큼 돌아가.

"여기면 될까요?"

잠깐 기다려. 그 아기 침대, 내가 산 게 아니잖아. 난 이렇게 구질구질한 침대 산 적 없어. 색깔부터 전혀 다르잖아. 내가 산 건 화사한 분홍색이라고. 딸이 쓸 건데 이렇게 어두운 색깔을 사겠어?

"아니요, 분홍색입니다. 잘 보세요."

무슨 소리야. 그건 분홍색이 아니야.

"아니요, 잘 보시라니까요. 자, 자."

아, 진짜네. 예쁜 분홍색이야. 참 예쁜 색깔. 참…… 어? 뭐야 이거! 피잖아! 왜 이런 곳에 피가? 왜 이렇게 피가?

"사모님, 그건 사모님 피입니다. 사모님, 지금 피투성이예요. ……혹시 유산하셨어요?"

뭐? 말도 안 돼. 설마.

"아아, 역시. 아이가 떨어졌군요. 자업자득입니다. 천벌이에요."

천벌이라니?

"본인이 제일 잘 아시면서. 그보다 보세요. 피 천지입니다. 피가 멎질 않네요."

진짜다. 피가 이렇게나. 안 돼, 안 돼, 안 돼.

아가, 우리 아가!

사나에는 제 목소리에 놀라 벌떡 일어났다. 손에서 약이 떨어졌다.

"아가야!"

급히 하반신을 확인해보았다. 아무 이상 없었다.

다행이다. 꿈이었어.

악몽을 꿨어. ……정말로 끔찍한 악몽이었어.

역시 내가 하려는 일은 부도덕한 짓일까. 그래서 그런 꿈을 꾼 걸까. 부도덕? 사나에는 자조했다. 뭐야, 이제 와서 도덕 타령이라니.

하지만.

사나에는 경대 서랍에서 파란색 서류철을 꺼냈다. 이혼 서류가 들어 있다. 이대로 이혼하고 그 사람 품에 안기는 게 좋을까? 그게 올바른 길 아닐까? 역시 올바른 길을 선택해야 하지 않을까?

그 사람을 만나야 해. 그 사람을.

사나에는 휴대전화를 움켜쥐고 그 사람의 이름을 눌렀다.

하지만 전화는 연결되지 않았다.

일하는 중? 바쁜가?

지금 몇시지? 아, 이제 겨우 정오가 조금 지났네. ……아기 침대는 아직인가.

휴대전화가 울렸다. 그 사람일까. 하지만 보이는 건 마그리트의 이름이었다. 또? 아까 통화했으면서.

"저기, 지젤 씨."

"무슨 일이에요? 지금 나가려는 참인데." 그럴 생각은 없었지만 빨리 전화를 끊고 싶어서 거짓말이 튀어나왔다.

"아기 침대 기다리는 거 아니었어?"

"네, 그런데 급한 볼일이 생겨서요. 하치오지에 사는 여동생 집에 가려고요. 그애, 유산했대요." 그건 사실이었다. 입에 담은 순간 정말로 동생을 보러 가야겠다는 기분이 들었다.

"어머나, 딱하게도."

"그러니까 달래주러 가야 해요."

"하필 이런 때 전화해서 미안해. 있지, 하나만 말해줄래?"

"뭔데요? 저 정말로 바빠요."

"있잖아, 뱃속의 아기…… 진짜 남편 아이야?"

*

"다 죽어가는 꼴은 아니네."

사나에가 말하자 여동생 리에는 노골적으로 불쾌한 티를 내며 대꾸했다.

"난 괜찮아. 그런데 언니."

언니가 느닷없이 찾아와서 리에는 적잖이 곤혹스러운 모양이었다. 차 한잔 대접하지 않고 물었다.

"연락도 없이 갑자기 왜 온 거야?"

"엄마한테 전화로 네 이야기 들었거든."

"언니도 조심해야 할 시기잖아."

"네가 걱정돼서."

"언니, 임신중독이지? 지금도 안색이 별로야."

"내 걱정 마. 오늘은 제법 컨디션이 좋아."

"하지만…… 이런 시간에."

리에는 시계를 보았다. 오후 다섯시가 오 분 지났다. 이런 어중간한 시간에……라고 핀잔을 주는 듯한 동생에게 사나에는 말했다.

"아기 침대가 안 왔어."

"뭐?"

"오늘 오기로 했거든. 그런데 입고가 늦는다는 연락이 왔어. 연말이라서 이래저래 늦어지나봐. 당분간은 배달 안 될 거야."

"그렇구나."

"그런데 이제 몸은 괜찮니?"

"응, 덕분에."

"어쩌다가? 뭐가 원인이야?"

"응……? ……회사에 갔었어."

"회사에? 왜?"

"몸 상태도 좋았고, 딸 어린이집도 결정됐고 해서."

"휴직했잖아?"

"상황을 좀 살피러 간 거야."

"왜?"

"어쩔 수 없잖아. 우리 회사가 대기업도 아니고. 출산휴가를 이유로 해고당하면 어떡해. 그러니 가끔은 얼굴을 내밀어야지."

"하지만 결국 그래서."

"회사는 상관없어. 전철 안에서 상태가 나빠진 거니까."

"러시아워에 탔어?"

"러시아워를 피한다고 피했는데."

"이 답답이가. 정말 답답해 죽겠네. 러시아워를 피하면 뭐해, 여기서 도심까지 두 시간은 걸리는데. 그것만으로도 몸에 부담이 된다고."

"그래. 여기는 촌동네야."

동정심을 표하려 애썼으나 리에한테는 잘 전해지지 않은 것 같았다. 리에가 쏘아붙였다.

"이노카시라 선을 타고 십오 분만 가면 시부야가 나오는 언니 동네랑은 다르다고. 이딴 촌동네, 정말 정떨어져."

리에는 입을 꾹 다물더니 그제야 주전자를 가스레인지에 올려놓았다.

침묵이 이어졌다. 까마귀가 시끄럽게 울었다.

“저기, 언니.” 찻잔을 꺼내며 리에가 중얼거리듯이 말했다.

“왜?”

“언니, ‘푸른 전설’이라는 사이트 알아?”

“응?” 눈꺼풀이 파르르 떨렸다. “……뭐야, 그게?”

“푸른 눈동자의 잔 팬 사이트래.”

“그, 그렇구나. ……그런데 왜?”

“지난번에 소녀 줄리엣이 옥션에 올라왔다고 했었잖아.”

“아, 아아. 잔의 마지막 회가 실린 그거?”

“응. 그 소녀 줄리엣, 미이의 책이었어.”

“미이?”

“응. 미이. 기억나?”

물론 기억난다. 매주 『소녀 줄리엣』을 들고 오던 뚱땡이. 『소녀 줄리엣』을 무기 삼아 우리 자매를 휘둘렀던 그 뚱땡이.

“어떻게 미이 책인 줄 알았어?”

“옥션에 올라온 소녀 줄리엣 사진을 보고 알았어. 표지에 이름이 적혀 있더라고.”

“이름?”

“왜, 미이는 자기 물건에 무조건 이름을 적었잖아.”

“응, 그랬지.”

“그 줄리엣에도 매직펜으로 ‘미이’라고 쓰여 있었어.”

"그게 진짜 미이일까?"

"나도 그걸 확인하고 싶어서 잡지를 올린 사람에게 메일을 보내봤어. 그랬더니 정말 미이더라고. 옛날 생각이 나서 전화번호 알려줬더니 바로 전화 오더라."

"지금은 어떻게 지낸대?"

"주부래. 고다이라 쪽에 산다나봐. 통화중에 미이가 재미있는 사이트가 있다면서 '푸른 전설'을 알려줬어."

"그…… 그래? 걔도 회원이야?"

"그런가봐. 오래된 모양이더라고. ……아, 언니는 몰랐구나. 분명 알고 있을 줄 알았는데. 혹시 회원 아닐까 싶기도 했어."

"설마, 이 나이에 그런 데 가입하겠니."

"그치만 언니는 잔을 엄청 좋아했잖아."

"그 정도는 아니었어. 그거 말고도 좋아한 만화가 많았는걸."

"뭐, 아무튼. 그런데 미이는 언니를 아는 것 같던걸."

—그대에게 생령이 씌었어.

느닷없이 시온 님의 말이 떠올라 눈꺼풀을 꾹 눌렀다.

이윽고 눈앞이 캄캄해져서 사나에는 의자에서 굴러떨어졌다.

"악, 언니! 괜찮아?"

"응, 괜찮아." 다시 의자에 앉은 순간 귀에 익은 벨소리가 들렸다. 사나에는 백에서 휴대전화를 꺼냈다.

아, ……씨? 사나에는 당황해서 휴대전화를 귀에 댔다.

리에가 의아한 눈으로 사나에를 가만히 바라보았다.

전화를 끊고 사나에는 말했다.

"……나, 이만 가봐야겠다."

"안색이 창백한데."

"돌아가야 해."

"정말 괜찮아? ……역까지 차로 바래다줄까?"

"괜찮아. 애도 있는데 어딜 나오려고."

"하지만."

"걱정 마. 정말 괜찮아."

"전철이 붐비지는 않을까?"

"상행선이니 괜찮아. 이 시간에는 텅 비었을 거야."

하지만 전철은 사람으로 미어터졌다. 몸을 제대로 움직일 수 없을 지경이었다. 사방에서 무수한 숨결이 밀려왔고, 온도도 믿기지 않을 만큼 높아졌다. 서 있을 수가 없었다. 부탁이야. 누가 자리 좀 양보해줘. 부탁이야, 배 누르지 마. 제발, 나 임신했다고!

"어머, 사나에 아니니?"

누구야?

"나야. 미이."

미이!

"요즘 어떻게 지내? 게시판에 글을 안 올려서 걱정했어."

게시판?

"'푸른 전설' 게시판 말이야. 나도 글 올린 적 있는데, 알아차렸어?"

너 누구야? 누구냐고? 시선을 모았지만 얼굴이 확실히 보이지 않았다.

"나라니까. 미이. 지금은 니나라는 닉네임으로 활동해."

니나? 네가 니나였어?

"이번에 간사로 참여하게 됐어. 잘 부탁해. 같이 모임을 지켜나가자."

싫어, 싫다고. 이쪽으로 오지 마.

"그러지 마. 난 널 만나고 싶었어. 꼭 주고 싶은 게 있었거든."

암흑에서 쑥 튀어나오듯 『소녀 줄리엣』이 사나에의 눈앞에 나타났다.

"자, 이거. 소녀 줄리엣이야. 마지막 회가 실린."

아아, 이게 그 『소녀 줄리엣』. 보고 싶었어. 계속 보고 싶었어. 그런데 왜? 왜 갑자기 발길을 끊었어? 그렇게 예뻐했는데, 많이 놀아줬는데.

"집안 사정 때문에 갑자기 이사 가게 됐었거든. ……몰랐어?

아버지 회사가 망해서 야반도주하듯이 떠나야 했어."

부모님이 비밀리에 그런 이야기를 하는 것을 들은 적이 있다. 하지만 그런 건 아무래도 상관없어. 내가 『소녀 줄리엣』에 실린 『푸른 눈동자의 잔』을 얼마나 보고 싶었는데!

"그래, 네 목적은 그거였지. 날 귀여워해준 것도, 놀아준 것도 전부 줄리엣을 보기 위해서였어. 넌 줄리엣을 보고 나면 대번에 쌀쌀맞게 변했어. 정말 슬펐지. 하지만 난 네가 좋았거든. 너랑 놀고 싶은 마음에 매주 빼먹지 않고 줄리엣을 사서 네가 사는 동네로 갔어."

그런데 마지막 회가 실린 줄리엣은 가져오지 않았어. 왜?

"속았네. 난 가져갔어. 그런데 네가 아직 학교에서 돌아오기 전이라 리에한테 맡겼지. 다음날 언니도 봤다면서 리에가 돌려주던데."

역시, 역시, 그랬구나. 리에는 봤구나. 그랬구나!

"그러니까 더더욱 이 줄리엣은 네가 가져야 해. 나보다 네가 가지고 있는 편이 나을 거야."

정말? 진심이야?

"응, 받아줘."

진짜? 받아도 돼?

"응. 그러니까 빨리 봐봐. 잔의 마지막 회. 단행본에는 실리지 않은 문제의 최종회."

보고 싶었어. 늘 보고 싶었어. 이걸 보고 싶어서, 보고 싶어서, 난……

아파, 아파, 아프다고. 그러니까 배를 밀지 마. 밀지 마! 이렇게 빌게, 배만은, 배만은……

"사나에! 큰일났어. 아기가, 아기가!"

가랑이에서 미끄덩한 뭔가가 주륵 떨어졌다.

아아아, 어쩌지. 이런 곳에서 아가가. 이런 인파 속에서 아가가. 이렇게 더러운 바닥에 아가가! 빨리 탯줄을 끊어야 해. 아가를 안아줘야 해. 그러니까 비켜. 그 발 치워. 안 돼, 멈춰. 여기 아가가 있다고. 밟지 마. 그건 아가야. 우리 아가. 다들 부탁이야. 밟지 마, 밟지 말라고. 아가가, 아가가!

고개가 푹 꺾이는 느낌이 들어서 사나에는 이마에 손을 댔다. 그림자가 스쳤다. 긴 머리카락. 누구지?

"다음 역은 기치조지입니다."

그런 안내방송이 들려왔다. 차창 밖을 보자 익숙한 풍경이 가까워졌다.

……또 악몽을 꿨어.

내려야 해. 엉덩이를 들자 뭐라고 형언할 수 없는 위화감이 들었다. 치마가 묵직했다. ……미끈미끈하게 젖었다. 앞에 선 여고생의 얼굴이 희한하게 일그러졌다. 분홍색 립크림을 바른 입술이 희미하게 움직였다. 그 움직임이 점차 커지더니 마침내 비명으로 변했다.

뭐야? 왜? 응, 왜 그래?

"지젤 씨."

응?

"지젤 씨, 괜찮아? 일어설 수 있겠어, 지젤 씨?"

누구야? 당신 누군데? ……실비아 씨? 왜 당신이? 당신은, 당신은……

"그래, 죽었어. 살해당했지. 그 여자한테 살해당했어. 정말 무서운 여자야. 이대로 가다가는 자기도 살해당할걸. 그러니까 빨리 일어서. 그리고 달아나."

누구한테서 달아나는데? 누구한테 살해당하는데?

"생령. 그대에게 생령이 씌었어."

시온 님! 누군데? 누구냐고? 누구 생령인데!

"이건 잔의 저주야."

저주라고? 역시 저주야?

"잔말 말고 빨리 달아나!"

미레유 씨? 미레유 씨잖아. 도대체 지금까지 어디 있었어? 다들 걱정했잖아, 미레유 씨!

"알았으니까 빨리 도망쳐! 그 여자가 죽일 거야, 그 여자가!"

실비아 씨, 미레유 씨, 기다려. 잠깐만. 안 돼, 못 일어나겠어. 너무 아파. 배가 아파! 뭐야? 나 어떻게 된 거야? 응? 어떻게 된 거야?

무슨 냄새지? 소독약? 여기는 어디? 하얀 커튼, 하얀 벽. …… 병원? 왜? 아직도 꿈을 꾸나? 그래, 꿈속이야. 졸린다. 너무 졸려. 저기, 더 자도 될까? 조금만 더. 오 분만 더 잘게. 이렇게 깊은 잠은 오랜만인걸. 정말 기분좋아. 그러니까 조금만 더 잘게.

탁탁타닥타닥.

무슨 소리지? 귀에 아주 익은데.

탁탁타닥타닥.

아아, 알았다. 타자 치는 소리.

안개 낀 것처럼 흐릿한 시야에 누군가의 뒷모습이 보였다. ……리에?

"아, 언니."

리에가 안개 속에서 돌아보았다.

"괜찮아?"

"……나, 어떻게 된 거야?"

"그대로 잠들듯이 정신을 잃었어."

어? 그럼 아직 리에네 집에 있는 건가? 몸을 일으켜보니 소파 위였다. 이불이 미끄러졌다.

"아…… 아, 그렇구나. 여기서 그대로."

"응. 간이 철렁했어. 그나마 우리집에서 쓰러져서 다행이야. 전철이었어봐. 큰일났을 거야." 리에는 그렇게 말하며 다시 컴퓨터로 몸을 돌렸다. 탁탁타닥타닥. 역시 타자가 빠르다.

"일해?"

"……응. 잠깐만 하려고. 오늘 자고 갈 거지?"

"아니야, 가야지."

"벌써 늦었는데?"

"몇시인데?"

"열시."

"……제부는?" 집이 묘하게 조용했다. 두 사람 말고는 인기척이 없었다. ……그러고 보니 아이 목소리도 들리지 않았다. 삼십 개월이니 한창 말문이 트일 시기인데.

"말 안 했나? 둘 다 시댁에 가 있어."

"그렇구나. ……무슨 일 있었어?"

"아니, 딱히. 어머님이 적적해하셔서 잠시 그쪽에 있을 모양이야. 그이 직장하고도 가깝고."

"아, 맞다. 너희 시댁 지바에 있지. 확실히 그쪽이 가깝겠네. 마쿠하리로 출근하지?"

"정말 어이가 없다니까. 여기에 집을 사자마자 마쿠하리로 이동하다니. 출퇴근이 여행이나 다를 바 없어. 가는 데만 세 시간이라니까."

"그런데 넌? 왜 시댁에 안 갔어?"

"나? ……어머님이 날 별로 안 좋아하잖아. 나이 많은 며느리를 얻는 게 아니었다는 게 입버릇인걸."

"그렇구나. 너도 힘들겠다."

"그러니까 자고 가. 나 혼자란 말이야."

"그러자. ……전화해둬야지."

"형부한테? 아까 전화 왔길래 오늘 여기서 자고 간다고 했어."

"전화가 왔었어?"

"언니가 휴대전화를 안 받아서 우리집에 걸었대. 걱정 많이 하더라. 언니는 좋겠다, 사랑받아서."

"사랑? ……그렇게 낭만적인 거 아니야."

"아니, 사랑이야. 내일 일 쉬고 여기로 데리러 오겠대."

"굳이 쉴 필요는."

"그리고 아기 침대 배달됐대."

"그래."

—그대에게 생령이 씌었어.

또 그런 목소리가 들려서 사나에는 바로 귀를 막았다.

"언니, 왜 그래?"

"저기, 미이 말인데."

"미이가 왜?"

"아까 미이가 나에 대해 안다고 했잖아."

"응. 언니가 임신한 거 알던데. 그래서 영락없이—"

"내가 임신한 걸 알아?"

"그것뿐 아니라 이것저것 많이 알아서 깜짝 놀랐어. 집안일이나 형부에 대해서……"

—그대에게 생령이 씌었어.

"언니? 왜 그래? 얼굴이 새파래. 방에 이부자리 깔아뒀는데 그쪽으로 옮길래? 괜찮아? 일어설 수 있겠어?"

응, 괜찮아, 괜찮아. 옆방 말이구나. 혼자 갈 수 있어. 넌 일해. ……그런데 무슨 일이야?

어? 뭐야? 이 화면. 너, 뭘 띄워놓은 거야? 이거 '푸른 전설' 게시판 아냐?

들여다보려는데 리에가 몸으로 모니터를 가렸다.

"그럼 언니, 쉬어. 무슨 일 있으면 말하고."

"응, 고마워. ……잘 자."

*

아니야. 이건 내가 주문한 아기 침대가 아니야!

집에 돌아오자마자 사나에는 소리쳤다. 당황한 남편이 달랬다.

"어쩔 수 없어. 당신이 주문한 모델은 품절돼서 재입고까지 반년이나 걸린대. 그럼 너무 늦잖아."

"그렇다고 이렇게 구질구질하게 어두운 색을 사다니."

"같은 브랜드인데?"

"그래도 이건 싫어. 딸이잖아. 여자애한테는 역시 분홍색이지."

"그렇지만……"

"다른 걸로 할래. 이건 반품해."

"자꾸 억지 부리지 마."

"억지? 뭐가 억지인데? 난 계속 타협해왔어. 큰애 이름도 어머님이 정했고, 이 집도 어머님이 멋대로 샀고, 벽 색깔도 어머님 취향이고, 커튼이고 카펫이고 죄다 어머님이 시키는 대로 했잖아. 아기 침대 정도는 내 마음대로 할래. 얘기가 나왔으니 말인데, 난 이런 나이에 아기를 갖고 싶지 않았어. 그런데 당신이,

당신이."

"전부 나랑 어머니 탓이야?"

"그래, 전부 당신이랑 어머님 탓이야."

"더는 못 들어주겠군. 나와 어머니는 늘 당신 기분에 맞춰왔어. 어떻게 하면 당신 마음에 들까, 그 생각만 했다고."

"나한테 맞췄다고? 그냥 강요였지. 내게는 전부 부담이었어."

"부담? 그렇게 부담돼?"

"그래, 부담이야. 애당초 결혼한 것부터 잘못이었어."

"아아, 그렇게 생각한다 이거지. 그럼 헤어져. 이혼하자고."

"이혼할 수 있을 것 같으면 벌써 옛날에 했지. 하지만 못해. 나 혼자 어떻게 살라는 거야. 못 살아. 잘 안다고. 그러니까 타협하는 인생을 선택한 거야. 당신한테 빌붙어 사는, 최고로 비참한 인생을."

"비참해? 나랑 사는 게 그렇게 비참해?"

"비참해, 비참해 죽겠어! 하지만 그게 내 분수에 맞는 인생이다 싶어서 포기했어. 그러니까 하다못해 아기 침대 정도는 내 뜻대로 하고 싶다고. 그런데 이렇게 구질구질하고 칙칙한 색깔이라니. 이런 침대에 눕힐 바에야 아기를 안 낳고 말겠어."

"그럼 지금 당장 지워. 죽여버려!"

당신 뭐야? 뭐야, 뭔데 그렇게 무서운 얼굴로, 그만해, 아니야.

농담이야, 농담이라니까. 그러니까 그만해, 그만해, 그만해!

꿈. ……또 악몽을 꿨다. 빰을 만져보니 눈물로 축축했다.

뭐야? 무슨 소리지? ……아, 쓰레기 수거차인가.

여기는 어디지?

이불이 미끄러졌다. 아아, 리에네 집이구나. 나도 참, 거실 소파에서 그대로 잠든 모양이네.

지금 몇시지?

방을 둘러보았지만 시간을 알려줄 만한 물건은 하나도 없었다.

아, 배가 아파. ……배가 아프네. 저기, 리에. 거기 있어? 들려? 배가 아프다고!

아.

유리 테이블 위에 켜진 채로 놓여 있는 노트북 화면에 뭔가 떠 있었다.

아, 역시 '푸른 전설' 게시판이야. 하지만 왜? 혹시 리에가 어젯밤부터 들어가 있었나?

어? 말도 안 돼. 이게 뭐야.

게시판 글쓰기, 작성자 이름에 쿠키가 남아 있었다.

니나.

말도 안 돼, 거짓말. 리에가 니나? 그 밉살스러운 니나였어?

현관에서 소리가 났다.

"아아, 늦었네."

리에가 혼잣말을 하면서 쓰레기봉투 두 개를 들고 거실로 들어왔다.

"언니?"

—그대에게 생령이 씌었어.

"언니, 일어났구나?"

—그대에게 생령이 씌었어.

"몸은 좀 괜찮아?"

—그대에게 생령이 씌었어.

"언니?"

사나에는 천천히 리에를 돌아보았다.

"네가 니나였어?"

리에의 입술이 떨렸다. 하지만 바로 미소가 떠올랐다.

"그래, 언니. 내가 니나야."

"왜? 어째서?"

"뭘 당연한 걸 묻고 그래. 난 언니가 엄청 싫거든. 그러니까 언니가 싫어하는 짓을 하는 게 유일한 낙이야."

리에는 오른손에 든 쓰레기봉투를 여봐란듯이 흔들었다. 봉투 속에서 버스럭거리는 소리가 들렸다.

"아, 그거."

『푸른 눈동자의 잔』 단행본 전권이 비닐봉지에 비쳐 보였다. 『소녀 줄리엣』도.

"그거, 설마."

"그래. 언니가 그렇게 보고 싶어한, 잔의 진짜 마지막 회가 실린 소녀 줄리엣이야."

"버리려고?"

"응, 버릴 거야. 난 이런 거 필요 없으니까."

"그럼 나한테 줘."

"싫어. 버릴 거야. 그리고 이것도 같이."

리에가 이번에는 왼손에 든 쓰레기봉투를 흔들었다. 봉투 속에서 뭔가 축축한 것이 둔중하게 흔들리는 소리가 났다.

"……그건, ……뭐야?"

사나에는 시선을 모았다. 음식물 쓰레기 속에 뭔가 섞여 있었다. ……뭐야? 인형? 인형 손? 인형 다리? 인형……

설마, 설마.

아기? 그래, 아기. ……우리 아가!

이거 꿈이지? 그래, 난 또 꿈을 꾸는 거야.

사나에는 확인하듯이 배에 손을 가져갔다. 하지만 태동이 느껴지기는커녕, 갈라진 배에서 피가 뚝뚝 떨어지고 있었다.

우웩, 뭐야 이거.

진짜가 아니야, 가짜라고. 이것도 꿈이구나. 그렇게 말해. 부탁이야, 리에. ……꿈이라고 말해줘.

"꿈 아니야, 언니."

왜, 왜 이렇게 됐지?

"불쌍한 언니. 다리도 이렇게……"

리에의 시선을 좇아 머뭇머뭇 발 쪽을 보았다.

없다, 없어, 없어. ……다리가 없어!

왜, 왜? 어쩌다 이렇게 된 거지? 왜?

왜!

사나에가 눈을 뜨자 시야에 남편 얼굴이 가득했다. 남편은 울상으로 사나에를 보고 있었다.

하얀 커튼이 두둥실 떠올랐다.

사나에는 천천히 시선을 움직였다. 여기는 병원?

"환자분은 어제 오후 일곱시 반경 기치조지 역에서 사고를 당하셨습니다."

누군가가 그렇게 설명했다.

하지만 사나에는 설명을 채 듣기 전에 눈을 감았다.

× × ×

S '잔의 저주'가 진짜일지도 모르겠네. ……또 사건이 발생했지?

W 응.

S 지금까지 일어난 사건을 정리해보면.

W 일단 이타바시 구 주부 참살 사건. 무직인 중년 여자가 거주지인 연립주택 복도에서 끔찍하게 살해당했어.

S 자료를 보니 2007년 9월에 일어난 사건이네.

W 다음은 2008년 12월, 역시 무직 중년 여자가 오다하라 산속에서 변사체로 발견된 사건.

S 어디 보자, 자료에 따르면…… 그 아줌마는 쓰레기봉투에 담겨 있었어. 유기된 지 약 오 개월이 지났고. 그렇다면 2008년 7월경 살해당한 건가.

W 그리고 이번에 기치조지 역에서 발생한 임신부 사망 사건.

S 정말 비참한 사건이었지. 임신부가 기치조지 역 플랫폼에서 떠밀려 전철에 치였다지?

W 응. 하반신이 전철에 깔려 두 다리가 절단됐어. 잠깐 의식을 찾았지만 다음날 사망.

S 세 명 다 '푸른 6인회' 멤버였지? 역시 저주일까?

W 실은 실종자가 한 명 더 있어.

S 정말?

W 응. '푸른 6인회' 멤버이자 팬클럽 대표였던 여자. 2006년 12월경부터 행방이 묘연해.

S 정말로? ……역시 저주인가?

W 저주일까……

월간 『앙그라캉그라』(2009년 2월호)에서

마그리트

“정말로 우리 셋만 남았네요.”

단골 노래방에서 한 곡을 부른 가브리엘이 입술을 떨었다. 기분 탓인지 속눈썹도 살짝 젖은 것 같았다. “잔의 저주가…… 정말로 있는 걸까요?”

“저주라니, 그런 게 어디 있어요.”

에밀리가 가브리엘에게 다가가며 말했다. “우연이에요, 우연. 우리는 갱년기 장애를 겪을 시기잖아요. 이맘때면 이런저런 일이 생기기 마련이라고요. 사소한 일로도 문제를 일으키고 싸우죠. 그러다 사건으로 발전하는 경우도 많대요. 그래서 우리 나이대 사람은 사건 피해자나 가해자가 되기 쉽다잖아요.”

이 사람 요즘 들어 부쩍 수다쟁이가 됐다. 예전에는 고개를 숙인 채 싸구려 검은 테 안경을 만지작거리며 쭈뼛거렸는데. 지금은 졸부처럼 번쩍거리는 안경이나 끼고 말이야.

역시 지갑 사정이 넉넉해지면 성격까지 변하는 법이구나.

기누에는 리모컨 버튼을 누르며 에밀리의 입술을 바라보았다. ……입술 색은 저게 또 뭐야. 그렇게 야한 분홍색은 잘해야 이십 대까지가 유통기한이라고.

"그런데 마그리트 씨."

에밀리의 입술이 이쪽을 향했다. 위가 찌르르 아팠다.

"따님이 대학 합격했다면서요? 축하드려요."

도대체 어디서 주워듣는 걸까. 요즘은 이 사람 정보망을 무시할 수 없다. ……분명 어느 대학인지도 알 것이다. 기누에는 명치에 손을 살짝 댔다.

"응, 고마워. 고등학교는 실패했지만 대학은 겨우."

"국립이죠?"

"응, 뭐."

"그렇지만 지방이죠? ……시즈오카던가?"

"응." 명치에 댄 손가락에 힘이 들어갔다.

"그럼 따님은 시즈오카에서 자취하는 건가요?"

"응." 쓰디쓴 위액이 식도를 역류했다. 목구멍이 따끔거렸다.

"……여러모로 힘드시겠어요."

에밀리가 뼈 있는 웃음을 지었다. 비아냥거리는 것 같기도 하고 동정하는 것 같기도 한 웃음. 딸도 가끔 이런 웃음을 짓는다.

그때도 그랬다. 컴퓨터 메일함을 들켰을 때.

"뭐야? 마그리트?"

그때 그 아이의 얼굴. 지금도 잊을 수 없다. 징그러워 죽겠네. 이런 거에 정신 팔고 있을 때야? 마치 그렇게 말할 듯한 눈빛이었다.

아니야, 아니야. 이건 내 유일한 버팀목이야. 그냥 놀이가 아니라고. 이게 있어서 그나마…… 위액이 입안 가득 퍼졌다. 기누에는 작게 구역질을 했다.

"마그리트 씨."

부르는 소리에 기누에는 시선을 들었다. "이 노래 마그리트 씨가 예약했죠? 마그리트 씨 애창곡 〈동거시대〉."

가브리엘이 마이크를 내밀었다. 평소처럼 좋은 향기가 났다. 저렇게 웃는 얼굴을 보기만 해도…… 난.

전주가 천천히 흘러나왔다.

기누에는 마이크를 잡았다.

—사랑은 늘 몇 가지 잘못으로 가득해.

*

정말 기가 막혀요. 실로 기막힌 이야기지만 들어주세요. 우리 엄마, 완전히 망가졌어요.

느닷없이 이런 말로 시작해서 죄송해요. 처음 뵙겠습니다. 월간 『앙그라캉그라』 과월호(2007년 11월호)를 봤어요. 흠, 종교라(웃음). 하지만 맞는 소리 같기도 하네요. 어떤 의미에서는 최강의 종교예요. 『푸른 눈동자의 잔』 팬클럽은.

우리 엄마가 그 '푸른 6인회'라는 모임의 회원이에요. 평소 팬클럽 얘기는 전혀 안 하지만 늘 식사 약속이 있다면서 외출하니까 공공연한 비밀이죠. 아마 아빠도 알 거예요. 동네에서도 유명하고(웃음). 진짜 말도 안 되게 젊게 꾸미고 나가거든요. 제 옷을 입을 때도 있어요. 웃어도 할말 없어요.

저도 가끔 비웃음을 당했어요.

"저 집도 참 큰일이라니까. 아저씨는 좌천, 딸은 고등학교 수험 실패, 아주머니가 왜 이상해졌는지 알 만해."

그런 소리를 들었죠.

아닌 게 아니라 저는 고등학교 수험에 실패하고 급이 떨어지는 학교에 갔어요. 목표했던 고등학교는 처음부터 무리였어요. 정작 저는 전혀 마음에 두지 않는데 엄마가 턱도 없이 침울해졌죠. 그것으로 끝나면 다행인데 피해망상 같은 게 생겨서 점점 팬클럽에 빠져들었어요. 아빠도 우울증 일보 직전이고. 말 그대로 가정이 붕괴됐죠. 꼭 가시방석에 앉은 느낌이라 일부러 지방대에 원서를 넣고 집을 나왔어요. 네, 도망친 거죠.

그런데 엄마는 이상한 닉네임을 쓰면서 망상의 세계에서 놀고 있어요.

엄마가 '잔' 팬클럽에 열중하기 시작한 뒤로 좋은 일이라고는 하나도 없어요. 엄마는 완전히 망가졌어요.

6월 초, 히로타 리사코는 편집부로 보낼 메일을 쓰고 있었다.

집을 떠난 지 두 달이지만 엄마는 자주 전화를 걸었고, 언제 어디서나 엄마의 집요한 시선이 느껴졌다. 그 시선. ……언제부터 남을 그런 식으로 보게 된 걸까.

뭔가 이상하다. 그런 생각이 든 것은 어제오늘 일이 아니다. 이것은 엄마 성격이라며 체념하고 대해왔지만 요 몇 년은 체념에 앞서 이해가 되지 않았다.

아무튼 이상하다. 구체적으로 딱 짚어 말할 수는 없지만 어쨌든 이상하다.

"구체적인 원인이 있다면 역시 이거겠지."

리사코는 대학교 도서관에서 발견한 『앙그라캉그라』라는 잡지를 천천히 넘겼다.

……잔의 저주.

저주. 그럴지도 모른다. 엄마는 뭔가의 저주를 받은 것이다. 그럼 저주를 풀려면 어떻게 해야 할까?

리사코는 키보드에 손을 올렸다.

아무튼 엄마는 망가졌어요. 이것도 잔의 저주일까요? 저주라면…… 어떻게 해야 할까요?

전화벨이 울렸다.

분명 엄마다. 오늘만 벌써 몇번째야?

그만 좀 해!

리사코는 휴대전화를 집어들고 전원을 껐다.

*

아, 또 끊어졌네.

기누에는 명치를 누르며 수화기를 내려놓았다. 위가 아팠다.

아아, 위가 아파, 아파, 아프다고! 왜 얘는 이렇게 차가워진 걸까. 예전에는 하나부터 열까지 나한테 의지했으면서. 엄마, 엄마, 하고 응석을 부렸으면서. 그런데 지방대에 가다니. 도쿄에도 이렇게 대학이 많은데 일부러 지방대에 가다니! 왜? 얘, 리사코, 왜 그랬니? 네가 없으니 엄마는 너무 쓸쓸해. 시간이 거짓말처럼 느리게 흘러. 한 시간은 지났나 싶어 시계를 보면 십 분도 안 지났다고. 네가 없으니 이 집은 또 왜 이리 넓은지. 어디부터 청소해야 할지 모르겠어. 엄마는 뭘 해야 할지 모르겠어.

리사코, 리사코. 넌 왜 집을 떠났니?

아아, 위가 아파. 아파 죽겠어!

왜 이렇게 된 걸까. 어디가 분기점이었을까.

기누에는 애용하는 수첩을 넘겨보았다. 하지만 넘기고 또 넘겨도 비슷한 내용뿐, 정작 중요한 건 하나도 나오지 않았다. 아무짝에도 쓸모없는 것. 이런 수첩 따위! 수첩을 쳐들었지만 손가락이 떨려서 바닥에 툭 떨어졌다.

전화가 울렸다. 아래층에 사는 부인의 이름이었다. 아아, 맞다. 오늘은 생협에서 구입한 물건이 오는 날이야.

주문한 물건을 가지러 반장 집에 가야 해. ……하지만.

전화가 계속 울렸다. 지난주에도 결국은 가지 않았다. 그전 주도 마찬가지. ……분명 여편네들이 입방아를 찧어대겠지.

"그 사람, 전에는 그렇게 열심이었는데." "자청해서 반장으로 나섰잖아.” “지금은 재활용품 회수 때도 잡초 뽑을 때도 안 나와. 자치회에도 발길을 끊었다니까.” “왜, 그 집 딸내미가 고등학교 수험에 실패해서 급이 떨어지는 공립에 갔었잖아. 그게 원인 아닐까?” “K고등학교는 안정권으로 생각한 것 같던데. 교복부터 사두질 않나.” “쪽팔리는 거지. 그래서 우리랑 얼굴 마주치기 싫은 거야.” “그 집 아저씨도 좌천당했잖아. 영업부에서 비품조달실로 이동했다더라.” “그건 안됐어. 영업부랑 비품 조달실은 월급도 엄청 차이 나지 않나? 이제 당분간 사택을 벗어날 꿈은 접어야겠네.” “그 사람 벌써 여기 이십 년 가까이 살았어. 다른 사람은 대부분 십 년 안에 집을 사서 나가는데.” “아주머니가 사치해서 그렇다는 소문을 들어. 게다가 빚도 있다나봐.”

그만, 그만해, 그만해!

기누에는 쪼그려 앉아 귀를 막았다. 여전히 전화가 울렸다.

시끄러워, 시끄러워, 시끄러워!

바퀴벌레가 바닥을 기어갔다. 바퀴벌레가 장롱 뒤로 숨었을 때 비로소 벨소리가 그쳤다.

기누에는 제자리에 주저앉았다. 아파, 아파. 아야, 위가 아파! 정말 아프다고, 어떻게 좀 해줘!

이번에는 휴대전화가 울렸다.

화면을 보니 그 여자였다. 기누에는 명치를 눌렀다. 손가락이 닿은 곳에 날카로운 통증이 집중됐다.

벨이 여섯 번 울렸을 때 기누에는 단념하고 전화를 받았다.

"아, 저예요."

아양 떠는 듯한 여자 목소리. 에밀리다. 기누에의 어깨에 절로 힘이 들어갔다. 위 언저리가 쿡쿡 쑤셨다. "무슨 일이야?" 기누에는 가능한 한 부드럽게 물었다.

"다음주 토요일에 잠깐 뵐 수 없을까요?"

"……응? 모임도 아닌데?"

"무슨 볼일이라도 있으세요?"

기누에는 수첩 달력을 넘겼다. '병원'이라고 휘갈겨 써놓았다.

"병원을 예약해뒀어."

"병원요?"

"응, 위가 좀 아파서. 구역질도 나고."

"구역질도?"

"요즘에 심해."

"그렇군요. ……그날 가브리엘 씨도 오실 텐데."

"가브리엘 씨도 온다고?"

"네."

"……그래. 응, 나도 괜찮아. 다음주 토요일이라고 했지? 몇 시?"

"오후 네시에, 늘 뵙던 곳에서요."

*

엄마가 정말로 이상하다. 리사코는 휴대전화 수신 내역을 하나하나 삭제하면서 연신 한숨을 내쉬었다. 전부 엄마 전화다.

"히로타…… 리사코 씨인가요?"

누가 말을 걸어서 리사코는 정신이 번뜩 들었다. 6월의 미지근한 바람이 앞머리를 스쳤다.

아아, 맞다. 사람을 만나기로 했지.

JR 가와사키 역. 약속 상대는 오늘 처음 만나는 사람이다. 지난 주말 갑자기 메일이 왔다.

'앙그라캉그라에 기사를 쓰는 자유기고가 와타세라고 합니다. 취재를 요청하고 싶은데요.'

자유기고가라면 아마 수염도 잘 안 깎고 지저분한 옷차림에 조금 뚱뚱하겠지. 예전에 텔레비전에서 본 자칭 자유기고가도 딱 그랬어. 그런데.

"히로타 리사코 씨 맞죠?"

얼굴이 가까이 오자 리사코는 본의 아니게 뺨이 조금 붉어졌다.

"……와타세 씨……세요?"

"네, 맞습니다."

건네준 명함에는 분명 '자유기고가 와타세 아키라'라고 적혀 있었다. 리사코는 남자를 올려다보았다.

……뭐야, 그냥 보통 사람이네. 나이는…… 서른 살쯤? 키는…… 178센티미터 정도? 조금 기생오라비 느낌이지만, 뭐, 제법…… 나쁘지 않네. ……음, 누구랑 닮았어. 누구였더라? …… 아아, 그래. 그 배우, 어제도 텔레비전 토크쇼에 나왔지. 이름, 이름은……

"왜 그러시죠?"

"네?" 자기만의 세계에 빠져드는 평소 버릇이 나와버린 리사코의 얼굴은 한층 붉어졌다.

"시즈오카에서 여기까지 오시게 해서 죄송합니다. 교통비는 드릴게요."

"아니요, 오는 김에 가와사키에 사는 친구를 만나기로 했어요." 리사코는 흐트러진 앞머리를 새삼스레 매만졌다.

"본가에도 가시나요?"

"……글쎄요."

그럴 생각은 전혀 없었다. 오늘은 레이코 집에서 자고 내일 오전 시즈오카로 돌아갈 예정이었다.

갑자기 눈을 돌리는 리사코를 보고 뭔가 감이 왔는지 와타세는 화제를 바꾸었다.

"점심은요?"

"아직요."

"괜찮은 가게가 있는데요. 바인데 지금은 런치 타임일 겁니다. 어떠세요?"

리사코가 고개를 살짝 끄덕이자 와타세는 안내하듯이 먼저 걸음을 옮겼다.

리사코는 와타세를 열심히 따라갔다. 155센티미터, 큰 키는 아니지만 그렇다고 콤플렉스도 아니다. 하지만 지금은 자신의 짧은 다리가 원망스러웠다. 쇼윈도에 두 사람의 실루엣이 비쳤다. 아아, 이 튜닉블라우스, 전혀 안 어울려. 색깔이 별로인가, 이 페이즐리무늬가 문제일까. 아니면 역시 디자인? 완전히 임산부 같잖아. ……좀더 괜찮은 옷을 입고 올 걸 그랬어. 머리도 생머리를 대충 모아 묶은 게 전부야. 그것도 검은색 고무줄로. 이래서야 영락없는 아줌마…… 하지만 신칸센 시간이 아슬아슬해서 어쩔 수 없었어.

"조금만 더 가면 됩니다."

"네?" 와타세의 말에 리사코는 눈길을 들었다.

좁은 골목이 세 갈래로 뻗어 있었다. 각각에 '술고래 길'이니 '반찬 상점가'니 하는 간판이 걸려 있고, 골목 입구에는 무슨 의

도인지 작은 화단을 가꾸어놓았다. 마리골드와 관상용 국화 등이 아무렇게나 심겨 있었다. 눈가림 목적일지 모르지만 아무리 봐도 난잡하고 퀴퀴한, 시대에 뒤처진 뒷골목의 인상이었다.

"아직 촬영하는구나."

와타세가 중얼거렸다. 쳐다보니 촬영 버스가 서 있었다.

"뭔가요?"

"아, 재연 드라마 촬영팀이 분위기 있는 바를 찾는다기에 제가 소개했어요."

"재연 드라마?"

"제 본업이 구성작가거든요. 하지만 그것만으로는 먹고살 수 없어서 자유기고가 흉내도 내는 거죠."

"그렇군요. ……구성작가 일만으로는 생활하기 힘든가요?"

"이 업계도 천차만별이니까요. 저는 말씀드릴 필요도 없이 저 밑바닥이고요."

이런 곳에도 격차가 존재하는구나. "구성작가 말고 배우도 괜찮을 것 같은데요?" 리사코는 중얼거렸다. 그러고는 바로 후회했다. 무슨 마리 앙투아네트도 아니고.

"배우라. ……실은 예전에 극단에서 활동한 적이 있어요. 하지만 적성에 안 맞더라고요."

뭐야, 역시 배우였네. 하긴 느낌이 그래. 그 배우랑도 정말 닮왔고. ……이름이 영 기억이 안 나네. 하지만 이 사람은 배우보다 호스트가 어울릴 것 같아.

"실은 대학생 때 호스트로 일한 적도 있습니다."

역시.

"손님이랑 문제가 생겨서 그만뒀죠. 뭐, 처음부터 오래할 생각은 아니었으니까."

그런 이야기를 하는 사이 촬영 버스에 사람들이 바쁘게 올라타더니 출발했다.

"……아, 이제 촬영이 끝난 모양이네요. 그럼 가볼까요."

와타세가 '술고래 길'과 '반찬 상점가' 사이로 뻗은 좁은 골목으로 들어갔다.

골목은 미니트럭 한 대가 겨우 지나갈 정도의 넓이였다. 난잡하지만 지저분한 느낌은 들지 않았다. 하지만 냄새가 독특했다. 향신료인지 비계인지 술인지 폐수인지, 아니면 그것들이 모두 뒤섞인 것인지 모를 냄새가 코를 자극했다.

주류 배달차가 몸을 스칠 듯이 지나갔다. 차를 피하면서 리사코는 옆길로 들어섰다. 시야가 갑자기 어두워졌다.

어른 두 명이 간신히 지나갈 만한 너비의 골목길이었다. 10미터도 들어가기 전에 건물이 앞을 막아섰다. 아마 하루종일 볕이 들지 않을 것이다. 이끼로 뒤덮인 눅눅한 땅에 네온보드 다섯 개가 세워져 있었다. 전부 스낵바인데, 그중 딱 한 집만 문을 열었는지 불이 들어와 있었다.

바…… 뭐라고 읽는 거지? 가, 가브? 가브……?

*

"언제부터 위통이 있었습니까?"

초로의 의사가 질문했다. 제법 나이가 지긋한 듯하지만 화장이라도 한 것처럼 부자연스럽게 안색이 좋다.

"대학생 때부터니까…… 이럭저럭 삼십 년 가까이 되네요."

기누에는 대답했다.

"어떤 때 아프세요?"

"아무래도 스트레스를 받으면 아프죠."

"무슨 일을 하시는지?"

"전업주부예요."

"주부시군요. 이웃과의 교제도 그렇고, 힘든 일이 많으시겠습니다."

"그렇죠. 오늘도 좀 거북살스러운 사람을 만나봐야 해요."

"고생 많으시군요."

"네. 온갖 인간관계에 하루를 허비한다 해도 과언이 아니죠.

집이 사택인지라 일상적으로 감시당하는 느낌이고요."

"사택이라. 신경쓸 일이 한둘이 아니겠는데요."

"네. 그것도 위통의 원인일지 몰라요."

그때까지 웃음을 띤 채 문진하던 의사의 얼굴이 약간 딱딱해졌다. "자가 진단은 몹시 위험한 일입니다."

"아, 죄송해요." 기누에는 의사 쪽으로 내밀었던 몸을 뒤로 물렸다. 위가 오그라들었다.

난처한 기색의 기누에를 보고 의사는 다시 미소지었다.

"확실히 위통의 원인은 대부분 스트레스죠."

"역시 그런가요? 네, 짐작 가는 구석은 있어요. 짐작 가는 구석은." 기누에는 다시 몸을 내밀었다. 그 여자 얼굴이 눈앞에 어른어른했다.

"오늘 식사는 하셨나요?"

"아니요. 식사는커녕 물도."

위내시경 검사를 염두에 두고 아침부터 밥도 물도 입에 대지 않았다.

"준비가 철저하시네요."

"네, 위내시경 때의 주의사항을 인터넷에서 알아보고요."

의사의 얼굴이 또 약간 딱딱해진 것 같아서 기누에는 입을 다물었다.

의사는 진료 차트에 뭐라고 적다가 볼펜을 던지듯이 펜꽂이에 꽂더니 간호사를 불러 영 일본어 같지 않은 기묘한 말을 섞어서 지시를 내렸다.

그후 기누에는 숫자가 적힌 번호표를 들고 다른 방으로 안내받았다. 숫자는 44. 무슨 숫자인지 몰라도 기분이 썩 좋지는 않았다.

"이걸로 입을 헹구세요."

분홍색 유니폼을 입은 젊은 간호사가 작은 용기 두 개를 내밀며 생긋 웃었다. 투명한 플라스틱 용기 안의 액체는 재떨이 바닥에 고인 물 같았다. 니코틴 색깔. 찜찜한 색깔이다.

아무래도 마취약인 듯했다. 이 정도 양이 얼마나 효과가 있을까. 기누에는 반신반의하며 양손에 든 용기 두 개를 잠시 바라보았다.

"하나당 일 분씩 헹구세요. 되도록 목구멍 안쪽에 닿게 하셔야 나중에 편해요."

간호사의 재촉에 기누에는 진료대 옆 세면대로 향했다. 그리고 첫번째 마취약을 입에 머금었다. 썼다. 상당히 썼다. 머금자마자 입안이 찌릿찌릿했다. 뱉고 싶었지만 간호사가 보고 있었다. 다리를 어깨 너비로 벌리고 허리를 젖혀 천장을 보고서 마취약을 목 안쪽으로 보냈다.

마침 눈앞에 시계가 있어서 초침을 보며 입을 헹궜다. 와라아과라아라…… 하지만 일 분은 길었다. 십오 초도 지나기 전에 목이 피곤해졌다. 와라아과라아라…… 틀렸다. 삼십 초가 되기 직전 기누에는 목구멍 안쪽의 마취약을 뱉어냈다. 하아, 하아, 하아. 뭐지, 이 피로감은. 돌아보자 간호사가 웃는 얼굴로 가볍게 고개를 저었다. 역시 삼십 초 만에 뱉으면 안 되는 모양이다. 좋아. 이번에는. 기누에는 나머지 용기를 입술에 대고 마취약을 단숨에 목구멍 안쪽으로 흘려넣었다. 와라아과, 욱…… 이번에는 오 초도 버티지 못했다. 이래서는 곤란할까. 하지만 간호사는 변함없이 웃는 얼굴로 "잠시 편하게 앉아 계세요" 하고는 용기를 받아갔다.

각각 일 분이라고 했는데 합쳐서 삼십 초하고 조금밖에 입을 헹구지 못했다. 그런데도 정말로 마취가 되었을까. 반신반의하는 마음으로 진료대에 걸터앉자 입안 가득 퍼진 쓴맛이 점차 마비되는 듯한 감각으로 바뀌었다. 대단하다, 제대로 마취됐어. 고작 그 정도로 이렇게 효과가 나다니 굉장한걸. 그렇게 감탄하고 있는데 치마에 뭔가 뚝 떨어졌다. 순식간에 얼룩이 번져나갔다. 어? 입가에 손가락을 대보니 침이 흐르고 있었다. 손이 순식간에 침 범벅이 될 만큼 줄줄 흘렀다. 당황해 호주머니에서 손수건을 꺼냈지만, 그사이에도 침은 한없이 흘러 떨어졌다.

침과 씨름하고 있는데 아까와 다른 의사가 들어왔다. 정확한 나이는 모르겠지만 아마 자신보다 조금 젊을 것이다. 흰머리가 섞여 있지만 그냥 새치라고 할 수 있을 정도였고, 피부에 탄력이 느껴지며, 눈동자도 생기로 가득했다. 하지만 안색은 조금 안 좋았다.

"오늘 검사를 담당한……라고 합니다.

의사가 이름을 말한 것 같았지만 뭐라는지 알아듣지 못했다.

"잘 부타드히니다."

기누에도 고개를 숙였지만 스스로가 한심스러울 만큼 혀가 잘 돌아가지 않았다. 입술도 혀도 충분히 마취된 것 같았다.

"그럼 위 운동을 멈추는 주사를 놓겠습니다."

간호사가 건네준 주사기를 오른손에 들고 의사가 말했다. "조금 따끔할 겁니다."

정말 따끔했다. 그러나 아직 시작에 불과했다. 의사가 위내시경을 집어들었다.

"걱정 말고 몸에서 힘 빼세요. 아프지 않습니다. 아프지 않아요." 그리고 위내시경을 입속으로 밀어넣었다. "넣겠습니다. 괜찮으시죠…… 자, 넣습니다." "네, 무사히 들어갔습니다. 문제 없습니다." "자, 이제 목을 통과했습니다. 이게 환자분 식도입니다. 보이세요?"

실눈을 뜨자 모니터에 뭔가가 비쳤다. 빨갛고 미끈미끈하고 번질거렸다. 그다지 기분좋은 영상은 아니었다. 그보다 트림이 나올 것 같았다. 트림해도 되나? 안 되나? 하지만 못 참겠다. ……우엑, 우엑, 우엑.

"안 됩니다. 가만히 계세요. 참으세요."

의사의 말에 기누에는 두 주먹을 꽉 쥐었다. 발끝에도 힘을 주었다.

"힘 빼세요. 그렇게 힘을 주시면 안 됩니다."

뭘 어쩌라고. 눈꼬리에 서서히 눈물이 맺혔다.

괴롭다. 상상 이상으로 괴로웠다. 이물질이 위를 향해 쑥쑥 들어간다. 그만해, 이제 멈춰. ……역시 입을 좀더 잘 헹굴 걸 그랬어. 그 정도로는 역시 모자랐어. 아아, 틀렸어. 트림이 나와. 트림하고 싶어. 트림과 함께 이 이물질도 뱉어내고 싶어.

"자, 이제 위입니다."

기누에의 고통을 아는지 모르는지 의사는 천연덕스럽게 계속해서 실황을 중계했다. 실눈을 뜨고 모니터를 보았지만 시야가 흐려져서 잘 보이지 않았다.

"아아, 이건……군요. 으음. ……같습니다. 이건……일지도 모르겠군요."

의사의 목소리가 점점 멀어졌다. 결국에는 지잉지잉 하는 기계음만 들렸다. 어쩐지 기분이 편해지는 소리였다. 기누에는 발끝으로 그 소리에 리듬을 맞추어보았다.

지잉, 지잉지잉, 지잉. 지잉, 지잉지잉, 지잉.

지잉, 지잉지잉……

어딘가 멀리서 목소리가 들렸다.

저건 누구 목소리지? 되게 귀에 거슬리네. 정말 불쾌해. ……진짜 시끄러워. 이제 닥쳐. 조용히 해. 조용히 하라니까!

조용히 하세요!

그리고 제 이야기 들으세요!

선생님, 도대체 무슨 생각이세요?

선생님은 정말로 잔을 사랑하시나요?

저희 독자들을 바보로 아시나요?

저희는 누구보다 잔을 사랑해요. 네, 선생님 같은 분보다 몇십배나, 몇백 배나 잔을 사랑한다고요.

잔은 선생님 것이 아니에요.

저희 거예요.

선생님은 독재자처럼 횡포를 부리고 계세요.

잔을 더럽히지 마세요.

잔을 제일 사랑하는 건 저희예요.

선생님께 반성을 촉구합니다.

반성하세요, 진심으로 반성하시라고요!

*

"아, 어서 와요."

바에서 여자가 나왔다. 키 크고 균형 잡힌 몸매가 다카라즈카*의 남자 역할 배우 같았다. 금빛을 띤 밝은 갈색으로 염색한 머리카락을 올백으로 넘기고 스키니 팬츠를 멋지게 차려입었다. 미인이다. 몇 살일까? 스무 살로도 보이고 쉰 살로도 보인다. 어스름한 탓일까, 아니면 화장 탓일까. 왠지 가면이 연상됐다.

이 바의 마담이에요. 와타세가 리사코에게 속삭였다. 뭔가 좋은 냄새가 났다. 무슨 향수지?

"방금 막 촬영이 끝났어요." 눈초리에 부드러운 주름을 잡으며 마담이 생긋 웃었다.

"오늘은 정말 실례 많았습니다. 바쁘실 텐데."

"아니요, 어떻게 촬영하는지 궁금하기도 했으니까. ……음,

---

* 여성으로만 이루어진 가극단.

여기서는 뭐하니 들어와요."

마담의 손짓에 와타세가 가게 안으로 들어갔다. 리사코도 뒤따랐다.

"드라마 촬영이라기에 좀더 야단스러울 줄 알았어요."

마담이 물수건을 내밀었다. 리사코는 물수건을 받아들며 내부를 둘러보았다. 서양풍과 일본식 선술집 분위기가 무질서하게 뒤섞인 무국적공간. 서양풍이 조금 더 강하다. 스테인드글라스에 촛대, 십자가에 성화. 꼭 무슨 성당 같았다. 마담 역시 마치 성직자가 설교하듯이 부드러운 저음으로 말했다.

"헤어 디자이너나 코디나 매니저 같은 사람들이 모여서 북적거릴 줄 알았는데."

"코디라니." 와타세는 자학적으로 웃었다. "재연 드라마 연기자 대부분은 옷도 화장도 본인이 직접 준비해요. 그리고 매니저가 늘 붙어다니는 사람은 상당히 잘나가는 편이죠."

"그래요? 생각했던 거랑 많이 다르네요."

마담은 손에 든 봉투 속을 들여다보더니 단정한 얼굴을 약간 찌푸렸다.

봉투 속에 가게 임대료가 들어 있는 걸까. 얼마인지는 모르지만 표정으로 보건대 기대에 어긋난 듯했다. 방송국 사례금이라고 하면 상당한 금액을 상상하는 사람이 많지만 실은 그렇게 많이 나오지 않는다. 방송국 로고가 들어간 볼펜만 주고 넘어가는 경우도 있다고 들었다.

"그래서 연기자도 모르는 사람이었구나. 일단 사인은 받아놨지만."

마담이 선반으로 시선을 던졌다. 눈으로 좇자 새 사인지가 붙어 있었다. 사인을 보니 확실히 모르는 이름이었다.

그밖에 다른 사인지들도 있었다. 역시 모르는 이름이었다. 아니, 너무 달필이라 제대로 읽을 수가 없었다. 사인 옆에 덧붙여놓은 '야스코 씨에게'라는 글씨만 겨우 알아볼 수 있을 정도였다.

"저건 지난달에 온 프로야구 선수의 사인. 이름을 써줄 테니 본명을 알려달라고 어찌나 끈덕지게 굴던지. 본명은 부끄러운데."

왜인지 와타세가 씩 웃었다. "야스코, 좋은 이름이잖아요."

"그래요? 평범한데. 매력이 없다고 할까. ……그런데 아가씨는?"

마담의 시선이 이쪽으로 날아왔다. 리사코는 의미 없이 몸을 움츠렸다.

"제 취재원요."

"어머, 그렇군요. 그럼 서비스를 잘해줘야지." 마담이 선반에서 병을 내렸다. 라벨에 빨간색 제복을 입은 근위병이 그려져 있다. "잘 마시는 편이죠?"

"아니요." 벌건 대낮부터…… 술?

"어머, 혹시 미성년자?"

원래도 실제보다 나이들어 보이기는 하지만. 이렇게 대놓고 착각하니 조금 마음이 상했다.

"그럼 진저에일이라도 마실래요?"

"네, 그걸로 부탁할게요."

마담이 진저에일 병과 잔을 내려놓은 것과 동시에 와타세도 녹음기를 카운터에 꺼내놓았다.

"그래서, 『앙그라캉그라』를 정기 구독하세요?" 바로 와타세가 인터뷰를 시작했다.

"아니요. 학교 도서관에서 우연히 봤는데, 표지에 '푸른 눈동자의 잔'이라고 적혀 있어서 읽어봤어요."

"저희 편집부에 메일을 보내기로 하신 이유는?"

"그냥요. ……그렇게 깊은 뜻은 없었어요. 그저 잔의 저주라는 말이 마음에 걸려서."

"그렇군요. 어머님이 '푸른 6인회' 중 한 명인 건 틀림없나요?"

"네. 본인은 감추려고 기를 쓰지만요. 하지만 가족이 함께 쓰는 컴퓨터로 회원들과 연락하기 때문에 공공연한 비밀이에요."

리사코는 가족이 어떤 상태인지 간단하게 설명했다. 그동안 마담은 요리를 차례차례 카운터에 늘어놓았다. 이 역시 혼돈의

극치였다. 치즈를 얹은 바게트와 카르파치오를 내놓는가 싶더니, 그 옆에 톳찜을 내려놓았다. 오리고기 향초 구이에 이어 말린 임연수어 구이. 그런데 전부 맛있었다. 나이프와 포크로 임연수어 구이를 먹다니 경험하기 힘든 일이다.

카르파치오를 먹는 리사코 옆에서 와타세가 시스템수첩 한 장을 떼어냈다. 그리고 삼색 볼펜으로 마그리트, 미레유, 지젤, 실비아, 에밀리라고 적었다.

"이건 '푸른 6인회' 멤버들이 쓰는 닉네임인데요. 누가 어머님이죠?"

리사코는 이름을 하나하나 찬찬히 바라보았다. 아아, 이거다.

"이거요." 리사코는 '마그리트'를 손가락으로 짚었다.

"아아, 마그리트. 그렇군요."

와타세는 무슨 의미인지 몇 번이고 고개를 끄덕였다. 그리고 카운터 너머의 마담에게 묘한 시선을 던졌다. 잠시 허공을 바라보는가 싶더니 메모지에 '연쇄살인 사건'이라고 휘갈겨 썼다.

"연쇄살인 사건?"

"네. 실비아, 미레유, 그리고 지젤. 이 세 명이 살해당했어요. 세간에서는 각각 '이타바시 구 주부 참살 사건' '오다하라 산속 변사체 사건' '기치조지 역 임신부 사망 사건'으로 따로따로 인식하고 있지만 이 세 사건에는 공통점이 있죠."

“피해자 모두 푸른 눈동자의 잔 팬이었다?”

“네. 그 때문에 잔의 저주라는 말이 나돌아서 본질이 흐려졌지만요.”

“본질이 뭔데요?”

“팬이었다는 것보다 이 세 사람이 서로 알고 지냈다는 게 중요해요. 즉 누군가가 명확한 의도로 이 세 사람을 연쇄살인 사건의 희생자로 만들었다고 생각하는 편이 이치에 맞죠.”

“그럼 경찰은 왜 그렇게 조사하지 않나요? 연쇄살인 사건 쪽으로.”

“일단 ‘이타바시 구 주부 참살 사건’이 해결됐거든요.”

“그래요?”

“네. 단독 사건으로 마무리됐어요.”

“범인이 누군데요?”

“‘푸른 6인회’ 중 한 명이었던 무라카미 에미코 씨가 자기 남편이 범인이라고 경찰에 신고했대요. 남자는 알코올중독이었고 평소 행실이 좋지 않았다는군요. 무라카미 에미코 씨도 남편한테서 달아났었고요.”

“그 무라카미…… 에미코라는 사람은?”

와타세는 삼색 볼펜에서 빨간색을 선택해 ‘에밀리’에 밑줄을 그었다.

"에밀리? 살해당한 사람이 실비아고, 죽인 게 에밀리?"

"아니요, 그게 아니라……"

와타세는 시스템수첩에서 메모지를 한 장 더 떼어내 간단한 관계도를 그렸다.

"즉, 팬클럽의 간사 '푸른 6인회'가 이 사람들이고."

마그리트, 미레유, 지젤, 실비아, 에밀리.

"본명이 밝혀진 사람이 이 네 명."

미레유－사카이 이네코, 지젤－호시나 사나에, 실비아－사키노 시오리, 에밀리－무라카미 에미코.

"그리고 '이타바시 구 주부 참살 사건'의 피해자가 실비아, 즉 사키노 시오리입니다. 용의자는 에밀리, 즉 무라카미 에미코의 남편 무라카미 히사시고요."

와타세는 '무라카미 히사시'라고 적고 그 위에 빨간색으로 두 줄을 그었다. "하지만 무라카미 히사시는 체포되기 전에 자살했어요."

"어, 이 사람도 죽었어요?"

리사코의 포크가 어중간한 위치에서 멈췄다. 카르파치오가 툭 떨어져 튜닉블라우스를 더럽혔다. 하지만 리사코는 그대로 질문을 이었다. "아내인 에밀리라는 사람은요? 지금 어떻게 지내요?"

"지금도 '푸른 6인회'에 참석하고 있어요."

"자기 남편이 회원을 죽였는데요?"

"별로 신경쓰지 않는 모양이에요."

"아줌마들은 그런 부분에서 대담하다니까요. 흠, 믿기 힘드네. 저 같으면 틀림없이 그만둘 거예요. 거북하잖아요. 자기 남편이 회원 한 명을 죽였으니."

"보통은 그렇겠죠."

"아, 혹시 그 에밀리라는 사람이 진범인 건?"

"음, 저도 처음에는 그렇게 의심했어요. 그래서 실비아, 그러니까 사키노 시오리의 아들을 찾으려고 수소문해봤는데요."

"왜 실비아의 아들을?"

와타세는 시스템수첩에서 스크랩한 종이 한 장을 떼어냈다. '이타바시 구 주부 참살 사건'의 신문기사였다.

히가시이타바시 서에서 조사한 바에 따르면 함께 살던 장남은 '새벽 한시 반쯤 누가 불러내서 엄마 혼자 외출했다'고 증언했다. 히가시이타바시 서는 사키노 씨를 불러낸 인물의 행방을 쫓고 있다.

"그러니까, 사키노 시오리의 아들이 진범을 알 가능성이 있다는 뜻이죠."

"아들은 지금 어디 있는데요?"

"규슈의 친척집에 맡겨졌는데."

와타세의 삼색 볼펜이 희미하게 떨렸다. 볼펜 끝이 의미심장하게 오르내렸다.

"작년에 교통사고로 세상을 떠났다고 해요."

"그 사람까지 죽었어요?" 리사코의 포크가 다시 멈췄다.

"네. ……그리고 다음으로 살해당한 사람이." 와타세는 '미레유-사카이 이네코'에도 두 줄을 그었다. "행방불명된 게 2008년 7월 하순. 다섯 달 뒤인 12월 오다하라 산속에서 발견됐죠. ……이건 시신이 발견된 지 한 달 후인 2009년 1월에 나온 기사인데요."

그렇게 말하며 와타세는 스크랩한 기사 한 장을 또 카운터에 내려놓았다.

오다하라 시 산속에서 사이타마 현 가와구치 시에 거주하는 사카이 이네코 씨(48세, 무직)의 시신이 발견된 사건이 7일로 발생한 지 한 달을 맞았다. 오다하라 시 아시가라 서는 살인 및 시체 유기 사건으로 보고 현장 부근과 사카이 씨가 방문한 곳을 중심으로 탐문수사 등을 벌이고 있으나 수사에 결정적인 정보는 얻지 못했다.

이 사건은 지난달 7일 오전 11시경, 산속에 불법 투기된 쓰레기를 회수하던 청소업자가 이상한 냄새가 나는 쓰레기봉투를 발견하고 시청에 연락하며 드러났다. 아시가라 서는 8일 오전 사법부검과 현장검증을 실시했고, 소지품을 통해 사카이 이네코 씨의 신원을 알아냈다. 아시가라 서에 따르면 시신은 사후 약 5개월이 경과했고 부패가 심해 사인은 알아낼 수 없었다고 한다.

"그리고 그다음에 살해당한 사람이……" 와타세가 펜촉을 '지젤-호시나 사나에' 위에 놓았다. "이게 그때 나온 기사입니다."

도쿄 도 JR 기치조지 역 플랫폼에서 여성이 전철에 치여 사망하는 사고가 발생했다. 이노카시라 서 조사 결과 여성은 플랫폼에서 떠밀려 사고를 당했을 가능성이 높은 것으로 밝혀졌다. 현재 이노카시라 서는 상해치사 사건으로 보고 수사를 진행중이다.

이노카시라 서는 피해자가 도쿄 도 스기나미 구에 거주하는 임신 5개월의 주부, 호시나 사나에 씨(42세)라고 발표했다.

사고는 9일 오후 7시 30분경 주오 선 상행선 플랫폼에서 발생했다. 이노카시라 서에 따르면 호시나 씨는 다카오발 도쿄행 쾌속전철에 승차한 후 기치조지 역 4번 선에서 하차하면서, 반대쪽 3번 선에서 출발한 도쿄발 다카오행 쾌속전철 쪽으로 쓰러져 차량에 치인 것으로 추정된다. 두 다리가 절단된 호시나 씨는 병원으로 옮겨졌지만 과다출혈로 다음날 사망했다.

JR동일본에 따르면 사고 당시 쾌속전철은 시속 60킬로미터로 달리고 있었으며, 사고가 발생하자 차장과 역무원의 조치로 긴급 정지했다. 플랫폼 중앙부에 역무원이 한 명 있었지만 사고 현장에서 약 100미터 정도 떨어져 있었던데다 계단 등에 가려진 사각지대라 발차 전 피해자에게 무슨 문제가 있었는지는 확인이 불가능했다고 한다.

"떠민 범인……은 밝혀졌나요?"

"아니요, 아직 잡히지 않았어요. 다만 지젤…… 호시나 사나에 씨 옆에 어떤 여자가 있었다는 목격 정보는 나왔죠."

"여자……"

"그런데 어머님한테 아무 말씀도 못 들으셨어요?"

"네?"

"뭐 팬클럽 이야기라든가. ……에밀리라는 사람에 대해서."

"아니요. 엄마는 집에서 그런 이야기 절대 안 해요."

"그렇군요."

"혹시 와타세 씨는 팬클럽 회원을 의심하는 건가요?"

"어쩌면요." 와타세는 진토닉을 꿀꺽 마시고 오리고기 향초구이를 포크로 찍어 먹었다. 그리고 다시 카운터 너머로 시선을 던졌다.

리사코는 마늘 토스트를 씹으며 카운터 위 메모지를 보았다.

실비아-사키노 시오리는 칼에 난자당했고, 미레유-사카이 이네코는 산속에 암매장당했다. 그리고 지젤-호시나 사나에는 전철에 치였다.

이제 남은 건 에밀리와…… 마그리트. 갑자기 입안이 바싹 말랐다.

"설마 이 두 사람 중 하나가?"

"어쩌면요." 와타세의 관자놀이가 묘하게 굳어졌다.

"설마, 그럴 리가요."

리사코는 억지로 웃어 보였다. 엄마가 범인이라는 거야? 그야 최근 들어 이상해지기는 했지. 옛날부터 이상했지만 최근 들어 한층 심해졌어. 아무리 그렇기로서니. ……아니면 에밀리라는 사람이 범인? 그렇다면 다음 목표물은…… 엄마?

리사코는 남은 마늘 토스트를 입에 쑤셔넣었다. 대부분이 입가로 삐져나와 떨어졌다.

무슨 음악이 흘러나왔다. 마담이 낡은 카세트라디오를 만지고 있었다.

와, 쇼와* 시대 가요네. 무슨 노래지?

"준과 네네라고 몰라요?"

마담이 리듬을 타면서 혼잣말하듯이 말했다. "하긴 모르겠죠. 옛날 노래니까. 난 좋아해요. 노래방에 가면 늘 이걸 부르죠. 난 '준' 파트예요."

마담이 벽에 장식된 레코드 재킷을 기쁜 듯이 가리켰다. 1970년대 분위기가 물씬 풍기는 화장을 한 두 여자. 그중 한 명은 남장을 했다. ……꼭 다카라즈카 같다.

"마담은 늘 이 사람들 노래만 틀어요. 덕분에 저도 외웠죠." 와타세가 호스트의 영업용 미소 같은 표정을 지었다. 하지만 금세 기고가의 얼굴로 돌아와 말했다.

"사실 세상을 떠난 건 이 세 명만이 아니에요." 와타세는 삼색 볼펜을 다시 쥐고 '소피 – 요시무라 요시코'라고 썼다.

"이 소피라는 사람이 2006년 12월경 실종됐어요."

"누구죠?"

"팬클럽 대표였어요. 이 사람이 없어져서 마그리트 씨가 대표가 된 거죠."

---

* 일본의 연호. 1926~1989년.

"……아아, 그러고 보니." 리사코는 진저에일로 입을 축이고 말했다. "앙그라캉그라에서 봤는데, 아키즈키 미유리가 두 명이라면서요?"

이런 데는 전혀 흥미 없지만 아무튼 화제를 바꾸고 싶어서 리사코는 말했다. "제2의 작가설이 사실인가요?"

"글쎄, 어떨까요." 와타세는 훈제연어를 포크로 찍었다. "처음에는 저도 두 사람이 아닐까 싶었는데, 아무래도 아닌 것 같더라고요."

"아니에요? 하지만 전반부와 후반부 그림이 너무 다른데요?"

"보신 적 있어요?"

"네, 엄마 책으로요."

"끝까지?"

"네, 끝까지. 보다가 중간에 그림이 달라졌다고 느꼈어요."

"아, 마담. 푸른 눈동자의 잔 단행본 좀 빌려주실래요?"

와타세가 부탁하자 마담은 꺼내가라는 듯 가게 구석의 책장을 눈짓으로 가리켰다. 동서고금의 오래된 책이 아무렇게나 꽂혀 있었다. 마치 진보초의 헌책방 같은 분위기였다. 그중에서도 특히 이채로운 분위기를 뿜어내는 책들이 바로 『푸른 눈동자의 잔』이었다.

"아, 전권이 다 있네." 리사코는 과장되게 놀라움을 표현했다.

"굉장한 우연이네요."

"우연이 아니죠. 제가 여기서 잔을 발견하고 관심을 가졌으니까요. 그러고서 앙그라캉그라에 기획을 제안한 거예요." 와타세는 가느다란 손가락을 우아하게 움직여 책장에서 책을 한 권 한 권 뽑았다. "여기 오기 전에는 아키즈키 미유리도 잔도 전혀 몰랐어요."

와타세가 마담을 흘낏 보았다. 마담은 그 시선에 응답하듯이 바구니에 빵을 더 담았다.

"마담에게 그외에도 많은 걸 배웠죠. 프렌치 레스토랑의 매너부터 쇼와 시대 가요곡, 그리고 심리학까지. 실로 박식한 분이에요." 그렇게 말하며 와타세는 리사코 앞에 단행본을 늘어놓았다. "아키즈키 미유리가 두 사람이라는 설에 의문을 가진 것도 마담이 지적해준 덕분이죠. 아, 여기 8권. 이 권 도중부터 그림이 바뀌는데요." 와타세는 8권을 들고 책장을 가늠해서 펼쳤다.

그렇다. 8권 도중에 그림이 확 바뀐다. 물론 그때까지의 그림체를 답습하지만 분위기가 완전히 다르다. 다른 사람이 그렸다고 판단하는 게 자연스러우리라.

"이 장을 경계로 그림이 바뀌어요. 그런데 보세요, 이 엑스트라 캐릭터. 이 캐릭터가 반드시 군중 속에 들어가 있거든요. 머리 긴 이 여자. 이거요."

와타세는 여주인공 뒤편에 무리지은 엑스트라 중 한 명을 가리켰다.

"이 흑발 캐릭터가 반드시 군중의 한 사람으로 등장해요. 아마도 자화상이 아닐까 싶은데. 그도 그럴 것이." 와타세는 이번에는 3권을 뽑았다. 그리고 책장을 넘기더니 "여기 보세요" 하고 손가락으로 짚었다.

와타세가 손가락으로 짚은 곳은 가장자리 여백이었다.

"잡지에 연재될 때는 아마도 광고가 실리는 부분이겠죠. 단행본으로 만들 때는 작가의 메시지나 주요 캐릭터의 B컷 등을 넣는 게 관례라고 해요."

와타세는 여백의 한 부분을 더욱 자세하게 가리켰다. 거기에는 원작자 아키즈키 미유리의 친필 메시지와 자화상이 있었다.

"이 자화상, 아까 그 흑발 엑스트라와 똑같이 생겼어요." 와타세는 그렇게 말하더니 그림이 바뀌었다는 8권 후반부를 펄럭펄럭 넘겼다. "아, 여기 있네. 이거예요. 이거." 그리고 흑발 엑스트라를 가리켰다.

아, 진짜다. 이 캐릭터만 전혀 변하지 않았어.

"이 흑발 캐릭터만 쭉 같은 어시스턴트가 그린 건 아닐까요?"

"뭐, 그럴 수도 있지만요. 하지만 아키즈키 미유리는 한 명이었을 거예요. 제2의 분신은 없었을걸요."

"그럼 아키즈키 미유리는 지금 뭘 하는데요?"

"아키즈키 미유리라는 이름을 버리고 평범하게 살고 있지 않을까요?"

와타세가 다시 카운터 너머로 시선을 던졌다. 그리고 어딘가 의미심장한 웃음을 지었다.

"실은 말이죠." 와타세가 리사코의 얼굴을 들여다보았다. 그야말로 호스트 같은 몸짓이었다. 이 사람은 호스트 기질을 타고났는지도 모른다. "여기서만 하는 이야기인데, 실은 아키즈키 미유리가 조만간 부활하는 모양이에요. 푸른 눈동자의 잔 연재를 재개한대요."

"정말요?"

"그러니까 여기서만 하는 이야기죠. 리사코한테만 특별히 알려주는 거예요."

왜, 왜 갑자기 이름을 부르는 거지? 리사코의 귓불이 빨갛게 물들었다.

"그런 비밀을 알려주시면 안 되는데. 저 분명 다른 사람한테 이야기할걸요?"

"말해도 상관없지만 이달 말까지만 참아요. 월말에 발매되는 앙그라캉그라에서 다룰 거니까. 그때까지는 비밀로 해줘요."

와타세는 리사코의 입술에 자기 집게손가락을 댔다. ……이 사람 정말 호스트야. 보통 남자가 이런 짓을 하면 성희롱감이지. 하지만 중년 여자라면 감쪽같이 넘어갈지도.

"……아, 벌써 시간이 이렇게."

와타세가 시계를 흘끔 보았다. 오후 두시 반. 와타세는 입을 닦은 냅킨을 둥글게 뭉쳤다. 그리고 "오늘은 여러모로 협조해주셔서 감사합니다" 하며 봉투를 카운터 위로 밀어주었다.

"천만에요. ……감사합니다."

"또 연락드릴지도 모르는데. 괜찮을까요?"

"네……?" 와타세의 얼굴이 바짝 다가와서 리사코는 몸을 뒤로 물렸다. 하지만 와타세는 얼굴을 더 들이밀었다. "네, 네. 괜찮아요." 리사코는 하는 수 없이 그렇게 대답했다.

"감사합니다."

"아가씨, 우리 가게에도 꼭 다시 와요."

마담이 성냥갑을 카운터에 내려놓았다.

난 미성년자라니까. 리사코는 속으로 투덜거리면서도 성냥갑을 가방 안주머니에 집어넣었다.

*

"괜찮으세요?"

눈을 뜨자 기누에는 다른 병실 침대에 누워 있었다. 팔이 묵직했다. 내려다보니 주삿바늘이 꽂혀 있고 가느다란 관에서 링거액이 똑똑 떨어지고 있었다.

"지혈제를 놓는 중이에요. 내시경으로 검진했더니 출혈 흔적이 상당히 많아서요. 혈액 검사 결과 헤모글로빈 수치도 많이 떨어졌더라고요. 심한 빈혈이에요."

아까와 다른, 연륜 있는 모습의 간호사가 차트를 보며 담담하게 증상을 설명했다. 조금 무뚝뚝한 인상이었다. 아까의 간호사는 부자연스러울 만큼 붙임성 있게 웃어 보였지만, 이렇게 무표정한 것도 좀 난처하다. 그러고 보니 유니폼 색깔이 달랐다. 이번에는 민트색이다. 가슴께 이름표에 수간호사라고 적혀 있었다. ……어딘가 소피 씨를 닮았다.

"위내시경은 끝난 건가요?"

"네."

"도중까지는 기억나는데. 그다음은…… 전혀 기억이 없어요."

"마취가 너무 잘돼서 잠드신 모양이에요. 잘됐네요. 잠드신 사이 검사가 끝나서. 아프지 않으셨죠?"

"네, 뭐." 실은 고문당하는 것처럼 괴로웠지만 여기서 하소연해봐야 아무 소용 없다.

"마취가 잘 안 돼서 검사중 고통을 호소하는 환자도 계세요."

그 또한 자기 이야기지만 역시 말해봐야 소용없다. 기누에는 화제를 바꾸었다. "그런데 검사 결과는요?"

"나중에 담당 선생님이 설명하실 테지만, 일단은 커다란 궤양이 발견됐어요."

"일단은?"

"채취한 세포를 검사해야 하니까 다음번 내원 때 결과를 알려드릴게요."

무슨 이유인지 간호사가 웃었다. 기누에도 웃으려고 입술을 당겼지만 잘 웃어지지 않았다. 얼굴 근육 여기저기에 힘을 주어 보았지만 아무래도 잘 안 됐다. 어떻게 웃는 거더라. 여러 근육을 움찔거리고 있자니 이번에는 완전히 다른 유니폼을 입은 여자가 방에 들어왔다. 타탄체크무늬 조끼에 흰색 블라우스, 남색 바지식 스커트. 원무과에 있던 사무원이다. 여자가 간호사에게 뭐라고 귀엣말을 했다. 고개를 끄덕이며 듣던 간호사의 얼굴에서 다시 웃음기가 사라졌다.

"실례합니다만, 보험증 유효기간이 다 된 것 같은데요." 간호사가 말했다.

"네?"

그러고 보니 회사 총무부에서 무슨 알림장이 왔었다. ……설마 그이, 잘렸나? 아니야, 말도 안 돼. 그냥 착오겠지? 그래, 그냥 착오가 생긴 거야.

뭐라고 변명해야겠다는 생각에 자연스레 손이 올라갔지만 링거 줄이 걸리적거렸다. 그나저나 참 강렬한 노란색이다. 이런 게 몸속으로 들어온다고 생각하니 어쩐지 기분 나빴다.

"담배는 끊으세요."

초로의 의사는 병실에 들어오자마자 차트를 보면서 말했다.

"아니요, 저는 안 피우는데요."

"그럼 됐습니다만."

의사가 의심의 눈초리로 이쪽을 보았다. 난 안 피운다니까.

"술도 금지입니다."

"술도 거의 안 마셔요."

그건 거짓말이었다. 어찌할 길 없는 스트레스를 해소하기 위해 세지도 않은 술을 몰래 퍼마셨다. 위통의 요인 중 하나가 틀림없었다.

"어쨌거나 당분간은 안정을 취하셔야 합니다. 위산 분비를 억제하는 약과 위 점막을 정상으로 되돌리는 약을 처방해드릴 테니 최종 검사 결과가 나올 때까지 드세요. 일단 지금 같은 통증은 다스려줄 겁니다."

"……최종 검사 결과는 언제 나오는데요?"

"일주일은 걸릴 겁니다."

"그럼 일주일 후에 다시 오면 되나요?"

"글쎄요, 일주일 후……" 의사는 고개를 돌려서 벽에 붙은 달력을 보았다. 기누에도 목을 빼고 달력을 확인했지만 시야가 흐려서 잘 보이지 않았다.

"알겠습니다. 일주일 후에 오세요."

"네. 알았어요."

"그럼 다음에 뵙겠습니다."

병실을 나가는 의사에게 인사하려고 고개를 들었지만 1센티미터도 올라가지 않았다. 링거는 아까부터 양이 거의 줄지 않았다.

정말 독극물 같은 색깔이야. 실은 독이 아닐까. 독이라 해도 어쩔 수 없어. 지금의 나는 전기의자에 앉은 사형수 같은 신세인걸. 이 침대에서 일어나지도 못해. 아직 마취가 안 풀렸는지 몸이 옴짝달싹도 안 해.

난 이대로 죽는 걸까.

죽는 걸까?

그래요, 죽을 겁니다. 소피 씨처럼, 실비아 씨처럼, 미레유 씨처럼, 지젤 씨처럼.

죽을 겁니다. 당신도 죽을 거예요.

"안 돼!"

제 목소리에 놀라 눈을 뜨자 노란색 링거 줄이 흔들렸다.

링거액이 조금 줄어들어 있었다.

"괜찮으세요?"

분홍색 유니폼을 입은 젊은 간호사가 기누에를 들여다보았다. 목에 타이머가 걸려 있었다.

"끙끙 앓으시던데요. 악몽이라도 꾸셨어요?"

간호사가 생긋 웃었다. 도대체 어디서 배웠는지 호스티스처럼 교태 섞인 웃음이라 왠지 모르게 불편했다.

"무슨 꿈을 꾸셨는데요?" 간호사가 물었다.

"인연을 끊고 싶은데 좀처럼 끊을 수 없는 여자 꿈요."

"쇠심줄 같은 인연이네요."

"쇠심줄이라." 확실히 그렇다. 기누에는 쓴웃음을 지었다.

"마음먹기 나름이에요. 꿈도 마음먹기에 따라서 통제할 수 있어요."

"그래요?"

"꿈을 꿀 때 이건 꿈이다, 꿈이다, 이렇게 의식하는 거죠. 그러면 나머지는 간단해요. 자기 마음대로 꿈을 바꿀 수 있어요."

"악몽도요?"

"그럼요. 도중에 해피엔딩으로 바꾸면 되죠."

"그렇군요. 한번 해볼게요."

링거를 다 맞으려면 아직 멀었다. 한숨 더 잘 수 있을 듯했다.

무슨 소리가 들렸다.

아아, 타이머 소리구나. 간호사는 목에 건 타이머를 끄더니 "그럼 잠깐 실례할게요. 푹 쉬세요"라고 말하고 총총 다른 환자에게 향했다.

링거를 꽂은 팔이 침대 아래로 축 늘어졌다.

……

이건 꿈이다, 이건 꿈이다.

기누에는 그렇게 중얼거리며 눈을 질끈 감았다.

띠띠띠띠띠. 띠띠띠띠띠.

타이머 소리? 아, 간호사 언니. 이제 다 됐어요?

어, 아니야, 자기는 소피 씨. 돌아왔구나. 다행이야, 걱정했다고. 자, 모두 기다리고 있어. 미레유 씨, 지젤 씨, 실비아 씨, 그리고 가브리엘 씨. 봐, 모두 옛날 그대로지? 이 멤버로 처음부터 다시 시작하자. 그래, 전부 리셋하고 처음부터.

소피 씨, 왜 그래? 왜 아무 말이 없어? 소피 씨, 소피 씨, 소피 씨! 얼굴이 새파래!

눈을 뜨자 분홍색 유니폼을 입은 간호사가 기누에의 팔에서 주삿바늘을 뽑고 있었다. 드디어 링거를 다 맞은 모양이었다.

"괜찮으세요?"

간호사가 얼굴을 살폈다. "또 끙끙 앓으시던데요?"

"네. 악몽을 꿔서."

"이건 꿈이다, 이건 꿈이다…… 하고 의식해보셨어요?"

"네, 해봤어요."

"어떠셨어요?"

"……글쎄, 효과가 있는지 없는지 잘 모르겠네요."

"그렇군요. 익숙해지면 분명히 꿈을 통제할 수 있을 거예요."

간호사가 A4 용지를 건넸다. 종이에는 검사 후 주의사항이 나열되어 있었다. 주로 마취에 의한 사고를 막기 위한 내용이었다.

"마취가 완전히 풀릴 때까지 앞으로 두 시간은 더 봐야 해요. 그때까지는 식사도 삼가시고요. 자, 이거."

간호사는 번호표를 건네며 원무과로 가져가라고 했다. 하지만 다리가 후들거려서 잘 걸을 수가 없었다.

"괜찮으세요? 얼굴이 창백하세요."

"네, 괜찮아요. 걱정 마세요."

웃으려고 했지만 울상이 되고 말았다.

"정말 괜찮으세요? 조금 더 쉬었다 가시겠어요?"

간호사의 눈에 동정하는 빛이 떠올랐다.

"괜찮으세요?"

원무과 직원도 묘하게 친절했다. 그러나 어쩐지 딱딱한 표정이었다.

"괜찮으십니까?"

의사까지 다가왔다.

왜? 왜 모두 이렇게 친절해? 전에 갔던 병원에서는 간호사도 의사도 모두 쌀쌀맞았는데.

혹시.

기누에는 오른쪽 손바닥을 살짝 펼쳐보았다. 헉.

……생명선이 끊어졌어!

혹시 암? ……나, 암이야?

그렇구나, 암이구나. 그래서 다들 이렇게 친절한 거야.

기누에는 손을 그대로 오므려 주먹을 꽉 쥐었다.

벽에 걸린 시계가 오후 세시를 가리켰다.

가야 해. 가야 해. 가브리엘 씨도 오는걸. 가야지.

*

“어?” 레이코 집에 도착하자마자 리사코는 손가락을 꼽았다.

마그리트, 미레유, 지젤, 실비아, 에밀리……

“리사코, 또 혼자만의 세계에 빠졌네.” 레이코가 느닷없이 얼굴을 가까이 가져왔다. “나쁜 버릇이야. 그런 건 아주 아주머니를 쏙 빼닮았다니까.”

“응? 아주머니?”

“너희 엄마.”

“에이, 아니야.”

리사코는 그제야 핸드백을 어깨에서 내려놓았다.

“아, 리사코. 무슨 냄새 난다.”

“어? 정말?” 리사코는 튜닉블라우스 소매를 코에 댔다. 아, 얼룩. 그렇구나, 아까 먹은 카르파치오.

“아니, 그게 아니라 무슨 남자 향수 냄새. 혹시 남자 만났어?”

어쩐지 야릇한 느낌의 말투라 리사코는 얼굴이 새빨개졌다.

“아니야, 아니야. 취재.”

“취재? 그게 뭐야.”

“그러니까……”

“야, 우리 피자라도 시킬까?”

레이코가 어느 틈에 피자 메뉴를 펼쳤다. 여전하다. 이야기 도중에 흥미의 대상이 속속 바뀐다. 처음에는 상당히 당황스러웠지만 어느새 레이코의 이런 성격에도 익숙해졌다.

소꿉친구인 레이코는 일찍이 같은 사택에 살던 이웃사촌이었다. 육 년 전 레이코네 가족이 사택에서 나간 후로 소원해졌지만, 레이코가 자취를 시작하면서 다시 연락을 주고받게 되었다.

"무슨 피자 먹을까?" 피자 얘기를 듣자 어쩐지 배가 고파졌다. 바에서는 영 든든하게 먹지 못했다.

"음, 맡길게."

"그래? 그럼 참치 옥수수 마요네즈로 시켜도 돼? 피자 도우는 이탈리안 크러스피가 좋아, 아니면 두꺼운 거?"

"두꺼운 거."

"알았어."

피자를 주문한 후 레이코가 말했다. "그래서, 뭔데?"

"응?"

"취재 말이야."

"아아." 잊어버렸을 즈음에 이전 화제를 다시 꺼낸다. 레이코는 정말로 변함없었다. "실은 오늘 취재를 받고 왔어."

"취재?" 레이코의 둥그런 눈에 호기심의 불이 켜졌다.

"응. 앙그라캉그라라는 정보지."

"아아, 알아. 좀 마니악한 연극이나 영화를 소개하는 잡지지? 무슨 취재였는데?"

"푸른 눈동자의 잔이라는 만화에 대한 취재야."

"뭐야, 그게?"

"몰라?"

"응."

"우리 엄마가 그 만화 팬이야."

"오. 유명한 만화야?"

"유명하다고 할까. 사연이 많다고 할까."

"무슨 사연인데?"

"예를 들면 단행본을 구하기 어렵다든가."

"서점에서 안 팔아? 왜, 요즘 쇼와 시대의 만화가 문고판으로 복간되곤 하잖아."

"복간은 한 번도 없었어. 이십오 년 전에 절판되고 끝인가봐. 그래서 마니아들 사이에 프리미엄이 엄청 붙어서 거래된대. 총 열두 권에 얼마일 것 같아?"

"얼마인데?"

"120만 엔."

"꺄아악." 레이코는 예쁜 얼굴에 어울리지 않게 괴상한 소리를 질렀다.

"그것도 최저가가 그래. 초판쯤 되면 한 권에 20만 엔은 잡아야지. 마지막 권은 무려—"

"너희 엄마가 그걸 가지고 계셔?"

"응."

"엄청난 보물이잖아. 실시간으로 읽으신 거야?"

"응. 연재가 시작된 당시 중학생이었대."

"그리고 또? 사연이라는 게 구하기 어렵다는 것만은 아니겠지?"

"연재가 중단된 모양이야."

"왜?"

"뜬금없이 문제가 될 만한 장면이 실렸거든. 발매일 다음날 완전 대소동이었다나봐. 평소 같으면 반 아이들이 모여 잔 이야기로 불타오를 텐데, 그때는 아무도 이야기를 꺼내지 않았어. 개중에는 결석하거나 수업중 울음을 터뜨리는 아이까지 있어서 정말로 음울한 하루였대. 실제로 자살한 독자도 있었다나 뭐라나."

"우아, 그렇구나."

"고작해야 만화인데 어처구니가 없어."

"고작해야 만화. 그렇지만 만화야."

"뭐?"

"좀더 팬의 입장에서 생각해야지."

"……그래도 역시 이해가 안 돼. 그야 이야기에 몰입할 수는 있겠지. 그러다 내용이 마음에 들지 않는 방향으로 나아가거나, 마땅치 않은 결말로 끝나면 좀 화가 나거나 우울해지기도 할 거야. 하지만 그건 일시적인 현상이지……"

"그 일시적이 중요한 거야. 나중에 돌이켜보면 어이없을지도 모르지만, 그 순간만은 세상에서 가장 무겁고 심각한 감정으로 다가온다고. 잔이라고 했나? 그 만화 팬들한테는 문제의 장면이 그런 순간이었던 것 아닐까? 그나저나 엄청난 장면이었나보네. 보고 나서 트라우마 같은 게 생길 정도로."

"트라우마?"

"다른 말로는…… 음, 있잖아. 뭐더라, PT."

"PTSD?"

"그래, 그거. 외상 후…… 스트레스 장애였나?"

"너무 요란 떠는 거 아니야? 기껏해야."

"기껏해야 정도가 아닐지도 모르잖아?" 레이코가 진지한 얼굴을 들이밀었다. "너희 엄마도 그 만화에 무슨 영향을 받으셨어?"

리사코는 휴, 하고 작게 한숨을 쉬었다. "제법."

"어떤 식으로?"

"어쩐지 망가진 느낌이야."

"나이와도 상관있지 않을까? 연세가 어떻게 되시지?"

“올해…… 마흔여섯이던가.”

“거봐, 그거야. 갱년기 장애.”

“뭐, 그런 탓도 있겠지만.”

“우리 엄마도 갱년기 장애인가봐. 매일같이 죽네 사네 시끄럽다니까.”

“확실히 갱년기 장애의 조짐이 보이기는 해. 하지만 엄마가 이상한 건 어제오늘 일이 아니거든.” 리사코는 자조적으로 웃었다. 레이코도 머쓱한 웃음을 지었다.

“그런데, 그 문제의 장면은 어떤 내용이야?” 레이코가 화제를 바꾸었다.

“모르겠어. 연재되던 잡지에만 실렸고 단행본에서는 삭제된 모양이야. 단행본을 본 적 있는데 해피엔딩을 억지로 갖다붙였더라고.”

“단행본은 어떻게 끝나는데?”

“말도 안 되는 꿈 설정. 소녀 잔이 성장해 프랑스에서 미국으로 건너가 수많은 고난을 헤치면서…… 적어도 이십 년은 흘렀을 텐데, 그 세월이 몽땅 병석에 누워 있는 소녀 잔의 꿈이었다, 아침에 일어나니 어젯밤 말라버린 백장미가 피어 있었다…… 뭐 이런 식이야.”

“크, 완전 용두사미네.”

"그렇지? 깔아놓은 복선이 몽땅 흐지부지됐어. 이래서야 이년 가까이 그 만화를 아껴준 독자를 우롱하는 꼴이잖아."

"하지만 판을 너무 크게 벌이는 바람에 수습하지 못하고 제풀에 포기한 만화는 많지 않나? 아니, 그런 케이스가 훨씬 많잖아?"

"뭐 그렇지. 아무리 그래도 그런 결말은 좀……"

"흔한 일이야. 열성팬의 기대에 넌더리가 나서 작품을 내팽개치는 예는 제법 많아. '셜록 홈스' 시리즈를 쓴 도일, '아르센 뤼팽' 시리즈를 쓴 르블랑…… 『빨간 머리 앤』을 쓴 몽고메리도 그러지 않았나? 뭐, 어쨌거나—"

"응?"

"아니, 아직도 팬이라니 너희 엄마는 여전히 열정적이구나 싶어서." 의도적인지 아닌지 레이코는 '여전히'라는 부분을 강조해서 말했다.

"사택 자치회 때도 아주머니가 아주 열심이셨잖아. 우리 엄마는 '여전사'라는 말도 했다니까."

리사코의 얼굴이 절로 굳어졌다. "지금은 그렇지도 않아."

"그래?"

"자치회도 사퇴했고. 이제는 존재감이 희미해."

"정말? 믿기지 않네, 그 열혈 아주머니가."

"그만큼 팬클럽 활동에 열을 올리고 있지."

창문으로 미지근하고 습한 바람이 불어들었다. 리사코는 테이블에 내던져둔 피자 메뉴를 끌어당겼다.

"그런데 무슨 피자 먹을까?"

"응? 아까 주문했잖아."

"그랬나? ……아."

휴대전화가 울렸다. 리사코는 청바지 호주머니에서 휴대전화를 꺼냈다.

엄마였다. 리사코는 휴대전화를 움켜쥐었다. 레이코가 이쪽을 힐끔거렸다. 허둥지둥 현관으로 몸을 피했다.

"리사코, 지금 어디니?" 엄마의 날 선 목소리가 귀를 찔렀다.

"그건 왜 물어?"

"내일 일요일인데, 가도 돼?"

"뭐? 시즈오카에?"

"입학식 이후로 한 번도 집에 안 왔잖니."

"아, 미안. 지금 친구랑 있거든. 내일 하루종일 같이 있으려고."

"그래? 어떤 친구?"

"……대학교 친구." 리사코는 레이코 쪽을 보면서 작은 목소리로 말했다.

"남자친구?"

"남자친구는 무슨. 여자야."

"아, 그래."

"이제 됐지? 끊는다?"

"저기."

"왜?"

"오늘 병원 다녀왔어. 엄마, 위가 약하잖아. 요즘 위통이 심해서 검사받았어."

"어땠어?"

"암일지도 몰라."

"응?"

"나, 죽으려나봐."

"뭐?"

"엄마 죽는다고."

그리고 전화가 끊겼다. 리사코의 등에 식은땀이 흘렀다.

"리사코, 누구 전화인데?"

"나, 아무래도 집에 가봐야겠어."

"뭐? 세타가야에? 피자는 어쩌고."

"미안. 돈은 내가 낼게." 리사코는 와타세에게 받은 봉투에서 1만 엔을 꺼냈다.

"어, 거슬러줄 돈 없는데."

"다음에 줘도 돼. 아무튼 가봐야겠다."

도대체 뭐야, 어떻게 된 거냐고. 암이라는 둥 죽는다는 둥, 그런 소리를 하면 집에 가는 수밖에 없잖아. 으름장? 농담? 아니면 관심 끌기? 아아, 정말 싫어. 그 사람한테는 매번 휘둘린다니까.

생각해보면 철들 무렵부터 그랬어. 혼자서 내게 기대를 걸고 어긋나면 또 혼자서 절망했지. 초등학생 시절 발레학원에 다닐 때도 그랬어. 주인공으로 뽑힐 거라고 설레발을 치며 오데트 의상을 구입했지. 하지만 실제로는 엑스트라 백조를 맡았어. 난 그래도 전혀 상관없었는데, 그 사람은 학원으로 찾아와서 거세게 항의했지. 어린이회 선거 때도 내가 회장으로 뽑히도록 애들에게 장난감을 뇌물로 바치기까지 했어. 결국 레이코가 당선되자 그후로 그애와 그애 가족을 피해 다녔지. 고등학교 수험 때는 더 심했어. 처음부터 K고등학교는 무리였는데 합격할 거라고 철석같이 믿고서 이웃사람들한테 떠벌렸어. 떨어져서 급이 떨어지는 고등학교에 들어갔을 때도 장난 아니었지. 반드시 K고등학교에 편입할 수 있다며, 반드시 그럴 테니 지금부터 준비해둬야 한다며 K고등학교 교복을 사서 억지로 입혔지. ……매번 그랬어.

이제 지긋지긋해, 지긋지긋하다고! 난 결국 당신 딸이니 수준이 뻔하잖아. 인간에게는 타고난 그릇이 있어. 분수라는 게 있다고. 그걸 무시하고 너무 큰 걸 바라면 행복은 절대로 찾아오지 않아. 오히려 비극을 맞을 뿐이야. 왜 그렇게 간단한 사실을 몰라?

응? 엄마!

"네 엄마, 나갔다."

집 문을 열자마자 아빠가 말했다. 잠깐 보지 못한 사이 몸피가 많이 줄었다. 흰머리도 는 것 같았다. 뺨이 파리했다.

"언제?"

"오전인가, 어느 틈엔가 없어졌더라."

"아까 전화받았는데? 그래서 온 거야."

"몇시에?"

"한 시간쯤 전에."

"한 시간? 그럼 넌 어디 있었는데? 시즈오카에 있지 않았어?"

"지금 그게 무슨 상관이야. 문제는 엄마잖아?"

"아아, 그렇지." 아빠가 책 읽는 투로 말했다. 움직임도 느릿느릿했다. ……설마 우울증이 도졌나?

"아빠, 일은 잘돼? 안 빠지고 잘 다녀?"

"지금 그게 무슨 상관이야. 문제는 엄마잖아."

아빠는 리사코의 말을 그대로 되돌려주었다. 표정이 석상처럼 딱딱하고 차가웠다. 분명 일이 잘 안 풀리는 거야.

"아무튼 목말라 죽겠어. 뭐 좀 마셔야지." 리사코는 일단 집으로 들어가 냉장고부터 열었다. 안이 휑뎅그렁했다. 평소 같으면

포만감을 그림으로 그린 것처럼 꽉꽉 들어차 있을 텐데.

"엄마, 언제부터 몸이 안 좋았어?"

"몸 상태는 나쁘지 않을걸."

"아니야. 전화로는 오늘 병원에 갔었대."

"어디가 아파서?"

"위. 암일지도 모른대. 죽는다고 그러더라."

"설마."

"엄마, 요즘 이상하지 않았어?"

"네 엄마가 요즘에만 이상하던?"

아빠의 표정이 겨우 누그러졌다. 오랜만에 보는 웃음이었다. 하지만 실수였다는 듯 바로 무표정으로 되돌아갔다.

틀렸어. 지금 아빠는 아무 도움도 안 돼. 리사코는 휴대전화를 꺼내 엄마 전화번호를 눌렀다. 하지만 받지 않았다.

"전원 꺼놨을걸. 항상 그래. 걱정할 필요 없어."

"항상 그렇다니. 엄마 요즘 집을 자주 비워?"

"그래. 네가 나간 뒤로 네 엄마도 집에 있는 시간이 줄었어. 훌쩍 나가버려. 나랑 단둘이 있는 게 싫어서 그렇겠지. ……뭐, 기분은 이해가 간다만."

아빠는 쿠키 통을 끌어안고 쿠키를 으적으적 씹었다. 아빠의 위아래 어금니가 쿠키를 잘게 부쉈다. 혈당치가 높은데 괜찮을까. 아빠는 삶에 대한 집착을 놓아버린 사람처럼 통에서 쿠키를 하나 더 꺼내 입에 넣었다.

"혼자 있는 게 여러모로 좋아. 마음도 편하고. 좋아하는 것도 실컷 먹을 수 있고." 움직이던 뺨이 멈췄다. 리사코가 아빠 앞에 앉았을 때다.

"아." 아빠가 어딘가로 시선을 던졌다. 그러고는 코를 움찔거렸다.

"왜?"

"이 냄새."

"응?"

"……아니, 아무것도 아니야." 아빠는 시선을 다시 쿠키 통으로 돌렸다.

쿠키 씹는 소리가 벽으로 빨려들어갔다. 분명 이웃집에도 들릴 것이다. 이 사택의 벽은 거짓말처럼 얇다. 옆집 사람 재채기 소리까지 들린다. 화장실에서 물 내리는 소리는 마치 폭포처럼 선명하게 들린다. 누가 뭐라고 했는지, 엄마가 화장실 가는 횟수를 제한한 적도 있었다.

아무튼 엄마는 체면과 남의 시선을 몹시 신경쓰는 사람이다. 그러면서도 자기 자신을 전혀 객관적으로 보지 못하는 사람이기도 했다. 그 양면적인 성격 때문에 몇 번이나 눈물을 머금어야 했지만, 그래도 엄마다. 죽는다고 하는데 내버려둘 수는 없다.

연쇄살인 사건.

와타세라는 자유기고가의 말이 느닷없이 머릿속에 떠올랐다. '푸른 6인회' 멤버가 차례차례 살해당하고 남은 사람은 에밀리와 마그리트뿐이다. 그 남자는 둘 중 하나가 범인일지 모른다고 넌지시 암시했다.

리사코의 겨드랑이에 천천히 땀이 뱄다.

엄마는 분명 적을 잘 만드는 편이지만 근본이 나쁜 사람은 아니다. 요컨대 쉽게 감정에 치우치고 자기주장이 강할 따름이다. 그런 것들이 자가중독을 일으키는 것이다.

연쇄살인 사건.

다시 그 말이 떠올라 리사코는 몸이 굳었다. ……설마, 이번에 살해당하는 건 엄마?

"무슨 문제에 휘말렸을지도 몰라."

리사코는 목소리가 떨렸다. "아빠, 엄마가 어디 갔는지 알아낼 방법 없을까?"

"컴퓨터를 한번 보든지. 네 엄마는 틈만 나면 컴퓨터를 붙들고 있었으니 무슨 실마리가 있을지도 모르지."

부엌 구석에 조그만 책상이 있다. 그 어두운 곳이 엄마의 유일한 개인공간이다. 등을 웅크리고 열심히 키보드를 두드리는 엄마의 모습이 떠올라 리사코는 뭐라고 형용할 수 없는 감정에 사로잡혔다. 저곳만이 엄마의 도피처였다면. ……그래. 내가 여기서 달아난 것처럼 그 사람도 어딘가로 달아나고 싶었는지 몰라.

"아, 그런데 요새 네 엄마가 비밀번호 걸어놔서 못 들어갈지도 모르겠다." 아빠가 볼이 불룩해지도록 쿠키를 먹으며 태평스레 말했다.

아, 진짜다. 비밀번호를 입력해야 한다. 내가 몰래 엄마 메일을 확인하던 걸 들켰나? ……엄마, 의외로 비밀주의자네.

"맞지? 비밀번호 걸어놨지?"

아빠가 마치 남의 일처럼 말했다. 실제로 이제는 남일 것이다. 언제부터인가 두 사람 사이에는 찬바람이 쌩쌩 불었다. 하지만 뭐가 어찌되든 내게는 엄마다. 남이 될 수는 없다.

리사코는 예전에 친구에게 배운 비밀번호 푸는 법을 기억에서 끄집어냈다. 자기 컴퓨터인데도 비밀번호를 잊어버리는 통에 쓸 수 없게 되어 대학교 친구에게 우는소리를 했다. 겨우 한 달 전 이야기다.

그런 때는 일단 관리자 계정으로 들어가. 그 친구는 그렇게 말했다.

"음, 그러니까, 일단 전원을 끄고."

리사코는 컴퓨터를 껐다가 다시 켰다.

"비밀번호를 입력하라는 화면이 나오기 전에 펑션 키를 누르면……"

안전모드가 떴다. 안전모드 네트워크 관리자를 선택하니 짐작대로 관리자 모드로 로그온할 수 있었다. 하지만 이대로는 엄마가 남긴 정보를 볼 수 없다.

"이 상태에서 제어판, 사용자 계정에 들어가서. ……H-kinue. 이게 엄마 계정명이구나. 이걸 선택해서 비밀번호 변경을 선택하고…… 이제 강제로 새 비밀번호를 설정하면. ……일단 대충 알파벳이랑 숫자를 넣어서…… St125897. 이제 엄마 계정에 새 비밀번호가 설정됐다. 아, 확인 버튼을 누르기 전에 비밀번호를 적어둬야지."

이때 리사코는 손을 멈췄다. 확인 버튼을 누르면 엄마가 설정한 비밀번호는 영원히 사라지고, 대신 방금 자신이 대충 정한 St125897이 새 비밀번호로 설정된다. 이 비밀번호를 사용하면 엄마가 숨겨둔 정보가 전부 드러난다.

리사코는 주저했다. 그래도 될까? 엄마의 비밀을 엿보고 후회하지는 않을까?

그러나 결국 확인 버튼을 눌렀다. 이제 돌아올 수 없는 강을 건넜다. 리사코는 컴퓨터를 재부팅했다. 로그온 화면이 떴다. 리사코는 계정명에 H-kinue라고 쓰여 있는 것을 확인하고 비밀번호 칸에 St125897이라고 입력했다.

그리고 '확인'을 눌렀다.

순식간에 엄마가 쓰는 바탕화면이 떴다.

천사 그림이었다. 리사코는 손을 멈췄다. ……이 그림, 어디서 본 적 있어. 어디였더라, 어디였더라.

"아."

현관으로 달려가서 내팽개쳐둔 핸드백을 뒤졌다.

"이거다. 이 성냥."

리사코는 성냥갑을 다시 찬찬히 살펴보았다. 와타세라는 자유기고가가 데려간 바. 컴퓨터 배경화면과 똑같은 천사 그림이 그려져 있었다.

"유명한 그림인가? 그런데 뭐라고 읽는 거지?"

성냥갑에 적힌 바의 이름, Gabriel. 철자를 검색창에 입력해보았다. 순식간에 수만 개 사이트가 검색됐다.

"가브리엘. ……천사 이름이네."

하느님의 말씀을 전하는 대천사로, 마리아에게 수태고지를 했다. 또한 마지막 심판의 날 '종말을 알리는 나팔'을 부는 천사 중 하나다. ……이렇게 설명되어 있었다.

컴퓨터 바탕화면과 성냥갑의 그림은 엘 그레코의 〈수태고지〉인 듯했다.

그냥 우연일까?

리사코는 마우스를 다시 움켜쥐었다.

*

―할 수만 있다면 당신을 죽이고 나도 죽으려고 했어.

이케부쿠로의 노래방. 한 곡이 끝나자 기누에는 힘이 쭉 빠진 것처럼 소파에 몸을 묻었다.

"마그리트 씨, 늘 이 노래군요. 정말 좋아하시나봐요."

에밀리가 나폴리탄 스파게티를 포크에 말면서 말했다.

"죽인다느니, 죽는다느니, 꽤 뒤숭숭한 노래네요."

"〈동거시대〉라는 영화 몰라? 그 영화 주제곡이야. 나 어릴 때 제법 유행했어."

"전 촌구석에 살아서…… 유행에 둔감하거든요."

에밀리는 케첩이 튄 블라우스 소매의 프릴을 물수건으로 닦았다. 요즘 유행하는 디자인이다. 인정하고 싶지 않지만 이 사람, 조금 예뻐졌다. 전에는 마트 세일 매대에서나 팔 법한 수수한 니트에 묘하게 화려한 꽃무늬 스커트 차림이라 패션 테러리스트가 따로 없었는데. 지금은 머리도 갈색으로 염색하고 끝에만 볼륨을 넣은 쇼트보브 스타일이다. ……잘 어울린다.

"마그리트 씨, 오늘 병원 다녀오셨죠? 뭐래요?" 에밀리가 케첩이 묻은 입술로 빙긋 웃었다.

"아아, 뭐. ……결과는 다음주에 나온대."

"어? 바로 알려주지 않고요?"

"아니야. 이런저런 검사를 할 모양이더라고."

"네? 무슨 병원인데요?"

"위 전문병원. 옛날부터 위가 약했어. 유전인지도 모르지. 친척 몇 명도 위암으로 돌아가셨거든."

"뭐야. 영락없이 산부인과인 줄 알았네요."

"어째서?"

"임신하셨나 해서요. ……지젤 씨처럼."

에밀리가 믹스너트를 집는 가브리엘을 보았다.

"그런데 오늘은 무슨 용건이야? 정기 모임도 아니고. 가브리엘 씨도 바쁘실 텐데."

기누에도 가브리엘을 흘끔 보았다. 기분 탓인지 조금 피곤해 보였다.

"아니요, 전 괜찮아요. 일은 대충 마무리하고 왔으니까."

가브리엘이 평소처럼 부드러운 미소를 지었다. 하지만 뺨이 굳어 있었다. "그런데 정말 무슨 일인가요?"

"저, 생각났어요." 에밀리가 거들먹거리는 투로 말했다. "실비아 씨가 죽은 날 밤, 저 실비아 씨한테 전화했어요. 새벽 한시 넘어서요."

가브리엘의 눈빛에 한순간 긴장감이 스쳤다. 입술을 달싹여 뭐라고 중얼거렸다. 하지만 에밀리가 그 중얼거림을 막았다.

"그런데 실비아 씨한테 다른 전화가 걸려왔어요. 누군가한테 전화가 왔다고 했죠."

가브리엘이 몸을 크게 비틀었다. "누, 누군가라뇨?" 목소리에서도 침착성이 사라졌다. "그 사람 이름 들었어요?"

"네." 에밀리는 턱을 치켜들더니 마치 여왕처럼 교만한 웃음을 지었다. "그 사람 이름을 분명히 들었어요."

"어째서, 어째서 이제 와서?" 가브리엘의 목소리가 점점 더 높아졌다.

"실은 그 일을 까맣게 잊어버리고 있었어요. 그러다 최근에 당시 기사를 다시 읽어봤거든요. ……잔의 저주라는 말이 나돌아서 어쩐지 겁이 나더라고요. 다음은 제 차례인가 싶어서. 그래서 사건 관련 기사를 하나하나 다시 찾아봤어요. 사건 당일 실비아 씨는 누군가에게 불려나갔다. 아들이 그렇게 증언한 기사를 찾았죠."

에밀리는 숨을 한 번 고르고 오렌지주스를 마셨다. 그리고 작게 트림한 후 말을 이었다.

"……저, 영락없이 남편이 범인인 줄 알았어요. 그래서 바로 경찰에 신고했죠. 그런데 지금 생각해보니 남편이 과연 실비아 씨 전화번호를 알고 있었을지 의문스럽더라고요. 혹시 조사해 놨을지 모르지만, 그렇다 해도 남편 성격상 전화를 걸지 않고 직접 집으로 처들어갔겠죠. 혹시 남편은 범인이 아닌 걸까? 때마침 자살하는 바람에 남편이 범인이라는 식으로 사건이 해결됐지만, 생각하면 할수록 위화감이 들었어요. 그도 그럴 게 실비아 씨 아들까지 죽었잖아요? 그거, 일종의 입막음 아닐까 싶더라고요. 그러다 그날 밤 실비아 씨한테 걸려온 전화가 생각났죠."

"그 사람 이름은?" 가브리엘이 평소와 달리 거칠게 반응하는 바람에 기누에는 몸을 움츠렸다.

"그 사람 이름은?" 가브리엘이 거의 비명처럼 물었다.

"그 사람은 분명 실비아 씨 거짓말에 놀아나고 있었을 거예요."

에밀리는 가브리엘을 무시했다. "실비아 씨의 거짓말은 천하일품이었으니까요. 저도 홀랑 속아넘어갔어요. 아마 그 사람도 약점을 잡혀서 실비아 씨한테 무진장 돈을 뜯겼겠죠. 그 사람 약점은 뭘까요? 과거? 아니면 지금 하고 있는 거짓말? 어쨌거나 더는 버틸 수 없을 지경까지 돈을 뜯긴 거예요. 그래서 실비아 씨를 죽였죠. 칼로 난자했잖아요? 어지간한 원한이 없으면 그런 식으로는 죽이지 않아요."

"그러니까 그 사람 이름이 뭐냐고!" 가브리엘이 믿기지 않을 만큼 걸걸한 목소리로 외쳤다. 모양 좋은 입술이 보기 싫게 일그러졌다.

"생각건대 그 사람이 미레유 씨랑 지젤 씨도 죽인 게 아닐까요. 네, 틀림없어요. 그 사람 짓이에요. 미레유 씨, 니시이즈로 여행 갔을 때 대단했잖아요. 때리고 발길질하고 미친 사람처럼 굴었어요. 충동적으로 살의가 끓어올랐다 해도 이상할 것 없죠. 차 안에서 날뛰는데 어떻게 견디겠어요. 운전중에는 집중해야 하잖아요. 하지만 미레유 씨는 전혀 개의치 않고 마구 떠들며 날뛰었어요. 입을 닥치게 하려고, 이를테면 쿠션 같은 걸로 입을 막아도 이상할 것 없겠죠. ……저기, 가브리엘 씨. 그때 누가 누구 차를 타고 돌아왔는지 기억하세요? 분명 가브리엘 씨는……"

"이제, 그만!" 기누에가 참지 못하고 끼어들었다.

"도대체 뭐야? 자기가 뭔데 이렇게 거들먹거려? 뭔데 이렇게 버릇없이 구느냐고. 자기는, 자기는 팬클럽 활동 경력도 짧잖아. 신참 주제에. 난 벌써 삼십 년도 넘게 팬이었어. 팬클럽 운영에 인생의 절반, 아니, 그 이상을 바쳤어. 그런데 그림 좀 그린다는 이유 하나만으로 '푸른 6인회'에 들어와놓고는. 그래, 맞아. 난 자기를 들이는 데 반대했어. 분명 뭔가 좋지 않은 일이 일어날 거라는 예감이 들었다고."

"저를 역귀 취급 마세요!" 에밀리가 케첩이 묻은 포크를 치켜 들었다.

"저는 적어도 사람은 죽이지 않아요. 살인자가 아니라고요! 칼로 난자하거나 오다하라 산속에 묻거나 기치조지 역 플랫폼에서 떠밀거나, 그런 짓은 안 한다고요!"

"그러니까 그 사람 이름은? 살인자의 이름은?" 가브리엘이 에밀리의 어깨를 세차게 흔들었다. 그것이 싫지만은 않은 표정으로 에밀리는 승리의 미소를 지었다.

가브리엘 씨, 가브리엘 씨. 그딴 년이 하는 말을 들으면 안 돼. 그년이야말로 거짓말쟁이야. 가브리엘 씨, 가브리엘 씨. 걱정 마. 내가 당신을 지켜줄게. 내가……

*

드디어 답장이 와서 컴퓨터 모니터에 내용을 띄웠다. 닉네임 '니나'가 보낸 메일이다. 엄마 메일함에 남아 있던 주소 중 팬클럽 회원으로 추정되는 몇 명을 골라 메일을 보냈다. 그러자 제일 먼저 이 메일이 왔다.

사정 잘 알았어. 『푸른 눈동자의 잔』 또는 '푸른 6인회'에 대해 알고 싶은 거구나. 나라도 괜찮다면 힘이 되어줄게. 우리집에서 가장 가까운 전철역은 다나시 역인데, 두 시간쯤 후에 여기로 오면 만날 수 있을 것 같아. 어때?

지금부터 두 시간 후면 오후 일곱시다. 다나시 역은 세이부신주쿠 선이다. 음, 아마 한 시간도 안 걸릴 거야. 리사코는 키보드에 손가락을 얹었다.

네, 다나시로 갈게요. 그럼 오후 일곱시에 다나시 역 개찰구 앞에서 뵙는 걸로 할까요? 많은 이야기를 듣고 싶어요. 잘 부탁드립니다.

"아, 맞다. 사진 가져왔어."

다나시 역 앞의 도넛 가게. 니나는 자리에 앉자마자 토트백에서 봉투를 꺼냈다. "2007년 3월 다과회 때 찍은 사진이야."

봉투에 든 사진은 얼추 헤아려도 스무 장은 넘어 보였다. 다과회라기보다 여대 사은회 같은 분위기다. 아니, 가장 파티라고 하는 편이 나을까.

"화려하네요." 리사코는 반대쪽 손으로 사진 한 장을 집었다.

"그렇지? 일 년에 한 번 도쿄의 호텔에서 개최해. 회원들은 이 다과회를 정말로 고대했어."

"했어……라니요? 지금은 안 하나요?"

"그래. 정말 울화통 터진다니까." 니나는 도넛을 먹으며 인상을 찌푸렸다. "사람이 잇달아 줄어들어서 간사 모임인 '푸른 6인회'는 사실상 해산. 팬클럽도 회복 불가능. 팬 사이트는 간신히 살아남았지만 개점휴업이나 마찬가지야. 뭐, 예전으로 돌아간 것뿐이지만."

"예전이라니요?"

"처음에는 사이트 같은 게 없었어. 팬클럽만 있었지. 일 년에 다과회 한 번, 회보 간행 두 번…… 아날로그식으로 소소하게 활동해왔어. 그런데 어느 날 느닷없이 사이트가 생기면서 묘하게 열기를 띠기 시작했지."

"그 사이트는 언제쯤 생겼나요?"

"글쎄. ……2005년 무렵이었나. 가브리엘 씨가 만들었어."

"그럼 처음에는 가브리엘이라는 사람의 개인 사이트였나요?"

"응. 그게 어느새 팬클럽 공식 사이트처럼 돼버린 거지."

"계기는요?"

"당시 팬클럽 대표 격이던 '소피' 씨가 가브리엘 씨를 '푸른 6인회'에 들였어. 그러면서 가브리엘 씨의 사이트가 팬클럽 공식 사이트가 된 거야."

"그 소피라는 분은?"

"응?"

"소피라는 분은 지금 뭐하세요?"

"아, 응." 니나는 오렌지주스에 꽂힌 빨대를 물었다. 컵 속의 얼음이 의미심장하게 달그락거렸다. "……결혼했지 싶은데." 니나의 눈동자가 여기저기로 바쁘게 움직이다가 딱 멈췄다. "응, 그래. 결혼했어. 그리고 남미로 갔지. 어디서 그런 이야기를 들었어. 그러면서 팬클럽도, '푸른 6인회'도 그만둔 모양이야. 대신 에밀리 씨가 들어왔고."

그렇게 말하며 니나는 사진 한 장을 골라냈다.

"이게 '푸른 6인회' 회원들." 니나는 오른쪽부터 한 명씩 손가락으로 짚었다.

"지젤 씨, 미레유 씨, 실비아 씨, 마그리트 씨, 그리고 에밀리 씨."

어? 다섯 명이다.

"이때 가브리엘 씨는 일 때문에 불참했어."

"그럼 가브리엘이라는 분도 '푸른 6인회' 중 한 명이군요."

"응. 안 오길 잘했지. 왔으면 분명 말썽이 생겼을 테니까."

"무슨 말씀이세요?"

"가브리엘 씨가 가입한 뒤로 이런저런 일이 많았거든."

"이런저런 일이라니요?"

"간단히 말하자면 쟁탈전."

"쟁탈전?"

"그래. 가브리엘 씨는 2006년에, 제법 최근에 간사가 됐는데 이 사람이 들어오면서 문제가 속출했어."

"어째서요?"

"말했잖아, 쟁탈전이라고. 가브리엘 씨는 사이트와 회보에 소설을 실었는데, 글솜씨가 기가 막히거든. 그것도 누구나 취향을 직격당할 만큼 달콤한 로맨스 쪽으로."

"소설이라면, 2차 창작요? 동인지에 실리는 것 같은."

"응. 그래서 단숨에 팬이 늘었어. 가브리엘 씨 소설을 읽을 목적으로 회원 가입하는 사람까지 나타났지. 게다가 가브리엘 씨는 얼굴도 반반하고 젊으니까 나잇살 먹은 아줌마들이 홀랑 넘어가서 가브리엘 님, 가브리엘 님 하며 얼마나 떠받들었는지 몰라. 사이트 게시판도 완전히 흥했고."

니나는 도넛을 오른손에 들고 오른쪽 뺨을 한껏 끌어올려 일그러진 미소를 지었다.

"특히 '푸른 6인회'에서는 굉장한 쟁탈전이 벌어진 모양이야. 실비아 씨가 제일 열을 올렸지."

"실비아, 사키노 시오리 씨군요."

"그래. 이 사람."

니나는 사진을 손가락으로 짚었다. 프랑스 인형처럼 세로로 돌돌 만 파마머리, 그리고 은색 드레스. ……드럼통 같다.

"이 사람도 비교적 최근에 간사가 됐는데 마치 몇십 년째 간사였던 것처럼 유들유들하게 굴었어. 간사랍시고 콧대를 세우기도 했고. 뿐만 아니라 자기 자랑이 엄청 심하고 허언증도 있었지."

"허언증?"

"응. 온갖 거짓말을 늘어놓고 남한테 사기를 쳤어. 아들이 병에 걸렸다, 조카가 빚을 졌다…… 그런 핑계를 대면서 사람들에게 고루 푼돈이나 빌려 썼는데, 점점 정도가 심해졌어."

"형편이 안 좋았나요?"

"그랬나봐. 들은 이야기로는 그 사람, 생활보호 지원금으로 생활한 모양이야. 그런데 여기저기 빚까지 지고. 그건 그렇고 싱글맘이라는 이유만으로 생활보호를 신청할 수 있다니 너무 물러터진 거 아니야? 몸이 아파서 일할 수 없는 상황도 아니었는데. 게다가 지원금으로 제법 좋은 곳에 살았던 모양이더라고. 어휴, 빌어먹을 생각 말고 일을 해야지. 지원금을 받는 것도 모자라 남을 등치고, 목적을 위해서라면 무슨 거짓말이든 서슴지 않았어. 근본부터 썩었다니까. 완전히 인격 장애야. 그러니 자식만 불쌍하지. 엄마가 그 모양이니 자식도……"

"자녀는 아들 하나였나요?"

"응." 니나는 빨대로 주스를 힘껏 빨아마셨다. 주르륵, 교양 없는 소리가 울려퍼졌다. "이거, 2005년 다과회 때 찍은 사진이야. 실비아 씨가 아들을 데려왔었어."

사진에는 소년 한 명이 찍혀 있었다. 18세기 귀족풍 의상을 입고 있다.

"그 옷, 20만 엔이나 주고 특별 주문한 거래."

"20만!"

"기가 막히지? 이런 데다 돈을 낭비하다니. 아들도 얼마나 고생했다고. 사방에서 '꺄, 귀엽다! 꺅, 만져볼래' 하면서 애완동물처럼 주물럭거리는 통에 울먹울먹했어."

"예쁘장하게 생기기는 했네요."

"연예인 데뷔시킬 거다, J사와 이야기중이다, 얘는 연예인 혈통이다, 하고 떠들어댔지. ……아무개 꽃미남 배우와의 사이에서 얻은 아이라나." 니나는 히죽히죽 웃으며 말했다. "뭐, 당연히 거짓말이겠지만. 실비아 씨는 정말이지 숨쉬듯이 거짓말을 했다니까."

"그밖에 또 어떤 거짓말을요?"

"내가 들은 건, 자기는 모 극단 여배우가 숨겨놓은 자식이고 아버지는 아무개 정치인이며 그 비밀을 아는 어둠의 조직에게 돈을 뜯기고 있다…… 뭐 그런 거였어."

"꽤 장대한 거짓말이네요."

"그렇지? 보통은 안 믿겠지? 그런데 에밀리 씨는 감쪽같이 속아넘어간 모양이야."

니나는 2007년 다과회 사진을 다시 테이블에 내려놓았다. "이건 에밀리 씨가 '푸른 6인회'에 들어온 직후 열린 다과회 사진인데." 그리고 왼쪽 가장자리에 있는 여자를 손가락으로 짚었다. 빌려온 티가 풀풀 나는 분홍색 프릴 드레스. 몸에 맞지 않는지 여기저기 남아돌았다. 안경도 드레스와 어울리지 않는다.

"속아넘어갔다는 건 무슨 얘기죠?"

"실비아 씨한테 에밀리 씨는 눈엣가시였던 모양이야. 에밀리 씨는 그림 실력이 좋아서 잔을 완벽히 재현해냈거든. 그래서 가입한 지 얼마 되지 않았어도 팬클럽에서 상당히 인기 있었어. 실비아 씨는 일단 그 인기를 질투했지. 게다가 가브리엘 씨가 에밀리 씨를 '푸른 6인회'에 추천하자 점점 흉악해졌어. 어떤 방법을 썼는지 몰라도, 에밀리 씨를 팬클럽에서 탈퇴시켰더라고. 분명 또 터무니없는 거짓말로 속였겠지. 뿐만 아니라 돈도 제법 뜯어낸 모양이야."

"사키노 시오리 씨, 즉 실비아 씨를 살해한 사람은 에밀리 씨 남편으로 결론이 난 모양이던데, 그건 어떻게 생각하세요?"

"음, 글쎄. 그건 나도 잘 모르겠네. 에밀리 씨 남편은 알코올중독으로 정서가 상당히 불안정했다고 하니 우발적으로 실비아 씨를 살해했다 해도 이상할 건 없는데. 다만……"

"뭔가요?"

"실비아 씨가 죽고, 에밀리 씨의 남편이 자살해서 제일 득을 본 사람은 에밀리 씨 본인이거든."

"무슨 뜻인가요?"

"그뒤 에밀리 씨는 결국 팬클럽으로 돌아왔는데, 아주 생기 넘치고 즐겁게 사는 모양이야. 그전까지는 어쩐지 어두운 이미지였는데 거짓말처럼 밝아져서 노래방 같은 데서도 나서서 노래하고 그런대. ……마그리트 씨가 말해줬어."

마그리트. 엄마다.

"남편한테서 해방되어 새로 태어난 기분인 걸까요?"

"글쎄. ……그리고 보험금도 받았나봐."

"남편의 사망 보험?"

"응. 에밀리 씨가 기쁜 듯이 말했대. 예전에 아는 사람 권유로 들어둔 보람이 있다고."

"얼마나 들어왔을까요?"

"글쎄. 그건 못 들었는데. 아무튼 상당한 금액인가봐. 옷이며 핸드백이며 갑자기 명품을 주렁주렁 걸치고 다닌다던데. 왠지 천박한 졸부 느낌이라 보기 그렇다고 마그리트 씨가 말했어. 어쩌면 마그리트 씨는 실비아 씨를 죽인 범인이 에밀리 씨라고 생각하는지 몰라. 실비아 씨만이 아니라, 미레유 씨를 죽인 것도—"

"미레유, 사카이 이네코 씨요?"

"응. 미레유 씨는 니시이즈 여행을 다녀온 직후 실종됐어. 몇 달 후 부패된 시체로 발견됐지. 쓰레기봉투에 담긴 채로. 아아, 무서워라." 니나는 요란스레 몸을 떨었다. "……실은 말이지. 에밀리 씨도 함께 니시이즈에 여행 갔대."

"아, 하지만 그렇다면 아무래도 경찰이……"

"응. 일단은 임의출석해서 경찰 조사를 받은 모양이야. 하지만 죽은 지 몇 달이나 지나 시체가 발견됐잖아? 시신이 심하게 손상돼서 살해 방법도 모르고 범인에 대한 단서도 얻지 못한 것 같아. 그래서 증거 불충분으로 바로 돌아온 모양이더라고. ……아아, 그러고 보니 마그리트 씨도 경찰에 불려갔을 텐데."

"네? 엄마도요?"

"못 들었어?"

"네."

"뭐, 딸한테 걱정 끼치기 싫어서 그랬겠지. 어차피 몇 가지 물어보고 바로 돌려보냈다고 하더라고."

니나는 도넛을 집어들고 덥석 베어물었다. "아 참, 지젤 씨 사건도 있었지."

"지젤, 호시나 사나에 씨군요."

"그래. 지젤 씨는 미인이었지만 난 좀 껄끄러웠어. 어쩐지 도도한 느낌이라. 고위 공무원의 마누라라고 으스댄다고 할까. 난 그 사람 때문에 결국 '푸른 6인회'에 들어가지 못했어. 마그리트 씨 말로는 지젤 씨가 완고하게 반대했대. 정말 짜증나. ……아, 하지만 난 아니야. 난 안 죽였어. 그런 짓은 안 해." 니나는 도넛을 입에 밀어넣으며 되풀이했다. "난 아니야. 지젤 씨한테 원한 같은 거 없는걸. 범인은 지젤 씨한테 원한을 품은 사람이야. 그것도 상당히 병적인 원한. 질투라고 해야 하려나."

"질투요?"

"응. 지젤 씨가 임신했거든. 그래서 에밀리 씨가 질투한 것 아니겠느냐고 마그리트 씨가 그랬어."

"왜 임신한 걸 질투하는데요?"

"넌 아직 젊으니까 모르겠지만, 여자한테는 가까운 지인의 임신이 큰 영향을 미치기도 해. 특히 더이상 아이를 낳을 수 없는 사람한테 임신한 친구는 부러움의 대상이자 질투의 대상이기도 하지."

"그럼, 에밀리 씨는 아이를 낳을 수 없는 상태였나요?"

"그런가봐. 옛날에 무슨 일이 있었던 것 같아. 그래서 임신한 지젤이 못마땅했고, 발작적으로 떠민 것 아니겠느냐고. 왜, 사고 현장에서 수상한 여자가 목격됐다잖아. 어느 주간지에서 봤어."

니나가 마지막 도넛을 집었다. 리사코도 그제야 도넛을 한입 먹었다. 달다. 너무 달아서 눈물이 맺혔다. 리사코는 도넛을 그대로 쟁반에 내려놓았다.

"그런데, 엄마…… 마그리트와는 어떤 관계세요? 친하셨나요?"

"친하다고 할까. ……오래 알고 지낸 사이야. 우리는 중학생 무렵 처음 만났어. 팬클럽 다과회에서…… 그런데 마그리트 씨는 기억 못할지도 모르지." 니나는 의미심장하게 씩 웃었다. "마그리트 씨는 당시부터 적극적이라 바로 부대표가 됐지만, 난 그 외 대다수 일반회원 중 하나였어. 선천적으로 간사 모임이나 간사하고는 인연이 없지. ……아, 맞다. 당시는 아직 잔이 연재중일 때라 아키즈키 미유리 선생님도 다과회에 오신 적 있었어. 딱 한 번뿐이었지만. 좀처럼 어디 나오는 법이 없는 분이라 난리법석이 났었지."

"그럼 아키즈키 미유리와 만난 적 있으세요?"

"응. 미인이었어. 그런데." 니나가 갑자기 입을 다물었다.

"왜요? 다과회에서 무슨 일이 있었나요?"

"뭐, 별거 아니었어. 팬들도 모두 어린애였으니."

"무슨 일이 있었군요?"

니나는 가볍게 헛기침을 하고 빨대를 물었다. 잠시 그 상태로 있다가 휴, 하고 숨을 내뱉더니 말했다.

"……당시 잔의 내용이 우리 예상과 다른 방향으로 전개됐어. 그래서 팬들의 의견도 반으로 갈렸지. 그런데 열성팬 중 일부가…… 주로 마그리트 씨가, 아키즈키 미유리를 무섭게 규탄했어."

"엄마는 당시 중학생이었는데요? 중학생 팬이 작가를 규탄했다고요?"

"지금은 생각하기 힘들겠지만. ……그땐 시대가 그랬어. 폭주족에, 학원 폭력에, 당시 십대는 에너지가 남아돌았지. 그래서 잔의 열성팬이었던 마그리트 씨도 펄펄 뛰며 아키즈키 미유리를 몰아세울 수 있었던 거야. 다른 팬들도 합세해서 거센 총괄이 벌어졌지."

"총괄?"

"응. 과격파가 구성원한테 반성을 촉구하는 행위를 뜻해."

"과격파……"

"뭐, 처음에는 아키즈키 미유리도 정중하고 침착하게 대응했지만 점점 궁지에 몰렸어."

"하지만 팬들은 어린애들인데요?"

"어리긴 해도 머릿수에는 장사 없다고 하잖아. 게다가 십대 특유의 무책임한 흉포함이 한몫해서 그야말로 지독한 총괄이 벌어졌어. 편집자도 당황해서 허둥댈 정도였지. 일종의 쿠데타였어. 아키즈키 미유리는 결국 달아나고 말았지. 잔의 스토리와 그림체가 확 바뀐 건 그때부터야. 그리고 연재 중단. ……정말이지 그때를 떠올리면 지금도 몸이 떨리고 눈물이 나."

니나가 눈가를 눌렀다. 정말로 뺨에 눈물이 흘러내렸다.

"미안해. 지금도 그때 생각만 하면 이래. 나이가 몇인데 한심하게."

니나는 컵을 입으로 가져가 남은 얼음을 전부 삼켰다. 엄마도 똑같은 행동을 한다. ……이 사람도 몸 상태가 안 좋은가? 아니면 갱년기 장애? 이렇듯 집요하게 얼음을 원하는 건 빈혈이나 정신적인 불안정이 원인이라고 무슨 책에서 읽었다.

"왜?"

니나가 움직임을 멈췄다. 리사코는 자신이 마치 희귀한 동물이라도 보는 눈으로 상대를 응시하고 있었음을 알아차리고 재빨리 말을 이었다.

"아니요, 그냥 여러 사정을 잘 아시는구나 싶어서……"

"어머, 그래? 그냥 회원들이랑 이런저런 이야기를 하다보면

이 정도 정보는 들어와. 지금은 인터넷도 있잖아. 역시 제일 강력한 정보원은 입소문이지. 몇 명 모여서 이렇게 차를 마시잖아? 그럼 아주 다양한 정보를 얻을 수 있어. 그것도 상당히 확실한 정보를. 역시 매스컴보다는 입소문이야. 매스컴에는 요점에서 벗어난 거짓말밖에 안 나와."

니나가 그렇게 말하며 손목시계를 흘끔 보았다.

"아, 가셔야 될 시간이에요?"

"학원에 가서 딸을 데려와야 해. 수험생이라서. 미안해."

"아니요. 바쁜데 시간 내주셔서 감사해요."

"도움 좀 됐어?"

"네. 이야기를 듣고 보니 엄마는 아마도 에밀리라는 사람과 함께 있을 것 같네요. 한번 물어봐야겠어요."

"연락처는 알아?"

"네. 엄마 컴퓨터에 남아 있었어요. 지금 전화해볼게요."

"그래, 힘내. 딸이 이렇게 끔찍이 위해주다니 마그리트 씨가 부럽네. 우리 딸은 내가 일주일간 집을 비워도 아무 걱정 안 할걸. 오히려 좋아하지 않을까. ……아, 사진 가져갈래?"

"그래도 될까요?"

"응. 파일을 출력한 거니까. ……아."

니나가 말을 멈췄다. 테이블에 늘어놓은 사진 중 한 장에 시선이 꽂혔다. "여기 있었네. 가브리엘 씨 사진이. 어머, 소피 씨도."

그 사진을 리사코 앞에 내려놓았다.

"2006년 다과회 때 찍은 사진이야. 가브리엘 씨가 막 가입했을 무렵. 이 사람이 아까 말한 소피 씨." 니나가 한 여자를 가리켰다. "팬클럽 전 대표. 시립병원 수간호사였어. 딱 보기에도 그런 느낌이지? 이 엄격한 표정 좀 봐. 이래 봬도 웃고 있는 거야. 실제로도 좀 무서운 사람이었어. 융통성이라고는 없었지."

"그런데, 누가 가브리엘 씨인가요?"

"이 사람."

니나가 다른 한 사람을 가리켰다.

"어? 이 사람이 가브리엘……?"

리사코는 한순간 머릿속이 혼란스러워졌다. "이 사람이?"

생각을 정리하려고 심호흡을 하는데 휴대전화가 부르르 떨렸다. 엄마였다.

"엄마!" 리사코는 남이 보든 말든 소리쳤다. "지금 어디야? 응, 엄마!"

—도와줘.

"엄마? 왜 그래? 엄마?" 당황한 리사코를 보고 니나도 눈을 마구 깜빡였다.

—도와줘. 제발 도와줘! 가브리엘 씨가, 가브리엘 씨가……!

"엄마, 진정해. 응, 엄마. 지금 어디야, 엄마!"

—이케부쿠로…… 이케부쿠로에 있는……

*

기누에는 흐린 의식 속에서 무슨 소리를 들었다. 무슨 소리지? 이 규칙적인 소리. 들어본 적 있다. 뭔가 똑똑 떨어지는 소리. ……아아, 그렇구나. 이건 링거액이 떨어지는 소리야.

그렇다면 여기는 병원? 그래, 병원이구나. 분명 강한 마취약을 맞은 거야. 몸이 흐늘흐늘하고 마비된 느낌이야. 눈을 뜰 수가 없어.

똑, 똑, 똑.

그 소리에 이끌리듯 기누에는 눈을 감았다.

누구 목소리가 들린다. 누구지? 누구 목소리야? 아…… 이 목소리는…… 소피 씨구나.

—소피 씨, 어떻게 된 거야? 자기, 남들 몰래 가브리엘 씨랑 단둘이 만났지? 무슨 이야기 했어? 뭐? 나보고 그만두라고? 왜? 아아, 나 말고 다른 사람을 넣겠다 그거구나. 그 사람이지? 그림 잘 그리는 그 사람. 뭘 어쩌자고 그런 햇병아리를 들이려는 거

야? 그야 요즘 내가 간사 모임 일에서 손떼기는 했지. 하지만 이유가 있었잖아. 집안 사정 때문에 정신이 없었어. 딸아이는 수험에 실패해서 신경이 날카롭고, 남편은 우울증 초기야. 좌천당해서 영 기운이 없어. 하지만 괜찮아, 우리 애가 K고등학교에만 들어가면 전부 해결될 거야. 편입 시험이 있거든. 거기 합격만 하면, 그러면 남편도 일할 기운이 생길 거야. 걱정 마, 우리 애는 반드시 K고등학교에 합격할 테니까. 그때까지는 옆에서 돌봐주고 싶어. 그러니까 당분간만. 수험이 끝나면 다시 간사 활동을 할게. ……아니, 돌아오겠다잖아. 안 그만둬. 절대 안 그만둔다고. 자기는 아무것도 모르면서. 대표랍시고 잘난 척하지만 자잘한 운영은 전부 내가 맡아왔다고. 이 팬클럽은 삼십 년 동안 내가 지탱해왔어. 자기 소유물이 아니야, 자기가 지탱해온 게 아니라고. 나야, 내가 지탱해왔어, 바로 내가!

이번에는 누구? 이 목소리는…… 실비아 씨?

—실비아 씨, 실비아 씨, 어떻게 된 거야. 자기, K고등학교 이사장과 아는 사이라고 했잖아. 잘 말해주겠다면서. 편입할 수 있도록 힘을 써주겠다고 해서 내가 100만 엔이나 줬잖아. 그런데, 그런데.

감사 인사를 하려고 이사장한테 연락했더니 자기를 모른대. 애당초 올해는 편입 시험이 없대. 어떻게 된 거야, 어떻게 된 거냐고! 거짓말이었어? 전부 거짓말이었어? 믿을 수 없어, 믿을 수 없어. 이 사기꾼, 빌어먹을 년. 돌려줘, 100만 엔 돌려줘, 돌려줘!

어? 미레유 씨? 미레유 씨구나. 자기는 변함없이 시끄럽네. 입 좀 닥쳐줄래?

—미레유 씨, 좀 조용히 해. 지금 운전중이잖아. 미레유 씨!

에밀리 씨, 이 사람 좀 진정시켜봐. 운전에 집중을 못하겠어. 나 이번에 위반하면 면허정지야. 제발 집중해서 운전 좀 하자.

어? 뭐야. 에밀리 씨, 전철 타고 가겠다고? 그러니까 누마즈역에서 내려달라고? 그럼 미레유 씨도 같이 데려가. 이 사람, 머리가 이상해. 심상치 않다고. 이런 사람하고는 일 초도 같이 있고 싶지 않아. 잠깐만, 에밀리 씨. 가지 마. 미레유 씨를 나한테 떠맡길 생각이야? 야!

미레유 씨, 조용히 해. 자기 때문에 하나도 집중이 안 돼. 시끄러워, 시끄러워, 시끄러워, 닥쳐, 닥치라고!

지젤 씨, 자기도 있었구나. 뭐야, 그 눈깔은. 자기는 왜 늘 그렇게 도도하게 굴어? 왜 늘 그렇게 남을 내려다봐? 자기는 그럴 자격 없어. 난 자기 비밀 다 안다고.

—지젤 씨, 진실을 털어놔. 아무한테도 말 안 할게. 뱃속의 그 아이, 그 사람 아이 아니야? 계산이 딱 맞는걸. 이즈 여행 갔던 날이랑. 그날 그 사람은 자기 차를 타고 돌아갔어. 자기랑 단둘이. 그때 무슨 일이 있었던 거지? 그렇지? 왜 잠자코 있어? 그래, 그게 대답이구나. 알았어, 아무한테도 말 안 할게. 그러니까 이것만 얘기해줘. 누가 먼저 유혹했어?

자기가 유혹했구나, 그렇구나. 믿기지가 않네. 유부녀면서 그딴 짓을 하다니, 믿을 수 없어. 이 엉덩이 가벼운 년, 이 창녀. 더러워, 더러워, 더러워! 반성해, 반성해, 반성하라고!

"반성해!"

제 목소리에 놀라 눈을 뜨자 분홍색 유니폼을 입은 간호사가 팔에서 주삿바늘을 뽑고 있었다. 어? 여긴. 아, 그래, 병원이구나.

"링거 다 맞으셨어요. ……괜찮으세요?"

간호사가 얼굴을 들여다보았다. "또 끙끙 앓으시던데요?"

"네. 악몽을 꿔서."

"이건 꿈이다, 이건 꿈이다…… 하고 의식해보셨어요?"

"네, 해봤어요."

"어떠셨어요?"

"……그게, 효과가 있는지 없는지 잘 모르겠네요."

"그러시군요. 하지만 익숙해지면 분명 꿈을 통제할 수 있을 거예요."

그렇군요. 해볼게요.

그래, 이건 꿈이다. 꿈이니까 내 의지에 따라 입맛에 맞게 바꾸면 돼. 어떻게 바꿔야 해피엔딩일까.

……아니야, 사랑은 언제나 눈물로 끝나는 법이지. 그래. 그러니까 사랑은 아름다운 거야. 그렇지, 가브리엘 씨?

자, 가브리엘 씨도 노래해. 나와 함께 불러줘. 내가 좋아하는 이 노래를. 당신이랑 부르고 싶었어. 영원히 부르고 싶었어.

―할 수만 있다면 당신을 죽이고 나도 죽으려고 했어. 그것이 사랑이라 믿고. 기쁨에 몸이 떨렸어……

기누에의 뺨에 눈물이 흘러내렸다. 그리고 손에서 포크가 스르르 미끄러졌다.

*

엄마!

이케부쿠로 역 동쪽 출구, 선샤인시티 근처 노래방. 그러나 그곳은 구경꾼과 경찰 관계자들로 북적거렸다. 요란한 사이렌과 함께 구급차가 도착했다.

엄마, 엄마!

리사코가 건물로 들어가려고 하자 경찰 완장을 찬 관계자가 막았다.

들여보내주세요. 저, 관계자예요. 확인하게 해주세요, 엄마!

빌딩 출구에서 사람을 실은 들것이 나왔다. 구경꾼들이 일제히 휴대전화 카메라 셔터를 눌렀다.

무수한 플래시 불빛에 피투성이가 된 얼굴이 비쳤다.

엄마!

리사코는 그 얼굴을 확인했다.

……아니야. 엄마가 아니야. 이 사람은 분명…… 에밀리야. 리사코는 니나가 준 사진과 그 얼굴을 대조해보았다.

그리고 또다른 사람이 들것에 실려서 나왔다.

엄마!

……아니야, 이 사람도 아니야. 이 사람은, 이 사람은…… 와

타세. 자유기고가 와타세 아키라.

가브리엘 씨!

외침과 함께 두 경찰이 한 여자를 끌어안다시피 하며 밖으로 나왔다.

……엄마?

"가브리엘 씨, 가브리엘 씨, 사랑해. 사랑해. 당신만을 영원히 사랑할 거야. 그게 내 사랑의 표현이야. 나도 금방 당신 곁으로 갈게. 바로, 바로 갈게. 그러니까 기다려. ……기다려줘!"

리사코는 와타세가 실린 들것을 향해 부르짖는 엄마의 모습을 혼란 속에서 멍하니 바라보았다.

*

경시청 히가시이케부쿠로 서는 13일, 말다툼을 벌이던 상대 여성과 이를 말리려고 끼어든 남성을 살해하려 한 도쿄 도 세타가야 구 마쓰하라 7번지에 거주하는 히로타 기누에 씨(46세, 주부)를 살인미수 혐의로 긴급체포했다.

용의자는 13일 오후 8시 30분경 도시마 구 히가시이케부쿠로 노래방 '노래하는 뒷골목'에서 사이타마 현 아사카 시에 거주하는 무라카미 에미코 씨(42세, 아르바이트생)와 가나가와 현 가와사키 시 사이와이 구에 거주하는 와타세 아키라 씨(32세, 자유기고가)의 머리를 포크로 찔러 살해하려 했다. 히가시이케부쿠로 서는 용의자가 혐의를 인정했다고 밝혔다. 두 사람은 병원으로 옮겨졌으나 의식불명 중태다.

*

경시청 히가시이케부쿠로 서는 14일, 히로타 기누에 씨(46세)가 요시무라 요시코 씨(당시 47세)를 살해했다고 발표했다.

히가시이케부쿠로 서에 따르면 2006년 12월 13일, 용의자는 요시무라 씨의 자택 근처에 숨어 있다가 차에 올라탔다. 용의자는 "팬클럽 간사를 그만두라고 해서 화가 나 목을 졸랐다. 요시무라 씨의 차로 시신을 지치부까지 운반해 산속에 묻었다. 차도 산속에 버렸다"고 진술했다.

사이타마 현 시립병원에서 간호사로 일하던 요시무라 요시코 씨는 2006년 12월 중순경 행방이 묘연해져 실종신고가 된 상태였다.

*

13일 도쿄 도 도시마 구의 노래방에서 여성이 가나가와 현에 거주하는 남성(32세)을 포크로 찌른 살인미수 사건과 관련해, 경시청 히가시이케부쿠로 서는 피해 남성이 15일 오전 5시경 병원에서 사망했다고 발표했다.

히가시이케부쿠로 서는 살인미수 현행범으로 체포한 도쿄 도 세타가야 구에 거주하는 히로타 기누에 용의자(46세)를 살인 혐의로 다시 수사할 방침이다.

가브리엘

S 자. 특종이 있다며?

W 응. 아키즈키 미유리가 복귀해!

S 깜짝 놀랄 일이네. 게다가 『푸른 눈동자의 잔』의 속편을 그린다니. 패션잡지 『프렌지』에서 연재를 시작한다며?

W 응. 『푸른 눈동자의 잔』을 중심으로 새단장할 모양이야.

S 이렇게 말하려니 뭐하지만, 쇼와 시대 순정만화와 패션잡지라니, 별로 어울리지 않는 느낌인데.

W 이것도 저출생 고령화의 영향 아니겠어? 패션잡지도 앞으로는 쇼와 세대를 고려해야 판매부수를 유지할 수 있다고 생각했겠지. 『푸른 눈동자의 잔』에 열광한 세대는 인구가 많으니까.

S 게다가 고도성장기와 거품경제를 경험해서 지갑을 제일 잘 여는

소비 세대지. 그 세대를 타깃으로 삼는 것을 나쁘다고 할 수만은 없겠군.

W 그럼. 그리고 그 세대는 갱년기야. 옛날을 그리워하며 소녀로 돌아가고 싶어하는 시기라고. 어쩌면 헤이세이*판 『푸른 눈동자의 잔』은 엄청난 붐을 일으킬지도 몰라. 일전에 바다 건너에서 온 연애 드라마처럼.

S 그나저나 아키즈키 미유리는 지금까지 뭘 하고 있었어?

W 가와사키 역 근처에서 작은 바를 운영하고 있었어. '가브리엘'이라는 이름의.

S '가브리엘'이라. 『푸른 눈동자의 잔』에 나온 남작의 이름이네.

W 응. 표면상은 남작, 실은 반정부측 후원자였지. 통칭 붉은 장미의 그대. 마지막에는 자신이 후원하던 혁명분자들에게 감금돼 린치를 당하다가 죽어.

S 그런데 아키즈키 미유리는 왜 문제의 장면을 그렸을까?

W 아무래도 팬과 대립한 결과였던 모양이야. 열성팬이 끈질기게 들러붙어서 이야기 전개에 대해 이래라저래라 협박했대. 처음에는 편지였지만 점점 심해져서 직접 전화를 걸거나 집에 찾아오기도 하고, 우편함에 오물을 넣어두기도 했다는 거야. 게다가 그런 짓을 하는

* 1989년부터 사용되고 있는 일본의 현재 연호.

팬이 한두 명이 아니라 몇백 명은 됐다는군.

S 몇백 명이나? 그거 심각한데.

W 결정타는 팬클럽이 주최한 다과회. 편집부의 강요로 참석한 것까지는 좋았는데, 열성팬들이 그 자리에서 대놓고 공격했다나봐.

S 정말? 믿기지가 않네.

W 마침 연재가 하이라이트에 접어든 무렵이었는데, 이야기가 팬들의 예상과 다르게 진행된 모양이야. 그래서 팬들 사이에서 찬반양론이 불거졌지. 그리고 일부 팬이 다과회 질의응답 시간을 빌려 아키즈키 미유리를 무섭게 규탄했어.

S 마치 과격파의 공개 총괄 같군그래.

W 그래, 바로 그거야. 결국 그 일로 아키즈키 미유리는 노이로제에 걸렸지. 정신과 진료도 받은 모양이고. 그래서 아무튼 빨리 연재를 끝내고 싶은 마음에 그런 식으로 밀고 나갔대. 여주인공이 엉망진창으로 능욕당하면 연재가 중단될 거라고 생각했겠지.

S 그런 이유였군. 그럼 연재 중단은 아키즈키 미유리 본인의 뜻이었던 거네.

W 은퇴도 각오했었나봐. 실제로도 은퇴한 셈이지만. 그러나 세월이 흐르자 후회가 고개를 들었지. 아무리 정신적으로 힘들었다 해도 그런 식으로 작품을 끝낸 건 역시 잘못이었다, 이대로는 죽을 수 없다, 제대로 작품을 끝맺고 싶다, 그런 후회가.

S 과연. 그래서 이번에 연재를 재개하기로 한 거구나. 그런데 아키즈키 미유리 2인설은 어떻게 된 거야?

W 아아, 그것도 아키즈키 미유리 본인이 해명했어. 이십 년 전쯤 『푸른 눈동자의 잔』 복간 계획이 나온 적 있는데, 당시 담당 편집자가 화제를 모으려고 아키즈키 미유리가 두 명이라는 이야기를 그럴싸하게 지어내서 퍼뜨렸대. 전설을 날조하듯이. 그런데 복간 계획 자체가 흐지부지되고 말았어. 그 출판사가 갑자기 망했거든.

S 결국 아키즈키 미유리는 한 명이었다? 그렇다면 그림체의 차이는?

W 당시 정신 상태의 영향이래. 아마 약을 먹으면서 일한 모양이지. 무슨 약인지는 확실히 말하지 않았지만 일종의 향정신성 약물 아닐까. 그러면서 약기운 때문에 그림체에 차이가 생긴 것 같아.

S 그렇군. 마약을 하면 그림체가 아주 정밀해지거나 추상적으로 변한다잖아. 그것과 비슷한 현상인 건가.

W 그런 셈이지.

S 그나저나 자세하게도 아네.

W 실은 '가브리엘'은 내가 예전부터 단골로 다니던 가게야.

S 우연히?

W 응, 우연히. 처음에는 마담이 아키즈키 미유리라는 것도 전혀 몰랐어.

S 언제 알아차렸는데?

W 정말 최근에야 알았지. 사인지가 힌트였어.

S 사인지?

W 응. 설명하자면 길어지니 생략하겠지만. 본론으로 들어가서, 그 바에 『푸른 눈동자의 잔』 만화책이 있었어. 읽어보니 제법 재미있어서 인터넷 검색을 했더니 팬클럽까지 있더라고. 왠지 흥미롭더군. 마침 그때 '인터넷 중독과 광기'를 주제로 한 일을 맡았거든. 그래서 이 팬클럽이 쓸 만하겠다 싶었어.

S 그렇군.

W 일단 팬클럽을 관찰했어. 뭐랄까, 웃음이 나올 만큼 유치한 소꿉놀이였어. 다 큰 어른이 도대체 무슨 짓을 하는 거냐 싶은 느낌? 그러자 더더욱 이 팬클럽의 생태를 추적한 다큐멘터리를 찍어보고 싶어졌어. 하지만 그냥 찍기만 해서는 부족하지. 그 여자들의 심리 상태가 어떻게 변천하는지 극명하게 기록할 필요가 있었어.

S 아아, 그래서 팬클럽에 가입했구나.

W 응. 일단 가브리엘이라는 닉네임으로 사이트를 만들었어. 어디서 따온 이름인지는 말 안 해도 알겠지? 적당한 이름이 떠오르지 않아 잠깐 빌렸어.

S 가브리엘은 남녀 공히 쓸 수 있는 이름이니까. 반응은 어땠어?

W 처음에는 경계하더군. 금남의 화원이니까. 하지만 할아버지가 러

시아계 프랑스인이고 극단에 있다가 몸이 안 좋아지는 바람에 퇴단해서 지금은 연예계에서 시나리오 쓰는 일을 하고 있다…… 이런 프로필을 공개하자 모두 달려들었어.

S 러시아계 프랑스인? 뭐야, 그게.

W 말도 안 되지. 난 토종 일본인이야. 극단에 몸담은 적은 있지만 이름도 없는 소극단이었고. 그런데 그 여자들, 아주 유명한 모 뮤지컬 극단일 거라고 맘대로 넘겨짚더라고.

S 그 오해가 큰 도움이 됐겠군.

W 자, 드디어 본 경기야. 난 일단 소피라는 보스를 함락시켰어.

S 함락시켰다니…… 전직 호스트 아니랄까봐.

W 그다음은 일사천리였지. 난 순식간에 아이돌로 등극했어. 내 환심을 사려고 아줌마들이 죽자사자 기를 썼지. 여기까지는 예상대로였어. 그런데 그다음이 난감하더라고. 아줌마들이 폭주했거든. 역시 아줌마들은 뭘 상상하든 그 이상으로 행동한다니까. 설마 진짜로 칼부림까지 날 줄은 몰랐어. 난 그냥 팬클럽에 심취한 아줌마들의 생태를 관찰하고 싶었을 뿐인데, 그런 사태가 벌어질 줄이야.

S 범인이 누군지는 짐작이 가?

W 현재 두 명이 의심스러워. '푸른 6인회'에 남은 두 사람. 그 둘 중 하나가 살인귀야. 틀림없어. 조만간 밝혀내고 말겠어.

S 밝혀내면 경찰에 신고하기 전에 우리 좌담회에서 먼저 밝혀줘.

W 물론이지!

월간 『앙그라캉그라』(2009년 7월호) 교정지에서

앙그라캉그라의 편집부 직원 S, 즉 시노자키는 막 교정을 마친 원고를 뭐라 말할 수 없이 복잡한 심정으로 바라보았다.

방금 전 W, 즉 자유기고가 와타세 아키라가 사망했다는 연락을 받았다.

"호랑이 굴에 들어갔다가 호랑이 밥이 된 꼴인가."

시노자키는 중얼거렸다.

하지만 감상에 젖어 있을 수만은 없다. 이것은 어찌 보면 기회다. 시노자키는 명함첩을 뒤적였다. 자유기고가의 명함이 빽빽이 꽂혀 있다.

"자. 이번에는 누구한테 일을 맡길까?"

그리고 명함 한 장을 뽑아 수화기를 들었다.

"아, 여보세요? 제법 재미있는 일거리가 있어서요. 『푸른 눈동자의 잔』이라고 알아요? 그 만화의 원작자 아키즈키 미유리에 대한 건데……"

푸른 6인회

“그럼 새로운 ‘푸른 6인회’의 번영 및 여러분의 무궁한 건강과 안녕을 기원하며…… 건배!”

니나의 선창을 신호로 여섯 개의 와인 잔이 테이블 위로 아름답게 떠올랐다.

젊은 웨이터가 이쪽을 흘끔거렸다.

“다음으로 ‘푸른 6인회’의 새 대표 에밀리 씨의 말씀을 듣겠습니다.”

니나의 말이 끝나자 에미코는 안경을 살짝 밀어올렸다.

“이렇게 모자란 제가 대표라니…… 잘해낼 수 있을지 모르겠지만 열심히 하겠습니다.”

에미코의 짤막한 인사가 끝나자 뜨거운 박수가 터져나왔다.

에미코는 새로운 회원들을 한 명 한 명 확인했다. 테이블에는 이미 애피타이저가 나와 있었다.

"그럼 딱딱한 격식은 치우고 마음껏 점심식사를 즐깁시다."

부대표 니나가 말을 맺자 회원들은 삼삼오오 이야기꽃을 피웠다. 그러나 중심 화제는 역시 재판이었다.

"마그리트 씨, 역시 사형일까?"

"그야 그렇겠죠. 다섯 명이나 죽였는걸요. 사형이 아닌 게 더 이상하지."

"피해자는 그 다섯 명만이 아니에요. 에밀리 씨도……" 열 개의 눈이 에미코의 이마를 향했다. 에미코는 앞머리를 살짝 쓰다듬었다. 흉터가 아직도 생생하게 느껴진다.

"에밀리 씨, 손해배상을 청구해야 마땅해."

"그럼, 그럼."

"하지만 마그리트 씨네는 남편분이 해고당해서 상당히 형편이 어렵대요. 사택에서도 쫓겨나 지금 병원에 계시다던데."

"어머, 몰랐어? 그 집 아저씨, 입원하고 얼마 안 돼 자살했어."

"정말요? 전혀 몰랐네요."

"지지난주에."

"어머, 딱해라."

"제일 불쌍한 건 딸이지." 니나가 테린을 자르며 말했다. "한

번 만난 적 있는데 제법 귀여운 아가씨였어. ……지금 어떻게 지내려나.” 그리고 테린 한 조각을 빨아들이듯이 입에 넣고 말을 이었다.

“아무튼 이런 슬픈 사건이 다시는 일어나지 않도록 앞으로는 남자 회원의 가입을 금지해야 해.”

그래, 그러자. 남자가 있으면 제대로 되는 일이 없어. 우리는 잔의 순수한 팬으로 남자. 연재도 다시 시작됐으니 이번에야말로 제대로 된 마지막 회를 맞을 수 있도록 열심히 응원하자. ……그런 긍정적인 의견이 오가는 가운데, 두 달 전 새로 가입한 회원이 냅킨으로 입을 닦으며 말했다.

“이건 소문인데요……”

응? 뭔데?

“지금 잔을 그리는 사람, 진짜 아키즈키 미유리 선생님이 아니라고 하더라고요.”

응? 무슨 소리야? 자세하게 말해봐. 역시 아키즈키 미유리가 두 명이었어? 어, 정말? 제2의 작가가 있다는 설이 진짜였어? 어쩐지 새 연재분에서 영 미묘한 느낌이 들더라니. 옛날과 분위기도 다르고. 가짜 냄새가 풍긴다 싶었어. ……그럼 진짜 아키즈키 미유리는 지금 뭘 해?

마치 회사 탕비실에서 수다떠는 사원들처럼 여섯 사람은 이야기를 계속했다.

젊은 웨이터는 이 소란을 어떤 심정으로 보고 있을까. 속마음을 엿보고 싶지만 유감스럽게도 웨이터의 포커페이스는 무너질 것 같지 않다. 교육을 잘 받았다. 역시 런치 메뉴가 5000엔이나 하는 레스토랑답다. 이다음에 갈 찻집은 제일 싼 홍차가 1500엔이다.

……하지만 괜찮다. 마그리트 씨의 변호사가 거액의 위자료를 입금해주었다. 자살한 남편의 보험금으로 마련한 모양이다. 대신 정상참작을 받을 수 있도록 증인으로 나서달라는 부탁을 받았다. ……하지만 어쨌거나 마그리트 씨는 사형이야. 불쌍해라.

에밀리는 새로 산 안경을 살짝 밀어올렸다.

지은이 **마리 유키코**
1964년 미야자키 현 출생. 다마 예술학원 연극과(현 다마 미술대학 영상연극학과)를 졸업하고 2005년 『고충증』으로 제32회 메피스토상을 수상하며 데뷔했다. 2011년 『살인귀 후지코의 충동』이 입소문을 타고 50만 부 이상 팔리는 성공을 거두었다. 2014년 『인생상담』으로 제28회 야마모토 슈고로 상 후보에 올랐다. 그외의 작품으로 『골든애플』 『여자 친구들』 『파리 묵시록』 등이 있다.

옮긴이 **김은모**
일본 미스터리 번역가. 옮긴 책으로 『메르카토르는 이렇게 말했다』 『애꾸눈 소녀』 『영웅의 서』 『미소 짓는 사람』 『밀실 살인 게임』 『달과 게』 『조화의 꿀』 등이 있다. 드넓은 일본 미스터리의 바다에서 색다르고 재미있는 작품을 건져올리기 위해 항해중이다.

문학동네 세계문학
갱년기 소녀

초판인쇄 2017년 9월 1일 | 초판발행 2017년 9월 15일

지은이 마리 유키코 | 옮긴이 김은모 | 펴낸이 염현숙
책임편집 양수현 | 편집 황문정 | 독자모니터 조혜영
디자인 김이정 유현아 | 저작권 한문숙 김지영
마케팅 우영희 정진아 김혜연 | 홍보 김희숙 김상만 이천희
제작 강신은 김동욱 임현식 | 제작처 한영문화사(인쇄) 신안문화사(제본)

펴낸곳 (주)문학동네
출판등록 1993년 10월 22일 제406-2003-000045호
주소 10881 경기도 파주시 회동길 210
전자우편 editor@munhak.com | 대표전화 031) 955-8888 | 팩스 031) 955-8855
문의전화 031) 955-8858(마케팅) 031) 955-2684(편집)
문학동네카페 http://cafe.naver.com/mhdn

ISBN 978-89-546-4713-7 03830

www.munhak.com